鳴海 章

カタギ

浅草機動捜査隊

実業之日本社

実業之日本社文庫

カタギ　浅草機動捜査隊　目次

序章　ただ眠っているような……

シルバーグレーの捜査車輛《しゃりょう》が動きだすと同時に辰見悟郎《たつみごろう》は赤色灯とサイレンのスイッチを入れた。

天井付近で赤色灯がひっくり返る物音がし、サイレンが鳴りだす。

分駐所駐車場の出入口で一旦《いったん》停止し、辰見は左を見た。

「左、ＯＫ」

「はい」小沼優哉《おぬまゆうや》が左にハンドルを切りながらいう。「昭和通り、行きます」

「いいよ」

答えた辰見は携帯電話を取りだし、同じ班に所属する伊佐《いさ》につなぐ。呼び出し音が聞こえる前に相手が出た。

「はい、伊佐」

「今、どこだ？」

「三河島《みかわじま》駅の北側……、車頭《あたま》向けてます」

辰見はセンターコンソールの上に取りつけてあるカーナビに目をやった。

「そっちは尾久橋《おぐばし》通りから入ってくれ。おれたちは言問《こととい》通り経由で行く」

「了解」

電話を切った。

変死体発見の報が第六方面本部通信指令室から流れて、三分経《た》った。現場《げんじょう》は根岸《ねぎし》二丁目でラブホテルがかたまっている区画のほぼ中央だ。鶯谷《うぐいすだに》駅から徒歩十分だが、駅前より一、二割料金が安い。

無線機のスピーカーから声が流れた。

〝本部から各移動。根岸二丁目で発見された変死体にあっては男性、五十歳から七十歳くらい。紺色、ピンストライプのスリーピースを着用。着衣に乱れは見られない。仰向《あおむ》けに倒れており、心肺停止状態にある。なお、付近に争った跡も見られない。以上〟

通信指令室から続報が入る。すでに最寄り交番の警察官が臨場し、死体を見て報告を上げたのだろう。

スリーピースか――辰見は胸のうちでつぶやいた――行き倒れではなさそうだな。

大関横丁の交差点を左折して昭和通りに入ると小沼は捜査車輛を一気に加速させた。午前五時を回ったところで、車通りは少ない。小沼が昭和通りを行くといったのは、片側三車線の広い道路の方がスピードを出しやすいためだ。

「入谷《いりや》駅の交差点から右折、言問通りに入れ。鶯谷の駅前を過ぎて右が現場だ」

「はい」

大関横丁から入谷駅交差点まで一分とかからなかった。交差点の手前で減速する。対向車線を直進してきたタクシーが急ブレーキをかけ、沈んだ鼻先を右折した。辰見は運転席をちらりと見た。空車ランプが光っている。運転手は天気が気になるようで空を見上げていた。

言問通りに入ったところで辰見は赤色灯とサイレンを切り、小沼はスピードを落とした。

辰見は道路の左側を観察していた。早朝ゆえコンビニエンスストア以外はシャッターを閉ざしており、人の姿もまばらだ。パジャマ姿の年配の女が集積場にゴミを出している前を通りすぎた。

初老の男が仰向けに倒れているのが見つかった。身なりはきちんとしていて、周辺に争った形跡もないという。病死の可能性もあるが、殺人も考えられた。死体《ホトケ》を見てみないことには死後どれくらいの時間が経過しているかはわからないが、殺害された直後であれば、被疑者が周辺に潜伏している可能性もある。

根岸一丁目、鶯谷駅下の交差点を過ぎると左にはラブホテルや飲食店の看板が多くなる。スーツを着た男とミニスカートの女が互いに腕をからませ、ふらふら歩いていた。

さらにもうひと組――今度は初老の男に若く、太った女の組み合わせだ。

　鶯谷駅前交差点が近づいたところで辰見は声をかけた。

「交差点をまっすぐ抜けよう。その先で高架下をぐって現場に回りこめ」

「はい」

　現場に達するには鶯谷駅前交差点を右折した方が近いが、尾竹橋《おたけばし》通りに入ることになる。西の方から浅川《あさかわ》たちの車が近づいてきているはずだ。交差点を抜け、小沼はさらに速度を落とした。線路をまたぐ高架橋の左に並ぶ狭い通りを進む。

　八十メートルほどで右折した。高架の下は駐車場になっていて、金網のフェンスが張りめぐらされていた。ほとんど空きはなく、車が並んでいる。辰見は視線を走らせた。車の間や車内に人影はみとめられなかった。

　高架を抜け、ふたたび右折する。次のT字路で左折、ホテル街に入った。車がすれ違うのに苦労しそうな狭い通りをゆっくりと進んでいく。ブルーシートで囲った工事現場のわきを抜けると左右にラブホテルが建っていた。

　さらにスピードを落として進んでいく。辰見は左、小沼は右に目を向け、路地や建物の間を検索する。

「次を左へ」

　辰見が声をかけ、小沼はうなずいた。

右に小さな神社があり、左はまたホテルがつづいた。狭い通りを一本挟んだだけで住宅とホテルが向かいあっている。次の交差点に制服警官が立ち、通りにはロープが張られているのが見えた。

辰見は無線機のマイクを取りあげ、送信ボタンを押した。

「六六〇三《ろくろくまるさん》より本部」

〝本部〟

「六六〇三にあっては現着。これより車を離れる」

〝本部、了解〟

マイクを置くと同時に小沼が車をロープの手前、右に寄せて停《と》め、エンジンを切った。車を降りた辰見は左腕に機捜と刺繍《ししゅう》された臙脂《えんじ》色の腕章を着け、上着のポケットから白い綿の手袋を取りだした。警官に近づき、挙手の礼をする。

「ご苦労さん」

若い警官は背筋を伸ばし、しゃちほこばって敬礼した。顔が白っぽく、口元が引き攣《つ》っている。

「ご苦労様です」

「現場は？」

「すぐ先です」警官は右手を指さした。「このマンションととなりのラブホテルの間、自転車置き場になってます」

「ありがとう」

辰見は歩きながら手袋を着けた。小沼が追いついてきて、プラスチック製の靴カバーを差しだした。

規制線が張られている角には一階が駐車場になった五階建てのマンションがあった。角を曲がると路上に置かれた白の自転車が二台、その向こうにはロープが張られ、赤色灯を回しっぱなしにしたミニパトが停められ、制服警官が二人立っていた。いずれも最寄りの鶯谷駅前交番から来たのだろう。通報から臨場まで五分とかからなかったのではないかと思った。

辰見は腕時計に目をやった。午前五時二十五分。出動して十数分が経過している。制服警官に近づいた辰見と小沼は無帽だったが、ひたいの端に手をあてる敬礼をした。相手が答礼した。

辰見は二人の間からのぞきこんだ。コンクリートの床に紺色のスリーピースを着た男が仰向けに横たわっており、靴底をこちらに向けていた。辰見は制服警官のうち、年かさの方に目を向けて訊《き》いた。

「通報してきたのは？」

警官がミニパトに目をやった。

「後ろに座ってるワイシャツの男。向かいのホテルのマネージャーだが、ゴミを出しに来て倒れている男を発見した。我々が臨場したときには呼吸も脈も止まっていた」

辰見はミニパトを見た。後部座席に座っている男はシートのてっぺんに頭を乗せて、目をつぶっていた。

「話を聞くか」

「いや、先に仏さんを拝んでこよう」

「びっくりするかもな」

そういった警官の顔を辰見は見返し、片方の眉《まゆ》を上げた。

「ちょっとした有名人だから」

「そうか」うなずいた辰見は片足を上げ、靴カバーを装着した。「外傷は?」

「とりあえず見当たらない。穏やかに眠ってるみたいだが、顔から血の気が引いてるし、声をかけても反応しなかった」

脈がないといっている以上、首筋に触れてみたのだろう。もう一方の靴にもカバーを被《かぶ》せると二人の制服警官の間を割って死体に近づいた。

死体のわきにしゃがんだ辰見は、わずかの間瞑目《めいもく》し、合掌した。手を下ろし、あらためて男の顔を見る。

オールバックにきっちり撫《な》でつけられた髪はほとんど白かった。七十歳を超えているかも知れない。まぶたは閉じられていて、眉間《みけん》は開いている。苦悶《くもん》の表情は見てとれなかった。だが、白い眉は猛禽《もうきん》が翼を広げるように逆立っており、への字に結ばれた唇や、張りだした顎《あご》と相まって、いかにも頑固者という感じだ。

ポケットから懐中電灯を取りだして、咽《のど》もとを照らした。ワイシャツはカラーのボタンが外れ、ネクタイが少し緩んでいる。紐《ひも》か指で絞められたような鬱血《うっけつ》跡は見られなかった。懐中電灯のスイッチを切った。

白っぽいコンクリートの上に仰向けになっていて、両手両足は伸ばしていた。身長は百七十センチ以上、がっちりとした体格で胸から腹にかけて盛りあがっている。使いこまれた靴はぴかぴかに磨かれていた。

張り番をしている警官はちょっとした有名人といっていたが、顔を見てもぴんと来なかった。となりで同じようにしゃがみ込んでいる小沼を見やった。

「知ってるか」

「ええ」小沼がうなずく。「何度かテレビで見たことがあります。東京と埼玉で好天ストアってスーパーを何店か経営してる社長ですよ。高梨《たかなし》何とかって名前だったかな。仕入れに工夫をして、一円でも安く売るというのがモットーで、キャッチフレーズが人情スーパー」

「人情ねぇ」

ふたたび死体に視線を戻す。

「知らないんですか」

「ろくにテレビを見ないんでな」

「新聞や週刊誌にも記事が出てますよ。正義感が強くて、高潔な人物って評判だったんですが……」

小沼が語尾を濁した理由は察しがついた。鶯谷駅周辺から現場にかけてラブホテルが林立しているが、恋人同士が利用することは少ないだろう。ホテルに女性を呼び出して性的サービスを受ける風俗業の盛んな土地柄ではある。来る途中に見かけた初老の男と太った女が脳裏を過《よ》ぎっていった。

たしかに高潔を売り物にする輩《やから》が歩きまわるには似合わない。

「誰だってたまには憂さ晴らしもしたくなるさ」

「そうですが」

プラスチックカバーを着けた靴音が近づいてきた。目をやる。伊佐が片手を上げ、近づいてきて、後ろに相勤者の浜岡《はまおか》がついていた。

辰見は立ちあがりながら声をかけた。

「ご苦労さん。そっちは何かあったか」

「いえ」伊佐が首を振る。「尾久橋通りからホテル街に入ったところで朝帰りのカップルとすれ違っただけです」

「こっちも似たようなもんだった」

辰見と小沼が下がり、代わりに伊佐と浜岡がしゃがみ込む。ひと目見るなり伊佐が顔を上げた。

「この男は、ひょっとして……」

辰見はうなずいた。

「高梨某って、スーパーの経営者らしい。小沼に教えてもらったんだがな」

「やっぱりそうですか。それにしても何だってこんなホテル街なんかに来たんでしょうね。たしか本社は東京の西の方……、八王子《はちおうじ》辺りじゃなかったかな」

辰見は肩をすくめ、代わりに小沼が答えた。

「八王子です」

ひと月半前の四月一日付で、機動捜査隊に七年半勤めた村川《むらかわ》が異動となった。転勤した先は小岩《こいわ》署警務課である。妻が重篤な腎臓病を患い、週に三度、数時間に及ぶ透析を受けなくてはならなくなった。日常生活にも支障を来すようになって、刑事を降りざるを得なくなった。

転勤直前、村川は辰見に詫《わ》びていった。辰見の方が機動捜査隊勤務は長い。転勤する順序が逆だといいたかったのだろう。辰見は定年まであと一年半ほどでしかない。むしろ刑事をつづけられることをありがたいとさえ感じていたが、これから先の村川の生活を思えば、とても口にはできなかった。

村川の代わりに配属されたのが浜岡である。今まで稲田《いなだ》小町《こまち》警部補を班長とする通称稲田班においてもっとも若手だった小沼より二、三歳若い。刑事任用となり、研修を受けたあと、三年ほど荻窪《おぎくぼ》署鑑識係で勤務していた。三十歳は超えているが、丸い童顔のせいで年齢より若く見える。

初動捜査を主任務とする機動捜査隊は、刑事事件のみならず薬物事案や少年犯罪も取り扱う。さまざまな事件を経験できるがゆえに刑事の登竜門という役目を負っていた。小沼も機捜隊員となってすでに四年が経過しており、さらに若い刑事が入ってきても不思議ではなかった。

もちろん新米ばかりで機動捜査隊の任務をこなせるはずはない。刑事畑を長年歩き、経験を積んできたベテランも配置される。初動捜査には、事件の端緒に立ち会い、犯行直後の状況を調べるだけでなく、事件解決までの方向性を読むことができる。数多くの現場を踏んできた刑事たちであれば、初見で解決までの道順を察することができた。新米はベテランとコンビを組んで刑事としての初歩を学ぶ。着任以来、浜岡は伊佐について走りまわっていた。

クルーカットにして、まだ真新しい黒のスーツを着た浜岡の背を見ながら辰見は胸のうちでつぶやいた。

若いな……。

顔つきのせいばかりではない。稲田班は昨日の午前九時から当務に就いており、すでに二十時間以上が経過している。浜岡は、ワイシャツのカラーに汗染みは見られるものの表情は出勤したばかりのように潑剌《はつらつ》としていた。一方、四十代後半の伊佐は一夜の勤務をこなし、相応にくたびれた顔をしている。二十年以上も刑事を勤めてきたゆえの疲労かも知れないと思いかけ、辰見は小さく首を振った。辰見の勤務年数は伊佐よりさらに十年長い。

死体に顔を近づけ、文字通り嘗《な》めるように観察している浜岡の背に辰見は声をかけた。

「死後何時間くらいだと思う？」

「そうですね……」

浜岡はひょいと手を伸ばすと死体の顎をそっと押した。となりで小沼がはっと息を嚥《の》むのがわかった。

浜岡は頓着《とんじゃく》せずにいった。

「顎関節《がくかんせつ》に硬直が始まっているようですから死後二、三時間というところでしょうか」

ずんぐりとした体型だが、指が意外と細かった。

浜岡はすぐに手を引っこめた。辰見は伊佐に訊いた。

「そんなところかな」

「そうでしょうな」伊佐は浜岡に目を向けた。「死因は何だと思う?」

「目立った外傷はありませんね」

そういうと浜岡は死体の下唇をわずかにめくった。ピンク色に染まった前歯がのぞく。

小沼が一歩踏みだしかけたが、浜岡はすぐに手を引っこめた。

「吐血したんですかね。口の中は血でいっぱいって感じです。これ以上唇を開けば、溢《あふ》れそうですよ」

伊佐が立ちあがり、辰見に顔を向けた。

「二、三時間前ならまだ真夜中か」

「ああ」辰見はとなりのラブホテルを見上げた。「中にまだ客がいたとしても目撃情報を取るのは難しいだろうな」

「自分がここにいたことさえ認めたがらんでしょうな」

「悪いが、そっちを頼む。おれと小沼は第一発見者から話を聞く」

「了解」

伊佐はうなずくと、死体の周囲を這《は》いまわりそうな気配を見せている浜岡に声をかけた。

「おい、行くぞ」

第一章　老残

1

ふごっ、ふごっ、しゅううう……、ふごっ、ふごっ、しゅううう……。

猫もいびきをかく。齢《とし》を重ねると図々《ずうずう》しくなるのは人と変わらない。メスというのに結構太い。もっとも一つ布団に寝るようになるまで知りもしなかった。

猫と寝るようになるなんてねぇ——永富豊成《ながとみほうせい》は思った。

千弥子《ちやこ》と出会わなければ、猫と暮らすことはなかった。永富は猫も犬も好きではない。人間にしても一、二例外があるだけで基本的には嫌いだ。

片方だけ目を開け、枕元の目覚まし時計を見る。舌打ちした。午前八時三分。さっき確かめてから五分と経っていない。

右に目を転じた。永富のわきの下にぴったり尻をつけた猫が背を向けていた。

「また朝が来ちまったな、チャミィ」

両耳がぴくりと動いたが、それだけだ。かつては深い茶色だった体毛もずいぶん白っぽくなっていた。チャミィの温《ぬく》もりが心地よく、今しばらく味わっていたかったが、小便がしたかった。

「すまんな」

ささやくように詫び、ベッドを脱けだした。五月も半ばとなれば、素足に床が冷たいこともない。寝室を出て、トイレに行き、ドアを開け放したまま用を足した。膀胱《ぼうこう》の張りは切迫していたというのに、いざ放出となると勢いはなく、量も昔ほどではない。それでいてだらだらつづいた。歳はとりたくないものだとしみじみ思う。ようやく済ませ、水を流した。まだ残っている感じにもすっかり慣れてしまった。

台所の壁に取りつけた給湯器のスイッチを入れ、玄関に出て、郵便受けから新聞を引き抜いた。リビングに戻り、テレビの前に置いたテーブルに放りだす。ソファの上に脱ぎ捨ててあった上下黒のトレーニングウェアを身につけたとき、給湯器が女の声で告げた。

「給湯できます」

「あいよ」

律儀に応え、洗面台の前に立った。丹念に歯を磨き、顔を濡《ぬ》らしたあと、石鹼《せっけん》を塗りたくってT字カミソリで髭《ひげ》を剃《そ》った。泡を洗い落とし、洗面台にかけたタオルで拭《ふ》く。さっぱりした。

鏡に映った顔を見る。まぶたが垂れさがり、目尻や口の端に皺《しわ》が目立った。すっかり爺いだなと思う。

リビングの北東隅の壁に掛けてある神棚に供えた水を取り換え、灯明をともした。背筋を伸ばして見上げ、まずは二礼。二度手を打ち、もう一度礼をした。灯明を消して、寝室に戻った。チャミィは躰《からだ》を横にしたまま、まだいびきをかいていた。

「寝ぼすけだな、お前は」

チャミィは目を開け、ほんのわずか永富を見た。だが、すぐにまぶたを閉じ、腹をふくらませていびきをかきはじめる。

苦笑いした永富は胸ほどの高さがある整理ダンスの上に置いた仏壇から小さな湯飲みと、猫のイラストが入ったプラスチックの容器を取った。湯飲みの水を飲みほし、台所に立つと湯飲みと容器を洗った。水を汲《く》みなおし、ティッシュペーパーで外側についた水滴を拭《ぬぐ》う。

仏壇の前に戻って湯飲みとプラスチック容器を置いた。使い捨てライターでロウソクに火を点《つ》けてから線香を一本取り、慎重に二つに折る。

今朝から二度目の舌打ちをした。

毎朝同じことをしているというのにまた片方が五ミリほど長い。不器用な奴《やつ》と自分を罵《のの》り、ロウソクの火を移した。線香を持った右手を縦に振って火を消すと線香立ての灰に差した。手を合わせて瞑目し、口の中で南無阿弥陀仏《ナマンダブ》とつぶやく。

手を下ろした。

仏壇には写真立てが一つ置いてあった。中には四匹の猫をまわりにはべらせ、丸い顔にいかにも満足そうな笑みを浮かべている千弥子が写っている。

「おはよう」

写真に声をかける。

四匹の猫のうち、一匹はまだベッドで寝息をたてているチャミィだ。あとの三匹はシロミィ、クロミィ、アカミィという。いずれも体毛の色で決めたが、アカミィとチャミィは姉妹ということもあって同じ色にしか見えなかった。だが、千弥子はアカミィは赤、チャミィは茶といってゆずらなかった。

今、生き残っているのは永富とチャミィだけでしかない。千弥子は二年前に死んだ。五十九歳だった。猫のうち、もっとも年寄りだったシロミィは千弥子が入院する前に逝き、クロミィは入院中、アカミィは千弥子のあとを追うように死んだ。

ロウソクの炎を手のひらで煽《あお》いで消す。薄青い煙がすっと立ちのぼるのを確かめてから台所に入った。コンロにやかんをのせて火を点ける。それからシンクに置いた大きなボウルに漬けてあった急須と大ぶりの湯飲みを洗った。

熱い緑茶を淹《い》れ、湯飲みを手にしてリビングに戻るとソファに腰を下ろした。湯気を吹き、茶をほんの少しすする。鼻腔《びこう》を満たした茶の香りを味わい、大きく息を吐いた。

時間はたっぷりあったが、することはそれほど多くなかった。

テーブルの上に新聞を広げ、社会面を開いて、真っ先に訃報《ふほう》をチェックする。いつの頃からか習慣になっていた。見覚えのある女優の写真が載っていた。まだ永富が中学生だった頃、映画館の前に貼《は》られていたポスターに目が釘付《くぎづ》けになったのを憶《おぼ》えている。帯もなく、乱れた襦袢《じゅばん》の襟元を掻《か》きあわせて横座りしていたのだが、肩が露《あら》わになっているだけでどきどきした。

「もう八十八になってたのか」

二十五歳で結婚し、芸能界から引退したと記事にはあった。使われている写真が古かったのはそのためだ。最近の写真であれば、気づかなかっただろう。

湯飲みを手にして、茶をすすった。

街角に貼られていたポスターが鮮明に浮かんでいた。そればかりでなく、しばらく立ち尽くしていたのを誰かに見られたのではないかと不安になり、急ぎ足でその場から立ち去ったことまで思いだしてしまった。

湯飲みを置き、後ろから前に向かって各面をていねいに読んでいった。

一面トップには環境大臣辞任の記事が出ていたが、目がちかちかして読む気になれず、新聞を畳んだ。ガラスの灰皿を引きよせ、タバコを吸いつける。煙を吐いて、壁にかけた時計に目をやった。午前十時を回っていたが、チャミィは起きてこない。猫は寝子という字を当てられるくらい日がな一日寝ているものだが、歳をとってから眠っている時間が確実に長くなった。

タバコを消し、セカンドバッグから携帯電話を取りだす。着信もメールもない。もっともメールが来ても返信をしたことはなく、必要があれば、よこした相手に電話をかけることにしていた。携帯電話を戻し、財布、小銭入れが入っているのを確かめ、タバコと使い捨てライターを入れてファスナーを閉じた。

寝室をのぞいた。チャミィは相変わらずベッドだが、躰を反転させて入口に背を向けている。

「しようがねえ奴だな」

台所の床に敷いた新聞紙の上に水と顆粒状《かりゅう》の餌《えさ》を入れた器を置き、セカンドバッグを手にすると部屋を出た。

何をしようというあてもなかったが、朝っぱらからテレビの前に座っている気にもなれなかった。

パチスロ台のリールが凄《すさ》まじい勢いで回転するのを永富はぼんやり眺めていた。目で追ううちに一瞬、スイカやサクランボのイラストが見える。目で追ってもしようがないのはわかっていた。ボーナスチャンスにでもならないかぎり、狙った絵柄を止めることはできない。

三つ並んだボタンを左から順に押していく。ボタンを押すごとに間の抜けた電子音がして、リールが止まっていく。正面の窓には縦横三個ずつ、合計九個の絵柄が並んだが、横列のどれか、右上もしくは左上から斜めに三個の同じ絵柄がそろわないと当たりにはならない。

右どなりの台には三十前後くらいの女が座っていた。ミニスカートから突きでた太い足に網タイツを穿《は》いている。足を組み、右手にタバコを持って、左手でボタンを押していく。左手の動きは軽やかで、リールが停止するごとに鳴る電子音が小気味いいほどにリズミカルだ。

とうてい真似《まね》できねえな、と永富は思い、自分の台に視線を戻した。ＭＡＸＢＥＴというボタンを押す。左上に出ていたクレジットの表示が45から42に減った。中央横列、×印になるよう斜めの列の三ヵ所に賭《ベッ》けた。スタートボタンでリールを回転させ、また左から順に停止ボタンを押していく。とてもとなりの女のようにはいかない。自分の手つきがいかにもぎこちなく感じられた。

自宅があるマンションを出ると空は晴れわたっていて、陽射《ひざ》しが強かった。それでも風が爽《さわ》やかで暑いというほどではない。すこぶる付きの上天気だとぶらぶら歩く気がせず、近所のパチスロ屋に入った。

晴れがいい天気で、雨降りが悪い天気ってのがどうにも納得できねえと千弥子にいったことがある。

『雨が降るとあがったりになる商売をしていたくせに』

千弥子は笑った。

間をおいて、ボタンを押す。またしても当たりはない。ベットボタンを押す。クレジットは39となった。

所詮《しょせん》、時間つぶしにすぎない。パチスロならボタンを押すペースを遅くすれば、千円か二千円でそこそこ遊べる。昔のパチンコ屋には遊び台といわれる台があった。千円あれば、一、二時間つぶしてタバコを一箱獲《と》れるくらいの玉が残った。時間調整に重宝したものだが、今のパチンコでは一万、二万といった金がたちまち消える。

十万ぶっ込んで、十二万戻すのが勝ちといわれるようになって、パチスロに乗り換えた。

スタートボタンを押してリールを回してからタバコに火を点けた。煙を吐き、絵柄が流れている窓をぼんやりと眺めた。となりの女がちらりと永富の台を見た。脱色と染色をくり返して、まるで艶《つや》のない髪が動いただけで、本当に目をくれたのかはわからない。

パチンコ屋から遊び台が失われ、注《つ》ぎこむ金額が二桁《けた》違うようになったのは、やっぱりバブルの頃かとちらりと思う。金銭感覚がまるで変わってしまった。何もかもバブルのせいにして口を拭っているだけのような気もする。

「誰のせいでもありゃしねえ、みんな、バブルが悪いのさ」

節をつけてつぶやく。

また、女の頭が動くのを目の隅にとらえる。それでいて、リズミカルにボタンを押す左手の動きは一瞬たりとも止まらない。一日中パチスロ台の前に座っているわけでもないだろうが、大したものだと思う。

ボタンに手を伸ばし、間をおいて押していく。ようやくそろった。だが、引き分け《ドロー》の目だ。もう一度、スタートボタンを押す。実質的には三枚のコインが当たったわけだが、勝ったという気分にはほど遠い。最初の千円で買った五十枚のコインは、それこそまたたく間に消えた。台のわきにある穴に千円札をもう一枚、入れた。台の下の方にある受け皿に出てきた五十枚のコインを台に入れ、クレジットを50にした。最初に十五枚の当たりが来たが、あとはたまにドローがあるだけだ。

クレジットの数が20を割った頃、後ろから声をかけられた。

「永富さんじゃないですか」

顔を上げた。ワイシャツに黒いベストを着た小太りの中年男が立っていた。店のマネージャーをしていて、十数年前からの知り合いだが、いまだ名前を覚えていない。

「久しぶりだな」

「珍しいですね。もし、いらっしゃってるんでしたら一声かけてくだされぱいいのに」

声をかければ、それなりに出る台に案内し、コインもただで貸してくれるのはわかっていた。

「いや、ちょっと時間つぶしに来ただけでね。このあと人に会わなくちゃならねえ。前を通りかかったんでのぞいてみただけだよ。元気そうだな」

「そうでもないっすよ。不景気でしてね。永富さんは相変わらずお忙しそうで」

人に会う予定などない。我ながらつまらない見栄を張るものだと思う。見栄を張りつづけて生きてきた癖がいまだ抜けない。

「いや」

曖昧《あいまい》に笑って、首を振った。

「今度は声をかけてくださいよ」

「そうさせてもらう。ありがとう」

マネージャーが去って、十分もしないうちにクレジットの残高はゼロとなり、腹も空《す》いてきた。セカンドバッグを手にして、立ちあがる。

となりの女が顔を上げ、永富を見た。マネージャーと親しげに話していたから何者だろうと思ったのかも知れない。ごてごてと化粧をしていたが、案外幼そうな顔をしている。二十歳《はたち》にもなっていないのかも知れない。

パチスロ屋を出て、ぶらぶら歩きだした。相変わらずあてはない。腹が減っていたので、どこかで蕎麦《そば》でもたぐろうかと思いながら竜泉《りゅうせん》の交差点を左、吉原《よしわら》の方へ曲がった。小さな町工場や問屋、商店などが両側に並んでいる。シャッターを下ろしている建物が目についた。

郵便局の前を通りすぎると通りの反対側にうなぎ屋の看板があった。永富は腹をさすって独りごちた。

「うなぎって気分じゃねえな」

精肉店、酒店と行きすぎ、ようやく蕎麦屋の看板が見えてきた。もう何年か前、千弥子と二人で入ったことがある。看板を見るまで店があることすら忘れていたというのに近づくにつれ、店内の様子まで浮かんできた。

テーブル席に向かいあって座り、白い上っ張りを着た女性店員がやって来ると、永富は条件反射のようにせいろを注文した。メニューを眺めていた千弥子が顔を上げ、注文した。

『おかめうどん』

寒い日だった。

かしこまりましたといって、水の入ったコップを置いた店員が厨房《ちゅうぼう》に行ったあと、永富はにやりとしていった。

『共食いって奴だ』

ぷっと頰《ほお》をふくらませた千弥子の顔が脳裏を過ぎる。胸の底がひりひりする。

店の前まで来たが、シャッターが下りたままになっていて、本日定休日という札がぶら下がっていた。足を止めずに行きすぎながら間の悪さに腹を立てつつ、どこかほっとしていた。

吉原ソープランド街の北の端を歩きつづける。古くさい電飾を施した看板がちらほらと目につくようになった。千弥子が働いていた店は、今歩いている通りよりもっと奥の方にある。

見えなくて幸いだと胸のうちでつぶやいた。

商売に行き詰まったとき、緊急に金が必要になったとき、千弥子は自ら馴染《なじ》みのソープランドに出向き、仕事を決めてきた。すまねえなといいながらも気持ちの上ではそれほど重荷に感じていなかった。当たり前と思っていたところがあったのだ。それでも千弥子が仕事をしている様子は考えなかった。考えれば、落ちつかなくなる。今なら嫉妬《しっと》だと認められる。

千弥子が五十を超えたとき、ソープランド勤めはやめさせた。てめえみてえな婆《ばば》ぁ、誰が買うかと毒づいたが、やつれが目につき、そっとため息を吐《つ》くようになったからだ。以降は自宅でもっぱら猫を相手にしていた。誰かの世話をしていないと気が済まない気質《たち》なのだ。

ソープランド街を通りすぎ、浅草に向かって歩くうち、一軒の喫茶店を思いだした。昼間はランチサービスをやっているが、開店中はいつでも食事をとることができた。何年ぶりだろう――永富は思いを巡らせた――七年、八年……、ひょっとしたら十年以上になるのか。

年中無休を売り物にしていたから先ほどの蕎麦屋のように定休日にぶち当たることはないのはわかっていたが、いかんせん古い店だ。とっくに廃業している恐れはあった。

「まあ、散歩ついでだ」

自分に言い聞かせるようにつぶやき、歩きつづけた。

2

しばらく前から八階建てのホテルは見えていた。かつては周囲の家々を見下ろし、ぴかぴかに輝いていたものだが、今では高層マンションの狭間《はざま》でくすんでいる。

五十年になるか、と永富は思った。

初めて喫茶店〈シェルブール〉に足を踏みいれたとき、十九か二十歳だった。その頃は店舗兼住宅の二階屋にすぎなかった。

店名のシェルブールはフランスの地名で開店直前に大ヒットした映画にちなんでいる。映画といえば、西部劇か戦争物ばかりでフランス映画など見たことがなかった。

通いはじめたのはオープン間もない頃、店の前には花輪が飾られていたのをぼんやり憶えている。ところが、開店して十年も経たないうちにホテルに建て替える話が出て、周辺の住宅、商店のオーナーたちが乗った。

すっかり様変わりした路地を歩きながら独りごちる。

「今は昔の物語ってか」

ホテル一階の東南角に入っている〈シェルブール〉は看板も入口の上に張りだした緑色のテントも十年の空白などなかったように変わっていなかった。仕事で旅に出ていないかぎりほぼ毎日通っていた。店は年中無休で二十四時間営業だった。今でこそコンビニエンスストアがいくらでもあり、珍しくなくなったが、当時は深夜であろうと、夜明け間近であろうととりあえず座る場所があるのはありがたかったものだ。

永富は昼過ぎに来て、食事をしたり、コーヒーを飲んだりして二時間ほどを過ごした。もっとも月のうち半分は地方を回っていたし、八年間、一度も訪れなかったこともあった。通いはじめて半世紀近いとはいえ、通算すると十五、六年かと思いながら営業中の札がかかったドアを引きあける。

埃臭《ほこりくさ》いようなコーヒーの香り、長年にわたって漂いつづけたタバコの臭《にお》いが鼻をつく。空気も昔のままだとほっとしながらざっと店内を見渡した。カウンターには奥に一人、二つスツールを置いて手前に一人客がいて、テーブル席はほとんど埋まっている。ちょうどランチサービスの時間にあたっていた。

カウンターにしようかと思いかけたとき、左手奥、窓側のテーブル席が空いているのに気がついた。思わず口元に笑みが浮かぶ。かつて毎日のように座っていた場所だ。パチスロですった二千円分が行ってこいになる程度だが、幸運には違いない。

目の前のマガジンラックからスポーツ紙が飛びだしていた。一面トップにスワローズの選手が右手を突きあげている写真が大きく載っている。スポーツ紙を抜き、空いているテーブル席に向かう。

かつてと同じように壁を背にして座り、新聞をテーブル、セカンドバッグをとなりの椅子《いす》に置いた。

あらためて店内を見まわす。定食を掻きこんでいる作業服姿の三人組をのぞくと、客の年齢層は高い。若くて六十代、あとは七十代も後半だろう。

まあ、おれも来年は七十かと胸のうちでつぶやく。

高齢の客たちはいかにも普段着といった格好で、いずれ近所に住む常連に違いない。永富と同じようにオープン当初から通っている者が大半なのだ。

明るいグリーンのエプロンを着けた女性店員が銀色の盆に水の入ったコップを載せて近づいてくる。彫りが深く、派手な化粧をしていた。

「いらっしゃいませ」

巻き舌がかった訛《なま》りからするとフィリピン人かも知れない。

「ご注文は何にしますか」

「スパゲティのナポリタンとホット」

「ナポリタンとホット、かしこまりました。少々お待ちください」

店員はコップを置き、カウンターの中に入った。

灰皿を引きよせ、セカンドバッグからタバコとライターを取りだすと一本を吸いつけた。左に目をやる。角の天井近くに薄型テレビが取りつけてあった。昼前のニュースの時間帯で、画面にはマイクを手にしたスーツ姿の男性記者が映っている。

永富はテレビを注視した。記者のすぐ後ろに黄色と黒のテープが張られ、制服姿の警察官が立っていた。規制されているのは狭い通りで、両側にピンクや黒の看板がいくつも見えた。

おや？——永富は片方の眉を上げた——鶯谷辺りじゃねえのか。

「……今朝早く、好天ストアチェーンの社長高梨剛治《たけはる》さん、七十二歳が死亡しているのが発見された根岸二丁目の現場に来ています。死因については現在警察が調査中ですが、高梨社長は埼玉県と東京で五店舗を経営しており、一円でも安くをモットーに自ら仕入れに出向き、店頭にも立って働く人物で、また正義感が強く、高潔な人柄から数々の福祉活動にも力を注いできたことでも有名です。突然の訃報に関係者は一様に驚きを隠せない様子です」

根岸二丁目といえば、鶯谷駅から言問通りを一本隔てた場所だが、出張サービスしている風俗店が多い場所だ。

高潔な人柄で、正義感の強い御仁《ごじん》には似合わねえんじゃないかと思ったとき、いきなり怒鳴り声が響いた。

「おい、爺ぃ。てめえ、何やってんだ」

タバコを手にしたまま、永富は目を向けた。胸元に炎の刺繍を入れたトレーニングウエア姿の若い男がすぐそばに立ち、永富を見下ろしていた。サングラス越しに目を剝《む》いている。

「何って……、別に」

「予約席の札が見えねえのかよ」

若い男が指を差した。手首に金のブレスレットをつけ、親指の付け根に唐草のような刺青《いれずみ》が入っている。

目をやるとたしかに窓際に予約席と記されたプラスチックのプレートが置かれていた。

「いや、すまない。気づかなかったんだ」永富は詫び、タバコを灰皿に押しつけるとセカンドバッグとスポーツ紙を取って、腰を浮かせた。「今、移るから」

「もたもたするんじゃねえよ」

若い男が背を反らせたとき、別の声がした。

「何の騒ぎだ」

若い男がさっとよける。黒のスーツに目映《まばゆ》いばかりに白いシャツを着た男が立っていた。端正な顔立ちで痩《や》せていたが、どこか崩れた雰囲気がある。

「いや、この爺ぃが兄貴の席に座りこんでやがったもんで説教くれてやってたんで」

「馬鹿」

痩せた男が低くいったときには、すでに永富はバッグと新聞を抱えて立ちあがっていた。

「いや、失礼した。予約席の札を見落としたようで」

永富の詫びに応えようとはせず、痩せた男は近づき、背をかがめ、下から顔を近づけてきた。相手の尖《とが》った鼻先が永富の顎から二センチほどのところに来る。

「ひょっとしてショウキの……、永富さんじゃありませんか」

「ああ」永富はうなずいた。「あんたは？」

「小野田《おのだ》と申します」

浅草に事務所を持つ暴力団の若頭が小野田という名であったのを思いだした。永富の表情を読んだのであろう、小野田がにやりとする。

「以後、お見知りおきを」

「こちらこそ」

永富は半歩下がった。昔なら決してしなかった。

人間には誰にも侵されたくない結界がある。顔から十センチ圏内もその一つだ。その内側に鼻を突っこむのが初手の恫喝《どうかつ》だ。

「おれはカウンターに移るよ」

永富の言葉に小野田はうなずいた。二人が入れ替わり、小野田が壁を背にしてどっかと腰を下ろす。

永富はカウンターに向かった。

後ろで小野田がいうのが聞こえた。

「歳はとりたくないもんだ」

「まったくで」

若い男が答える。

永富は聞こえないふりを装ってカウンターに新聞とバッグを置き、スツールを引いて腰を下ろした。

「着きましたよ」

肩を揺すられ、辰見は目を開けた。パトカーの後部座席に乗りこんだとたん、眠りこんだらしい。欠伸《あくび》を嚙《か》み殺し、ついでに年齢について浮かんでくる皮肉っぽい思いを抑えこむ。

助手席に座っていた浜岡、後部座席から小沼、辰見を起こした伊佐につづき、降りる。ドアを閉める前にかがみ込んで運転席の若い警官に声をかける。

「ありがとう。助かった」

「いえ」

ふり返った警官の笑顔が少し眩《まぶ》しい。ドアを閉めるとパトカーは走り去った。

辰見はソフトアタッシェを持ったまま、大きく伸びをする。体内のあちこちで澱《よど》んでいた血液が巡るような気がした。ソフトアタッシェがずしりと重いのは、拳銃、手錠、警棒をケースごとひとまとめにして放りこんであるためだ。ほかの三人も似たようなバッグをぶら下げているが、辰見のようなずぼらを決めこんではいない。

根岸二丁目のラブホテル街に臨場したのが午前五時二十五分、それから六時間近くにわたって周辺検索と目撃者探しを行ったが、当初予想した通りはかばかしい成果は挙げられなかった。

機動捜査隊では、毎朝午前九時に当務の引き継ぎを行う。浅草分駐所での打ち合わせは、班長の稲田、相勤者浅川の二人が済ませている。この日当務に就く笠置《かさぎ》班の四人が根岸にやって来て、現場で合流したが、辰見たちは午前十一時をもって引きあげてきた。下谷《したや》警察署地域課のパトカーが署に戻るというのに便乗して、分駐所のある日本堤《にほんづつみ》交番まで送ってもらった。鉄筋コンクリート四階建てという破格の交番の二階に浅草分駐所は置かれている。

二階に上がると、フロアの隅にある応接セットに稲田と浅川がいた。点けっぱなしになっているテレビはニュース番組をやっていて、高梨の死体が発見された現場を背にした記者がレポートをしていた。

「ご苦労様」

稲田に声をかけられ、辰見はうなずいた。

「本当にご苦労様だ」

ソフトアタッシェをテーブルに置き、稲田のとなりに腰を下ろす。上品で控えめな香水が漂ってくる。甘い香りを吸いこんで、息を吐いた。

伊佐はテーブルを挟んで向かい側、浅川のとなりに座り、小沼と浜岡は手近にあった椅子を引きよせた。

「どうだった？」

「何も……」辰見は脂の浮いた顔を両手でこすり、手を下ろした。「誰も、何も見てないし、聞いてない」

「そんなところに行ってもいない」

伊佐が合いの手を入れる。辰見は小さくうなずいた。

「現場周辺を考えると想定内だ」

「第一発見者は？」

「発見現場の向かいにあるホテルのマネージャーだった。朝、ゴミを出しに来て向かいのビルのわきに倒れている高梨を見つけて一一〇番通報したそうだ」

辰見は最初に話を聞いたマネージャーの様子を思い浮かべた。

太り気味の男で名前は真鍋保雄《まなべやすお》、年齢は六十一歳。ラブホテルの雇われマネージャーになって十五年という。以前は飲食店を経営していたのだが、店を潰《つぶ》し、常連客にホテルの社長がいて拾われたといっていた。

『午後十一時から午前七時までは私一人です。宿泊タイムになってからですから、やってることといっても料金をもらって、釣りがあれば、渡すくらいですけどね。掃除は翌朝おばちゃんが出勤してきてからです。でも、毎日ですからねぇ』

自嘲《じちょう》気味に笑った真鍋の疲れきった顔が過ぎっていく。

「ゴミは前日のうちに掃除のおばちゃんがまとめておいて、明るくなってから真鍋が出すことになっていた。最初に高梨を見つけたときには、酔っ払いが寝こんでると思ったそうだ」

ふいにタバコを喫《す》いたくなったが、分駐所内は禁煙で四階の一角に小さな喫煙スペースが設けられているに過ぎない。

「見たところ、外傷はなさそうだったし、まわりに血痕もなかった。酔っ払いが寝こんでるように見えても無理はない。いったんはホテルに帰りかけたんだが、結構歳がいってるように見えたし、顔に血の気がなかったんで、戻って声をかけた。まるで反応しないんで一一〇番通報した」

「揺すってみたりしなかったのかな」

「怖くて触る気になれなかったといってた」

辰見は浜岡、それから伊佐に目を向けた。伊佐が小さくうなずく。稲田に視線を戻した。

「浜岡が高梨の唇をちょっとめくってね。歯が真っ赤だった。口の中には出血があったようだが……」

稲田が浜岡を見上げる。

「出血があるとわかったの？」

「辰見部長にどれくらい前に死んだと思うと訊かれて、それで顎に触ったんです。死後硬直が始まってましたから二時間くらいじゃないかと思いました。顔色からするとずいぶん失血しているような気がしたもので、とりあえず唇をめくってみました。でも、ほんのちょっとですよ」

「正解ね」

きっぱりと答える稲田の横顔を辰見は注視した。

「搬送先の病院で検視をした結果、高梨は口の中を撃たれていたことがわかった」

「撃たれてた？」

くり返したのは伊佐だ。

稲田がうなずく。

「口のまわりに火薬カスが付着していて、上顎……、軟口蓋《なんこうがい》のほぼ真ん中に穴が開いてたそうよ。弾丸はおそらく頭蓋骨《ずがいこつ》の内側で止まってるんでしょう。だから周囲に血は広がらなかった。病院で口を開かせたらどろどろの血が溢れだしたって」

「何と……」浜岡は顔をしかめてつぶやいた。「現場で口を開いてたら大騒ぎでしたね」

「その通りね」稲田がうなずく。「おそらく使用された拳銃は小口径ね。二二口径か、二五口径。でなきゃ、頭蓋骨の内側をぐるりと回って咽《のど》か首筋に射出してたでしょう。

目は開けてなかった？」

「つぶってたな」

辰見がいい、伊佐、小沼、浜岡がうなずく。

「自殺の可能性もあるんだけど……」稲田はテレビにちらりと目を向けた。「何しろ死んだのはちょっとした有名人でしょ」

浜岡が身を乗りだす。

「自分たちも探したし、すぐに機動鑑識《きかん》も来ました。銃なんか落ちてれば、見落とすはずがありませんよ」

「当然、そうよね」稲田はソファの背に躰をあずけ、腕を組んだ。「銃口をくわえて引き金をひけば、弾丸が軟口蓋に入っても不思議じゃない」

伊佐がいった。

「拳銃で確実に死ぬ方法を知っていたことになりますな」

映画やテレビなどでよく見られるようにこめかみに銃口を押しあてて引き金をひく方法は案外失敗しやすい。反射的に頭を動かしてしまうためだ。銃口を押しあてるなら顎の下の方が成功率が高い。だが、銃口をくわえれば、より確実を期せる。頭を動かそうと、発射時の反動で銃が暴れようと弾丸は口中に入り、脳幹を破壊する。

それまで黙っていた浅川が口を開いた。

「たとえ自殺だったとしても銃を持ち去った者がいる」

「それと目ね」稲田が付けくわえた。「軟口蓋から銃弾が入ったとすれば、脳は膨張するでしょう。目が飛びだしそうになってるはず」

「何者かがまぶたを押さえて閉じたということになりますか」浅川がうなずきながらいった。「自殺、他殺のいずれにしても、死体が発見される前に現場には誰かがいたということになりますな」

「そうね」稲田は班員たちを見渡した。「死んだのがそこそこ有名人だから、おそらくは警視庁《ホンテン》から捜査一課《いっか》が出張ってきて、下谷署に捜査本部《チョウバ》が立つだろうね」

小沼が首をかしげた。

「他殺だとしてもどうやって口の中に銃口を入れるんですかね。死体《ホトケ》には争ったような跡はありませんでしたよ。引きずられたような形跡もなかった。その場でばったり倒れたって感じでしたけどね」

話を聞きながら辰見はまったく別の思いにとらわれていた。

口の中に小口径弾を撃ちこむ手口……。

報告書の作成は小沼が引きうけてくれたので、辰見は昼過ぎには分駐所を出ることができた。浅草方面に向かって歩きながら携帯電話を取りだす。

顔をしかめ、携帯電話を遠ざけながら電話帳を繰っていった。目的の名前を見つけると発信操作をする。何年ぶりかの電話になる。相手につながるか、確信はなかった。だが、二度の呼び出し音のあと、男の声がいった。

「おう、あんたから電話なんて珍しいじゃねえか」

「ちょっと話を聞きたいことがあってね。時間、あるか」

「こっちは年寄りだ。暇ぁ持てあましてるよ。今、どこだ?」

「会社を出たところだ」

「会社か」相手が笑う。「それで今はどこにお勤めで?」

「案外、あんたに近いところだよ。土手通りのマンモス交番だ」

かつて日本堤交番はマンモスと呼ばれていた。

「交番勤務に格下げか」

「交番勤務を馬鹿にするもんじゃない。だが、おれはいまだ刑事《デカ》やってる。機動捜査隊《きそう》の分駐所があってね」

「吉原の弁財天《べんざいてん》ってのは、どうだ?」

「三十分後なら」

「一時間後にしてくれ。今、ランチの最中でね」

「わかった」

電話を切った辰見は次の交差点を右に曲がった。

3

賽銭《さいせん》に百円を奮発した辰見は、二拍手して合掌、瞑目した。ふと思う。何と唱えればいい？　神社であれば、念仏というわけにもいくまい。うまい文句が思いつかないまま、目を開け、手を下ろした。

吉原弁財天は、柱、欄干、破風《はふ》等々、あらゆるところに朱が用いられ、何ともあでやかだった。正面の軒下には、吉原弁財天、吉原神社のほか、稲荷《いなり》神社の名前を記した提《ちょう》灯《ちん》が七つ並んでいた。

電話をしてからそろそろ一時間になると思いながらふり返ると、少し離れたところに男が立っていた。身長は百八十センチほど、痩せた躰を上下黒のトレーニングウェアに包み、左手に明るい茶のセカンドバッグを持っている。

まじまじと見てしまった。頭頂部がすっかり禿《は》げあがり、残った髪も白くなっていた。目尻や唇の端に深い皺が刻まれている。

待ち合わせをした男に違いないかとためらっているうちに相手が先に声をかけてきた。

「驚いた。あんた、すっかり爺ぃだな」

「そりゃ、こっちのセリフだ」

待ち合わせの相手——永富豊成はにやりとした。

「何とも便利な世の中になったもんだ。ケータイが生きてりゃ、一発で連絡がつく。辰見って名前が出て、本当《マジ》かよって思ったぜ。もう何年になるかね。あんたの携帯におれの電話番号がまだ登録してあったなんてな。びっくりしたぜ」

「つながるかどうか、おれも半信半疑だった」

「辰ちゃんの稼業で半信半疑はねえだろ」

そういってにやにやしている永富を見返しながらまたしても面食らった。永富にちゃん付けされたことはない。

永富が言葉を継いだ。

「人を見たら泥棒と思えってのが身上じゃないのか」

辰見は肩をすくめ、そしてうなずいた。

「たしかに」

「とっくに定年したと思ってたがな」

「まだ一年半ある」

「何だって急に電話なんか……」永富は首を振った。「まあ、話はあとでゆっくりできる。せっかく来たんだからおれもお詣《まい》りさせてもらおう」

辰見が下がると永富は本殿の前に進みでた。トレーニングウェアのポケットから無造作に小銭をつかみ出し、賽銭箱に放りこむ。銀色、銅色入り混じった硬貨が数枚、音をたてて格子の間に吸いこまれていった。わきの下にセカンドバッグを挟んだ永富は大きな鈴から下がっている紐をつかんで二度振った。

ガラン、ガランという音が響きわたる。ついで顎を引いて直立し、背筋を伸ばしたまま、二度拝礼した。柏手《かしわで》を二度、そしてもう一度拝礼する。作法にのっとった永富の所作を眺めながら辰見は思った。

直接顔を合わせるのは、何年ぶりだろう……。

あの事件のあと、会ったことがあるかと自問する。いや、とすぐに否定した。事件後、合同捜査本部が立ち、辰見も駆りだされたが、あのとき、永富には会っていない。事件の前、築地《つきじ》警察署刑事課四係の一員として何度か永富に会っただけだ。

かれこれ二十七年か、あらためて思う。あの頃の自分がまだ三十そこそこ、今の浜岡と同じくらいだと思うとはるか昔のような気がするが、ひょいと手を伸ばせば届きそうな、ついこの間の出来事にも思える。

事件後、被疑者として逮捕された永富は裁判を受け、懲役十年を打たれた。仮出所になったのは八年後だ。

永富が辰見に向きなおった。

「それで元ヤクザに何の用だ？」

「元？」

「ああ、引退した。三年になるかな。馴染みのある縄張《ニワバ》りが津波で流されちまってね。それと女房が死んじまった。病気でな」

おや、と辰見は思った。永富の口から女房という言葉が出てきたのは初めてではないか。ほかのヤクザ同様、場下《ばした》とか厄介者《やっかいもん》といっていたように記憶している。ひょっとしたら正式に所帯を持ったのが出所してからなのかも知れない。

浅草分駐所に勤務するようになってからは、時おり永富や所属する組の名前は耳にしていたが、引退したとは知らなかった。

永富が照れ笑いを浮かべ、首筋を掻いた。

「昔、いろいろ世話になった人が被災したから片づけなんかを手伝いに行ったり、そのうち女房の付き添いもするようになった。人助けとはいっても片一方はてめえの女房だからなぁ。さすがに看板汚しだし、六十も過ぎてたからそれで引退したんだ」

「今は？」

「しがない年金暮らし」

ヤクザをしていた永富が年金を積んでいたはずはない。おそらくはかつて所属していた組から毎月いくらかもらっているのだろう。あちらの世界では、人情が廃《すた》れてしまったわけではない。

「そうはいっても、そっちは現役のダンナだ。いくら元とはいえ、ヤクザ者に会うのは人目をはばかるだろうと思ってね。それでここを選んだ」

「すまん」

「わかっちゃねえな」永富は顔をしかめ、首を振った。「すまんは詫びの言葉だ。素直にありがとうといえないのは悪い性癖《へき》だぜ」

「そうかも知れん」

「何てね。おれも被災した人たちから素直に礼をいうことを教わったんだ。あの震災のあと、東北に行ったことがあるかい」

「いや……、一度も」

「行ってくればよかったのに。あっちに行くとな、かえって元気がもらえるんだよ。そりゃ、家族を亡くして落ちこんでる連中ばかりだけど、食わなきゃならんだろ。一日でも早く、元のように稼ごうと必死こいてるのを見てると、こっちが力をもらうんだよ……、ってよけいなことだ。それで用ってのは、何だ？」

「今朝早く高梨という男が死体で発見された」

辰見の言葉に永富は顔をしかめ、舌打ちした。

「どうかしたのか」

「すまん。そっちとは関係なかった。たしかどっかのスーパーの社長だろ。ニュースで見たよ。で、その事件とおれに何か関わりでもあるのか。さっきもいったように引退した身だし、根岸のラブホテル街といえば、まわりに寺や神社がわんさかあるが、うちらのニワバでもなかった」

「その社長だがな」辰見は永富の顔をまっすぐに見て、言葉を圧《お》しだした。「射殺されたんだ。口の中を撃たれて」

永富が瞬時にして真顔になった。

「口の中を……。ニュースじゃ、そんなことはいってなかった」

「警察はまだ発表していない。検死結果が出たのもついさっきだ」

永富は二度、三度とうなずき、物思いに沈んだ様子を見せたが、顔を上げた。

「まだ、勤務中だよな？」

「いや、当務明けでね。あんたに会いに来たのも仕事ってわけじゃない」

「おれの住処《やさ》がこの近所なんだ。かまわなかったら寄っていかないか」永富が照れくさそうな笑みを見せる。「婆《ばあ》さん猫がいるんだよ」

「寄らせてもらうよ」

辰見はうなずき返した。

少し歩くと右に大きな総合病院があった。目をやった永富がつぶやく。

「ここで女房を看取ったんだ。すっかり痩せちまってなぁ。可哀想《かわいそう》だった」

「いや、まったくすまねえ。客を床に座らせて、おれがソファってのも決まりが悪いが」

永富が心底恐縮していうのに辰見は手を振った。

「気にしないでくれ」

吉原弁財天から歩いて数分のところに永富が住むマンションはあった。こぢんまりとした賃貸の1DKできちんと片づけられてはいたが、いたるところに猫の毛が落ちている。毛の主は今、永富の太腿《ふともも》にもたれかかっていた。だが、眠っているわけではなく、油断のない目つきで辰見を見ている。

玄関に入って、すぐ獣臭さを感じた。不快ではなく、むしろ懐かしさを感じた。向島《むこうじま》のアパートには、かつて近所の猫が出入りしていたことがある。いつ、どこからともなく現れるので、勝手にバットと呼んでいた。黄金バットが由来。我ながら古いと思う。だが、いつの間にか姿を見せなくなり、もう何年にもなる。

リビングに入ると猫はソファの真ん中に堂々と寝ていた。永富が追いはらおうとしても動こうとせず、辰見を睨《にら》みつけて威嚇《いかく》するように鼻を鳴らす始末である。辰見はさっさと床に腰を下ろしてあぐらをかき、永富がソファに座った。

「ソファはこいつの領分でな」

永富は猫の咽を撫《な》でながらいった。目を細め、おだやかな笑みを浮かべている。二十七年前には一度も見せたことのない顔だ。

「人間、変われば変わるもんだと思う。我ながら呆《あき》れかえるくらいだ。このおれが猫といっしょに暮らすなんてな。考えたこともなかった。でも、いいんだよな」

「生き物のあったかさがね」

ぽろりとこぼれた言葉に自分でびっくりした。永富が顔を上げ、まじまじと辰見を見る。

「いや、人から聞いた話だ」辰見は周囲を見まわした。「あんたんところは禁煙か」

「まさか。おれだって喫うよ。灰皿が台所のテーブルの上にある。すまんが、取ってきて勝手にやってくれ」

「猫、飼ってるのか」

辰見は立ちあがり、台所に入った。テーブルに置いた灰皿に手を伸ばしかけて、電子レンジの上に猫用の缶詰が積みあげてあるのに気がついた。辰見の部屋の台所にもまだ二十個ばかり缶詰が残っていて、埃をかぶっている。いつかバットがふらりとやって来るかも知れないと思っているのだ。あり得ないとはわかっていたが……。

押しつぶしたタバコが一本入ったままの灰皿を手にリビングに戻った。テーブルに灰皿を置き、元のようにあぐらをかくと背広からタバコとライターを取りだした。一本をくわえて、火を点ける。

煙を吐く辰見を見て、永富が首をかしげる。

「不思議だよなぁ」

「何が?」

「東京中のあらゆるところが禁煙になった。煙で空気が汚れるっていうんだが、おれはかえって息苦しくなったように感じるよ」

「臭い、汚い、持って歩けば、ちょうど子供の顔の高さだって……、通行人が持ってるタバコで火傷《やけど》をしたガキの話なんか聞いたことがない」

「そりゃいえる」永富は相変わらず猫の咽を撫でながら大きくうなずいた。「ところで、辰ちゃんと初めて会ったのはどこだっけな?」

くわえタバコから立ちのぼる煙越しに永富を見ていた。タバコを取り、灰皿の上で灰を落として答えた。

「東銀座のクリーニング屋だよ。忘れたか」

「東銀座の……」

目を細めた永富だったが、思いだしたのだろう。口元に笑みが広がった。

「ああ、あれか。あれはひどかった。店がめちゃくちゃになったもんな」

小さなクリーニング店にダンプが後ろ向きで突っこんだ。未明のことで店主夫婦は奥の住居で寝ていてかすり傷ひとつ負わなかったものの、通りに面した店は完全に破壊された。

「警察がダンプを引き抜いたとたん、家が崩れ落ちた。あそこの社長には同情するが、笑っちまったぜ。並のドタバタコントの比じゃなかったものな」

運転手はキーをつけっぱなしにして逃げた。ダンプは近所の工事現場から盗みだされたもので、後ろ向きに突っこんだのは、済んだあとにさっさと逃げだすために他《ほか》ならない。つまり意図的に行われたのだ。

あれは昭和六十三年の夏、もう二十七年も前……。


顔を出したとたん、律儀にも太陽は全力疾走をはじめ、午前六時をまわったばかりだというのに照りつける陽光は容赦なく頭の天辺《てっぺん》をじりじり焦がしていた。

三十度を超えたな——辰見は顎を流れていく汗を拭いもせず、目の前の惨状を見つめていた。

間口二間のクリーニング店にダンプが後ろ向きで突っこんでいた。荷台部分は店にすっぽりと入り、軒先のテントはひしゃげていた。周囲にはガラスや木片が散らばっており、看板も斜めに落ちて、ダンプにもたれかかっていた。運転席のドアは開けはなたれていて、付近にドライバーらしき姿は見えない。すでに鑑識課員が数人がかりで写真を撮ったり、ダンプの運転席やドアの指紋を採取していた。

築地警察署地域課員がクリーニング店が面する通りを数十メートルにわたって封鎖し、パトカー、鑑識課員が乗ってきた紺色のワゴン車が停められていた。アスファルトの道路に這《は》いつくばり、タイヤ痕や路上に落ちているダンプの部品などを探しているのは交通課員だ。

ぽんと肩を叩《たた》かれ、辰見はふり返った。

「おはようさん」

築地署刑事課四係長の熊谷《くまがい》がそういって欠伸をする。目をしょぼしょぼさせていた。

「おはようございます」

一時間ほど前、熊谷が辰見のアパートに電話してきた。東銀座のクリーニング店にダンプが突っこんだといわれ、辰見は顔も洗わずに飛びだしてきた。

「まったく朝っぱらからやってくれるぜ」

熊谷はぼやき、タバコをくわえる。辰見はポケットから出したオイルライターに火を点け、差しだした。吸いつけた熊谷が煙とともに礼をいった。辰見はライターの蓋《ふた》を閉じて、ポケットに落とした。

「辰ちゃんが四係《うちら》じゃ、最初か」

「ええ。ほかはまだ」

三十を過ぎた辰見だが、四係ではもっとも若かった。向島のアパートに住んでいて、銀座までなら三十分とかからず臨場できる。おそらく熊谷は真っ先に辰見に電話を入れたはずだ。すでに刑事課の当直員と周辺の交番から地域課員が臨場しているので、急ぐことはないといわれた。

「ここらじゃ、この一軒だけが頑張ってたんだよな?」

「そうですね」

クリーニング店の両どなりは雑居ビルだが、どちらも正面にロープが回され、不動産会社の名前が入った立ち入り禁止という札が窓やシャッターにべたべた貼られていた。不動産会社の名は左右のビルで違っていた。一帯を更地にして、大型ファッションビルを建てようという計画が持ちあがっているのだが、長年商売をしてきたクリーニング店は周辺に得意先があるとして立ち退きに応じなかった。

「立ち退き料の話は出てたっけ」

「私が聞いたところじゃ、不動産屋は八千万まで提示したらしいんですが、適当な場所に新たに店舗を建てて、商売を始めるには最低でも一億五千万は必要だと突っ張ってたらしいです」

「一億五千万かよ」熊谷は目を剝いた。「まあ、八千万でも一生かかってもお目にかかれないだろうが」

暴力団担当の四係も現場に呼ばれたのは、不動産会社だけでなく、ヤクザの代紋《だいもん》が入った名刺を持った男たちも交渉に来ていたからで、その男たちが姿を見せてから夜通し電話が鳴りつづけたり、排泄物《はいせつぶつ》まみれの洗濯物を大量に持ちこむなどの嫌がらせがあったためだ。

「ちょっと日陰に入ろうや」熊谷はタバコを足元に落とし、くたびれた革靴で踏みにじった。「何もかんかん照りの日向《ひなた》に……」

ふいに言葉を切った熊谷は規制線の向こう側を睨みつけ、つぶやいた。

「ショウキのホウセイじゃないか。何だって浅草のヤクザがこんなところまで出張ってやがるんだ」

辰見は熊谷に目を向けた。

「ショウキって何すか」

「異名《ふたつな》だ」

熊谷が顎をしゃくる。

「こじゃれた麻のスーツを着てる奴と、アロハシャツの間抜け面したのがいるだろ」

辰見は目を向けた。

「スーツの方が利根《とね》興業の永富豊成という男だ。鍾馗《しょうき》様ってあるよな。暑苦しい髭《ひげ》を生やした、五月人形なんかの」

「ええ」

「永富は背中一面に鍾馗の彫り物を背負ってるんだ」

「はい、わかります」

それで鍾馗の豊成か……。

辰見はあらためて白いスーツの男を見た。口元に浮かんだ、太々《ふてぶて》しい笑みが強く印象に残った。

4

人が感じる時間の長さは、年齢に反比例するという説があると聞いたことがある。五十歳の一日の長さは一歳のときの五十分の一にしか感じられないというのだ。誰がいったのか、どうしてそうなるのか、真偽のほども辰見にはわからない。だが、五十代が終わりかけている今、実感だけはあった。

猫の咽を撫でている永富の手には張りがなく、長い指も関節の太さばかりが目についた。

当時上司だった熊谷は築地署に来る前まで浅草署で、長らく暴力団担当をしていた。それで永富を知っていた。とっくに定年しているはずで、その後の消息は知らない。

永富のなすがままになっている猫はうっとり目を閉じ、頬笑《ほほえ》んでいるように見えた。

辰見はバットに触れたことがない。飼っているわけではないと遠慮したからだ。バットも牛乳か餌がなくなれば、長居は無用とばかりに十センチほど開いた窓から出ていった。愛想はなかったが、手間もかからなかった。

「おれは十五んときに秋田から出てきた」猫の顎の下を指でなぞりながら永富はいった。「集団就職さ。金の卵なんていわれた時代だ。今から思えば、本当に世間知らずのガキだった。何しろ本気で自分を金の卵だと思っていて、いつかはいっぱしの男になると信じていたんだから。長閑《のどか》というか、脳天気というか」

まるで猫に語って聞かせるように永富は話しつづけた。

「東京を見たのは、そのときが初めてだった。だから西郷《さいごう》さんの銅像を探したんだよ。上野といえば、西郷さんだろ。でも、見当たらなかった。おれがあんまりきょろきょろするもんだから迎えに来た社長に訊かれたんだよ。何してるって。西郷さんを探してると答えたら腹ぁ抱えて大笑いされてな」

永富はにやにやしながら辰見を見た。

「どうしてかわかるかい」

「いや」

「上野駅でも入谷口だったんだよ。おれが就職したのは千葉にある工場でね。下請けの下請け、社長のほかに従業員が三人ってだけの小さな町工場だった。その年、入ったのはおれ一人さ。それで社長がトラックで迎えに来たんだが、入谷口の近くに停めてあった。こっちは駅に出入口がいくつもあるなんて想像もできなかった。おれが育ったのは小さな村でね。駅まで十キロもあったし、駅舎だって入口から改札口、ホームまで見通せた。ホームなんか土を固めて盛りあげてあったんだぜ」

永富は鼻に皺を寄せ、ふっと笑った。

「大笑いされて、おれの東京暮らしが始まったんだ」

猫に視線を戻した永富は、今度は背中を撫でた。猫はごろりと横になり、目をつぶって四肢を突っ張らせると脱力した。

「ガキながら悔しかったな。最初の休みの日は一人で上野へ行って、西郷さんを探したんだ。人に訊くのは恥ずかしかったから駅のまわりをぐるぐる歩いた。ようやく見つけたときは、鳩の糞《ふん》だらけで汚《きたね》えなと思ったよ。それがきっかけというわけでもないが、休みになると上野へ出た。おれ以外の工員は結構年寄りで、みんな家族持ちだったからいつも一人で出かけた。まあ、おれだけじゃなく、あの頃東北から出てきた連中はたいてい上野界隈《かいわい》で遊んだよ。銀座だ、渋谷だ、新宿だっていわれてもおっかなかったんだろう」

永富が苦笑する。

「もう五十年以上も前なのにあの頃の街並みは憶えてるなぁ。今でも時々夢に見るし。鈴本《すずもと》の辺りとか、アメ横とか」

猫が寝息をたてはじめると、永富はそっと立ちあがって台所に入った。ところが、猫はぱっと目を開け、首をもたげて永富を見た。冷蔵庫を開けて、缶ビールを二本取りだし、元の場所に座ると猫はほっとしたように目をつぶった。

「面倒なんで、グラス無しだが」

「かまわんよ。ありがたくいただく」

辰見は缶を開け、口をつけた。冷たいビールが咽に心地よい。しばらくの間、二人は黙ってビールを飲んだ。

缶をテーブルに置いた永富はセカンドバッグからタバコを取りだして吸いつけた。辰見は灰皿を永富の前に押しやった。

「その懐かしい街並みをぶっ壊すのに、あんたは手を貸したんじゃないか」

永富は大げさに目を見開き、顔の前で手を振った。

「ぶっ壊しちゃいない。東京再開発の一翼を担ったんだ」

黙って見返していると、永富はにやりとしてタバコを灰皿に押しつけた。

「まあ、少しばかり乱暴な口を利いたりしたことはあったがね」

「少しばかり？　口を利いた？　小さなクリーニング屋にダンプを突っこませるのが？」

「あれはやり過ぎだよなぁ。どこの誰がやったのか知らねえが、あれはひどかった」

永富は真面目《まじめ》な顔つきで首を振った。

ダンプは晴海にあった工事現場から盗まれたものだった。工事現場といっても土地を造成している段階で塀などはなく、空き地にダンプが並べられ、プレハブの管理小屋があっただけである。ダンプのキーは管理小屋の壁に掛かっていた。

何者かが管理小屋のガラス窓を破って侵入し、ダンプのキーを盗みだしたのだが、前日の午後八時以降、現場には関係者が誰一人残っておらず、ダンプがいつ盗まれたのかもはっきりとしなかった。

翌朝、ダンプが消えていると騒ぎになり、警察に通報してきたのは、辰見がクリーニング店に臨場した頃だ。

永富は天井を見上げた。

「あのクリーニング屋の親父《おやじ》だが、なかなか腹の据わった奴だったな。おれは不動産会社の社長に泣きつかれて、顔を出したんだが、ブルドッグみたいな面《つら》ぁしてやがって、こっちがびびったぜ。並のチンピラよりよっぽどヤクザらしかった」

店主には辰見も二度ほど会ったことがある。たしかにいかつい顔をしていて、おそろしく無愛想だったが、実際は小心で恥ずかしがり屋でしかなかった。

『この顔のせいでガキの頃から損ばっかしてる』

ぼやいた店主の様子がふいに浮かんだ。

「あの案件は警察《サツ》のダンナ方に片をつけてもらったようなもんだ。あんたらのおかげで借家契約がふっ飛んでよ」

ダンプを動かし、店舗から引きずり出したとたん、重い音がして大量の埃が舞いあがった。現場にいた辰見は、埃の狭間で屋根が沈みこんでいくのを目撃していた。

クリーニング店は借地に建てられた店舗を借りて営業していた。ファッションビルを建てようと目論《もくろ》んだ不動産会社はまず地主から底地を買い、次に店子《たなこ》であるクリーニング店と立ち退き交渉をする。一方、クリーニング店は借地権、借家権の双方で守られているので、新たに地主になった不動産会社の要求に即刻従う必要はない。

しかし、建物が失われれば、借家権が消滅する。借地権は残るが、一年以内に新店舗を建てなくてはならなかった。元々が賃貸の店舗だし、店舗の所有権も底地を買った不動産会社に移っていた。クリーニング店に新たな店舗を建てる資金などなく、廃業を余儀なくされたのである。

「クリーニング屋の一件は、うちの近所にあった不動産屋の親父が相談に来て、乗ったんだ。さっきもいったが、東京の再開発だし、人助けだと思ってた。だけど世間の風は冷たかったねぇ。地上げ屋なんていわれて一大バッシングだ。不動産屋の親父も相当へこんでたぜ」

地上げは主に不動産会社が行っていたし、そもそもは古くて小さな住宅や店舗が密集した土地をまとめて更地にし、より収益が高く、機能的なビルを建てようという正当な行為である。だが、昭和末期、いわゆるバブル景気の頃は、土地の価格が急騰し、転売に次ぐ転売が行われ、一度の転売で数億から数十億円の利益が出た。

永富は辰見に目を向けた。

「だけどよ、不動産屋の連中もあこぎにやったけど、店子だって相当なワルだったぜ。世間じゃ、地上げ屋といえば悪者で、細々と営業してる小さな店をいじめ抜いて追いだしてるっていわれてたけど、あいつらにしたって立ち退き料をつり上げることしか頭になかったんだ。どっちもどっちだとおれは思ったがね」

盗人《ぬすっと》にも三分の理って奴か……。

真剣に語る永富を見て、辰見は胸のうちでつぶやいた。

ワイシャツの胸ポケットに入れた携帯電話が振動する。かすかな音だったが、永富はすぐに気づき、猫も目を開き、首を持ちあげた。

「出なよ。大事件かも知れねえぜ」

「すまん」

辰見は携帯電話を取りだした。背面の窓に稲田と表示されている。立ちあがり、耳にあてながら玄関前に出た。

「はい、辰見」

「今、大丈夫？」

辰見はリビングをふり返った。タバコに火を点けた永富は、仰向けになった猫の腹を撫でていた。レースのカーテンで弱められた陽光がタバコの煙で斜めに浮かびあがる。光に満ちた油絵のように見えた。

「少しなら」

「高梨剛治の件だけど、下谷警察署《PS》に捜査本部《チョウバ》が立つことになった」

辰見はリビングに背を向け、低声《こごえ》で訊いた。

「殺人《コロシ》で？」

「いえ、死体遺棄の方で。まだ自殺と幇助《ほうじょ》のセンは捨てきれていない。それで明朝九時に下谷PSで全体会議が開かれるんだけど」

「稲田班《うち》が出るんですな」

稲田班は当務明けの今日が非番、明日は労休になる。明日の午前九時といえば、今日担当の笠置班、明日の前島《まえしま》班がちょうど引き継ぎ打ち合わせをしている最中だ。

「そう、私と辰見部長と小沼の三人」

「花の独身トリオだ」

新入りの浜岡は小沼より若いが、すでに結婚していて子供も一人いる。

「セクハラだけど、聞き流しておく。それじゃ、明日」

「了解」

電話を切ってリビングに戻るとソファには猫だけがいた。台所から戻ってきた永富が缶を二つ持ちあげてみせる。

「今どきはこんなのがあるんだぜ。知ってたか」

缶入りのハイボールだ。うなずき返すと、永富は顔をしかめて吐きすてた。

「艶消《つやけ》しだな。しかし、便利だ」

「何しろこっちは金の卵だ。孵《かえ》れば、どんな立派な鳥になるかと思ってたよ。舞台は花の都、大都会東京だ。どんなに舞おうが暴れようが、不足のあるはずはない。だけど、こっちは町工場の工員で、来る日も来る日もどんな機械の、どんなところに使われるかわからない部品をこしらえてる。いや、同じじゃないんだな。毎日寸分違《たが》わず同じ物を作るなんて、そうそうできるこっちゃない。そんなことができるのは腕のいい職人だけなんだ。毎日同じ物を作れるんならおれも飽きなかったろう。だけど、こっちは半端者だからな。こつこつと技を身につけるなんて根性もなかった上に失敗《しくじり》も多かった。それでイヤになっちまう。イヤになると仕事を投げる。投げるからしくじるし、しくじればよけいイヤになっちまう」

喋《しゃべ》りながら永富は酔ってるなと思った。自分のことを喋ってて気分がよく、止まらないときは酔っぱらっている証拠だ。

ビール一缶、ハイボールは二缶目——チャミィの相手をしなければならないので辰見に台所まで取りに行ってもらった——だ。歳のせいで弱くなったとは思わない。中学生の頃に酒の味をおぼえ、ビール、日本酒、洋酒、焼酎と何を飲んでもうまいと思ったし、ほんのわずか飲んだだけで気持ちよく酔った。酔わなければ、酒を飲む甲斐《かい》がない。早めに酔っぱらっても長々と飲むことができた。

酒量が増えれば、当然酔いも深くなる。前後どころか、上下、左右、今も昔も不覚となり、誰と飲んだか、どこで飲んだか、何を喋ったものか、翌朝すっかり忘れていることも珍しくなかった。

だが、さすがに今の量では泥酔とまではいかない。ちょっぴり気持ちがはずむくらいのものだ。だから辰見が電話してきた理由もちゃんとわかっている。

昼間、喫茶〈シェルブール〉で見たテレビのニュースで伝えていた、どこかの社長が死んだという話だ。同時に現役若衆二人組も浮かんできそうになる。抑えつけた。

口の中を撃たれていたと辰見はいった。電話をしてきた理由は、そこにある。

「工場で働くようになって二年ちょっと経った頃、東京で三度目の夏のことだ。おれは相変わらず休みになると上野で遊んでた。日曜だけが休みでね。週休二日なんて見たことも聞いたこともない。それでも土曜はよっぽどのことがなければ、残業がなかったんだ。だから五時になるとさっさと工場を出て、ひとっ風呂浴びて上野よ。まあ、遊ぶといっても可愛《かわい》らしいもんだったけどな。ちょこっと酒を飲んで、あとはオールナイトで映画を見るくらいだ。洋画が多かったな。戦争物やウェスタンだ。ウェスタンならハリウッドだろうが、マカロニだろうが、かまやしない。アメリカ人もイタリア人も皆同じ顔にしか見えなかった。とにかく派手にドンパチやって、最後はスカッとするのが良かった。任侠《にんきょう》映画も見たけど、それほどお気に入りってわけじゃなかった。だけど、のちのち稼業に入って役に立った。仁義の切り方とか、作法とか、全部映画で見てたから案外まごつくことはなかった。いわば、予備校に通っていたようなもんだな」

辰見はくわえタバコをしたまま、訊いてきた。

「どうして稼業に足を踏みいれることになったんだ?」

来た、と永富は思ったが、調子を変えずに喋りつづけた。

「松五《まつご》の兄貴……、松岡五郎《まつおかごろう》と出会ったのがきっかけだ。憶えてるだろ、松五の兄貴は」

「ああ」辰見はうなずき、タバコを灰皿に押しつけて消した。「おれもゴロウだからな。もっともおれの方は悟らない悟郎だが」

「悟らないか。うまいことというね」

「褒められてる気はしないな」

苦笑した辰見がハイボールを飲む。永富も缶に口をつけ、冷たい液体を流しこんだ。渇いた咽に心地よい。

「ある日のことだ。ガード下の立ち飲みで一杯やって、映画でも見るかと思って歩いてた。〈アブアブ〉の裏辺りだった。いきなりちっちゃいのが暗がりから飛びだしてきて、おれに腕時計を押しつけた。五、六個あったかな。とにかく預かってくれというんだ。飛びだしそうに目を剝いて、顔は汗まみれだった。どれも舶来品で、一個十万はくだらねえっていう。明日、昼に西郷さんの下へ持ってきてくれ、礼をするといって、ぱっと駆けだしていった」

「あんた、何も訊かなかったのか。盗品かも知れないだろ」

「訊く暇なんてあるかよ。どんと押しつけて、ぱっと走ってった」

「それで翌日の昼に行ったのか。西郷さんの下へ」

「行ったよ」永富は答え、タバコをくわえて火を点けた。「昼前にはあそこに行ってたんだ。何しろ一個十万はくだらねえといわれたから正直びびってたんだ。だっておれの給料が五千円だぜ。五十万としたって、百ヵ月分なんだからな」

「松五は来たのか」

「ああ、夕方、うす暗くなった頃にね」

「あんたは待ってた」

「待ってるしかほかにしようがないだろ。剝きだしで持ち歩くのも気が引けたからアメ横で安いバッグを買って、それに入れてた。渡したら中を見ようともしねえでほざきやがった」

「何て?」

「おれの目に狂いはなかったって。お前は間抜けな田舎者面してるから正直者だと思ったって。あとで聞いたら時計は全部ニセモノで、いいとこ一個千円するかしないかだっていいやがる。客に売りつけたらニセモノだとわかって、オマワリを引っぱってきやがった。そんで逃げてる最中だったんだ」

「そのちっちゃいのが松岡だったわけか」

「ちっちゃいのねぇ」永富は灰皿の上にタバコをかざし、灰を落とした。「さっきは思わずいっちまったが、兄貴には一度もいわなかった。何しろプロボクサー一歩手前まで行ったんだからな。五人までなら一人でやっつけられるといってたが、おれが見た中じゃ、最高は八人だったよ。それもあっという間だ。ボクサーの拳《こぶし》は凶器というが、本当だな。たいていボディに一発入れるだけで相手は動けなくなった」

ふいに松岡の顔が浮かんだ。小さな目をした、まだあどけなさが残る二十歳くらいの顔だ。

『横隔膜にショートフックを入れるんだ。それで息ができなくなって、素人なら十中八九ぶっ倒れる』

得意そうに笑った顔をふり払い、辰見に目を向けた。

「松五の兄貴は厄介者《ヤクネタ》だった。それは間違いない。頭に血が昇ると手がつけられなかった。それでもまさか親分《オヤジ》にまで手を出すとは思わなかった」

松岡が自分の、そして永富にとっても親分を殺したのは、二人が上野で出会ってから四半世紀以上も後のことだ。口の中に拳銃を突っこんで、引き金をひいた。弾丸は頭の中にとどまったが、即死だった。

「おれが始末をつけるしかなかった。むしろおれは望んだ。ほかの誰かに殺《と》られるくらいなら自分でやった方がましだと思った。知ってるだろ、あんただって。おれはそれで十年打《ぶ》たれた」

永富はゆっくりとタバコを喫い、煙とともに吐きだした。

「歌の文句じゃないが、義理と人情を秤《はかり》にかけりゃ、義理が重かったんだ。あの頃はね」

咽が渇いて、ひりひりしていたが、辰見相手にもう一杯飲もうとは思わなかった。これ以上酒が入ると、何を喋り出すか、自分でもわからない。

第二章　もう一つの容貌《かお》

1

捜査会議が始まる午前九時まであと五分になったが、班長の稲田、小沼ともに姿を見せていない。辰見は腕時計から目を上げ、窓を見やった。ガラス越しに見上げる空は雲一つなく晴れわたっていた。

昨日のことだ。帰ろうと尻を持ちあげたとき、永富もタバコを買いに行くといいだして、いっしょに降りてきた。外に出るなり空を見上げていった。

『雨の匂《にお》いがしやがる』

『雲なんか欠片《かけら》もないじゃないか』

辰見がいうと、永富は得意そうににやりとした。

『まあ、見てな。こっちは大道稼業が長かったんだ。雨は一番の天敵だったからな』

一時間ほどして雨が降った。通り雨らしく短い間だったが、思いのほか激しかった。

「ひゃあ、間に合った」

悲鳴とも嘆声ともつかない声を漏らして、となりに小沼が腰を下ろした。息を切らし、赤らんだ顔が汗まみれになっている。

「おはようございます」

「おはよう」辰見は小沼をしげしげと見た。「寝坊か」

「三ノ輪《みのわ》まで行っちゃったんですよ。それで下谷PSの前まで行って、工事中だと気づいて」

平成二十六年十月以降、下谷警察署は解体工事にともない仮庁舎に移転している。仮庁舎は入谷交差点を東に少し入ったところにあり、高梨が遺体で発見された根岸二丁目のラブホテル街からも近い。

「下谷PS建て替えは通達が出てるだろうが」

「うっかりしたんです。ぼくは日比谷線で仲御徒町《なかおかちまち》から通勤してるんですけど、三ノ輪まで行けば楽勝だって……、余裕かましたのが落とし穴でした。ここまで走りましたよ」

そういいながら小沼はハンカチで顔を拭いた。

日比谷線なら三ノ輪の一つ手前、入谷で降りていれば、仮庁舎までゆっくり歩いても五分で到着したはずだ。辰見は東向島からスカイツリーラインで浅草に出て、あとは言問通りを二十分ほど歩いてきた。

「班長もまだ来てないよ」

仮庁舎二階にある会議室には細長いテーブルと椅子が並べられていた。百ほどの席は八割方埋まっている。最前列には本庁捜査一課が並び、その後ろに下谷署刑事課のほか、浅草署、尾久署からも応援要員が駆りだされているようだ。機動捜査隊は浅草分駐所のみ、来ているのは辰見と小沼の二人だけだ。

「班長から電話がありました。急用で行けなくなったんで、辰見さんとぼくに任せるって」

「急用ね」辰見は顎を掻いた。「昨日のひと言がよけいだったか」

「何いったんすか」

「おれとお前、それに班長だろ。花の独身トリオだって」

「それ、セクハラっすよ」

「向こうの方が階級が上だ」

セクシャルハラスメントの構成要件に立場の利用がある。

「班長は辰見さんに電話したっていってましたよ。出ないんで、ぼくにかけてきたって」

「おれに?」

辰見はワイシャツの胸ポケットに手をやった。だが、携帯電話はなかった。あちこち探ると、上着の左ポケットに入っていた。取りだして確かめると、たしかに稲田からの着信があった。

電子音が耳障りなのでつねにマナーモードにしてある。ワイシャツのポケットなら振動に気づくのだが、上着のポケットに入れて、しかも歩いていたのであれば、気づかなくても不思議はない。

いつもはワイシャツのポケットに入れておくのだが、と思いかけて気がついた。昨日、永富の部屋で猫を見たせいで、今朝はバットのことを思いだしていた。ぼんやり考えごとをしているうちにいつもと違う場所に入れてしまったのだろう。ワイシャツのポケットに携帯電話を戻した。

午前九時ちょうど、三人の男が入ってきたとたん、ざわついていた会議室がぴたりと静かになった。先頭を切るのは、制服姿で金縁のメガネをかけて恰幅《かっぷく》がいい。あとの二人は黒のスーツを着ていた。

「起立」

前方で号令がかかり、捜査員が一斉に立ちあがる中、三人はひな壇に並んだ。

三人とも自分より年下なのだと辰見は思った。ひな壇ばかりでなく、会議室では、あと四日で五十九歳になる自分が間違いなく最年長だ。

「礼」

互いに一礼し、先にひな壇の三人が腰を下ろしてから着席と声がかかった。一糸乱れぬ行動はすでに習い性になっている。

ひな壇の向かって右端、三番目に入ってきた男が机上のスタンドマイクを手元に引きよせる。

「おはようございます。下谷署刑事課長の石黒《いしぐろ》です。本日の司会進行を務めます」

石黒とは今までに何度か現場で行き合わせているが、下谷署で刑事課長になっていたのは知らなかった。四十代半ばになるはずだが、初めて会った頃とさほど変わらず、若く見えた。

いや、と胸のうちですぐに否定する。

四十代半ばであれば、世間一般には若いとはいわない。働き盛りであり、警察組織においても重責を担う年回りだ。

刑事《デカ》稼業が長すぎるのか。

潮時という言葉が浮かんで、消える。

石黒の進行に従って、まずは制服姿の男——捜査本部長を務める下谷警察署の署長が挨拶し、短い訓示を垂れる。二人目は実質的に指揮を執る本庁捜査一課の管理官で青井《あおい》といった。

青井は型通りに自己紹介をして、つづけた。

「本件にあっては、他殺、自殺の両面から捜査を行う」

五十前後だろうが、辰見の目にはやはり若々しく映る。すっかり干からびた自分が場違いなところにいるという気分になってきた。

「たとえ自殺であったとしても現場から凶器が発見されていない以上、第三者が何らかの関与をしていることは間違いない。この者が事件に深く関わり、事情を知っているはずだ。各位にあっては、事実関係を解明し、被疑者であれば、検挙されるよう奮闘を期待する」

会議室の入口には、昨日の電話で稲田が予測した通り〈スーパー社長死体遺棄事件特別捜査本部〉と戒名《かいみょう》が張りだされた。

「高梨剛治は青果商をいとなむ繁三《しげみ》、ツタ夫婦の次男として、昭和十七年十一月二日、西新宿で出生しました。兄、姉が一人ずつおり、下に弟がいます。なお、兄は昭和二十年六月、疎開先の長野県で結核のため死亡しております。当時九歳でした」

最前列に陣取っている捜査一課員の一人が立ち、ノートを手に話していた。

兄は死亡したが、姉は終戦後間もなく疎開先から戻っているという。弟の和志《かずし》は昭和二十二年に生まれた。

「剛治は小学校在学中から家業を手伝い、中学校を卒業した昭和三十三年からはフルタイムで働くようになりました。姉も家業にたずさわっておりましたが、昭和三十五年に結婚、家を出ております。三男の和志は両親および剛治の希望もあり、一浪後の昭和四十二年、都内の私立大学に進学しておりますが、当時盛んであった学生運動にのめりこみ、大学を除籍処分になったのちは実家に近づかなくなりました。その後、高梨剛治は近所で雑貨商をいとなむ佐藤勝利《さとうかつとし》の次女、依子《よりこ》と結婚、二男をもうけております」

捜査一課員はひな壇をちらりと見たあと、ふたたびノートに視線を落とした。

「昭和五十年、父繁三が病没したことによって剛治が青果店を継いでいます。昭和五十四年には母ツタも亡くなりました。店舗と住居を兼ねる木造モルタル二階屋と土地約五十平方メートルは剛治の所有となっておりましたが、昭和六十三年、折からの地域再開発にともなって売却、埼玉県の鴻巣《こうのす》市に転居……」

昭和六十三年と聞いて永富の顔が浮かんだ。

『不動産屋の連中もあこぎにやったけど、店子だって相当なワルだったぜ』

永富がワルといったのは、借地・借家権で守られた賃借人の話だ。土地の所有者である高梨にはいくら転がりこんだのだろう。

「同市におきまして、ふたたび青果店を開業しましたが、近辺の商店敷地を買収し、平成元年にはスーパーに業態を変更し、好天ストア一号店としています。その後の五年間で二号店から三号店を出店、平成八年には八王子のスーパーを買収して東京進出を果たしました。なお、好天ストアの社長は剛治が務めておりますが、妻が専務、二人の息子はいずれも常務で、長男が八王子店の店長、次男が鴻巣市の一号店店長をしています。なお、西新宿の生家売却の際には、剛治の弟和志と悶着《もんちゃく》があったといわれておりますが、現時点で裏はとれていません」

ふたたび捜査一課員はひな壇に目をやった。管理官がうなずき、説明をつづけた。

「高梨剛治はスーパーを経営するかたわら、中国および東南アジア各国の留学生を引きうける活動もしております。これまでに延べ五十数人の身元引受人となっており、日本の父と呼ばれ、慕われているといわれます。留学生たちは卒業後、約半数がそれぞれの国に戻りましたが、残り半分は日本で働いており、中には好天ストアの従業員となり、役職に就いている者もおります。若干名ではありますが、高梨との連絡を絶ったあと、消息不明になっているとの情報があります。この点については、今後確認が必要です。私からは以上であります」

捜査一課員が腰を下ろし、司会の石黒がマイクに顔を近づけた。

「それでは死体発見時の状況および初動捜査について……」

指名され、立ちあがったのは下谷署の刑事だ。一昨日の夜に当直に就いていて、昨日の現場には辰見と小沼、伊佐と浜岡が臨場したあと、くたびれた顔をしてやって来た。今は疲れが倍加したような顔をしている。おそらく昨日もそのまま泊まり込みになったのだろう。捜査本部が立った以上、しばらくは帰宅できない日がつづくに違いない。

死体が発見されたときの状況は辰見も見た通りだったし、現場を引きついだあとの聞き込みでもはかばかしい成果は挙げられなかったようだ。報告は簡単に終わり、石黒に指名され、先ほどとは別の捜査一課員が立った。

「高梨剛治の司法解剖の結果について報告します。死因は上顎、軟口蓋に拳銃弾を撃ちこまれたことによる脳挫傷でした。摘出された弾丸は、頭蓋骨の内側、後頭部にとどまっており、銃弾が脳幹を破壊しているところから即死と判定されました。死亡推定時刻は五月十五日の午前二時頃、現場には引きずられたような痕跡もなく、発見現場で死亡したものと見られます。使用された拳銃は二二口径で、口中および口のまわりに付着した火薬カスの状況から見て、口の中に銃口を挿しこまれ、発射されたものと推定されます」

二二口径の拳銃から発射される弾丸は、パチンコ玉より小さく、重さも半分ほど、せいぜい二、三グラムでしかない。威力も小さく、離れたところから撃てば、衣服を貫通しても致命傷を与えるのが難しい。

だが、口中に撃ちこまれれば、話は別だ。

もし、殺人だとしても被害者に銃口をくわえさせるのは難しい。それゆえ自殺の可能性を消せないでいる。

「なお、銃弾および火薬カス等の付着物についてはさらなる精査を行っておりますが、口中でごく少量の白いプラスチック片が見つかっていることを申しあげておきます」

小沼が躰を寄せ、小さな声で訊いた。

「白いプラスチック片って、何でしょうね」

「さあ」

辰見は首を振った。

石黒があとを引き取った。

「現時点までにわかっていることを申しあげると、高梨は前日夜、午後七時から神楽坂《かぐらざか》において知人と会食し、午後十時に別れています。それ以降の足取りはつかめていません。それでは今後の捜査について青井管理官から指示があります」

小さくうなずいた青井は一同をねめ回し、口を開いた。

「本件捜査本部においては、三班に分ける。第一班は高梨の家族、交友関係、仕事と留学生の身元引受活動における関係者を調べる。第二班は今さっき石黒課長から話があった五月十四日午後十時以降の高梨の足取りを究明する。第三班は死体発見現場および周辺地域において地取りを担当する」

第一、第二班の中核は捜査一課が占め、下谷署の刑事たちが下働きとなる。第三班は下谷署、浅草署、尾久署の刑事課で構成され、街を歩き、防犯カメラ映像をチェックすることになる。犯罪が行われた可能性を一つずつ潰していくのが捜査の王道ではあるが、骨が折れるわりにあまり報われない。

青井管理官を中心とする総括班にすべての情報が集められ、日々の捜査方針が決められることになった。

とりあえず機動捜査隊に割りふられる事項はない。通常の任務を果たしながら高梨事案に関係しそうなことに目を配るといったところだ。

各班ごとに分かれて、捜査会議はつづくが、辰見と小沼は立ちあがって会議室を出た。

下谷警察署の仮庁舎を出た辰見と小沼は昭和通りに向かって歩きだした。

「自殺ですかね」

「捜査に予断は禁物……、といいたいところだが、おれたちは員数外だからな。何とでも推理するか」

「だって口の中に銃口を突っこんで撃つわけでしょう。いくら脅されたって、銃口なんかくわえますかね」

「昔、そんな事案を聞いたことがある。あるヤクザが自分の親分の口ん中に銃を突っこんで頭をふっ飛ばした」

「すげえな」

「それも事務所兼親分の自宅前で、だ。事務所には部屋住みもいたんだがね」

「何すか、それ。無茶苦茶じゃないですか」

「ヤクネタっていわれるくらい無茶苦茶な奴だったのはたしかだ」

「よっぽど頭に来るようなことがあったんですかね」

「さあね」

信号のある交差点を渡り、交番の前を通って昭和通りに出ると入谷交差点に足を向けた。入谷交差点で昭和通りを横断し、言問通りを根岸方面に向かっても小沼は何も訊かずについてきた。

根岸一丁目、鶯谷駅下と越え、鶯谷駅前の交差点から右に折れ、尾久橋通りに入った。

「現場ならまっすぐ行った方が近いんじゃないですか」

「伊佐たちが来た方向から現場を見てみたいんだ」

「なるほど」

根岸小学校前で左に曲がったところで小沼が訊いてきた。

「栗野力弥《あわのりきや》って、憶えてますか」

おずおずとした口調だ。辰見は小沼を見返した。

「栗野って?」

「もう四年半くらい前になりますが、辰見さんと車で回っているときに栗原《くりはら》団地の近くで自転車で二人乗り《リャンケツ》してるのを見かけた中学生です。停めて、注意しようとしたら逃げだして」

栗原団地といえば、足立区のほぼ真ん中辺りにある。四年半前、自転車の二人乗り、中学生と記憶をたどったが、顔は浮かんでこなかった。

「思いだせないな。その栗野がどうかしたのか」

「そのあとちょっとしたいきさつがあって、たまにメールをやりとりしてるんですが、四月で高校三年になりましてね」

黙っていると小沼が言葉を継いだ。

「進路相談って柄じゃないのはわかってるんですけど、母子家庭ということもあって、栗野は大学に進学しないで就職を考えているんですよ」

「ほう」

ふたたび小沼を見やって、にやりとした。

「狙いは母親の方か。息子が高三なら母親はお前より年上じゃないのか」

「そんなんじゃありませんよ」

小沼はいいながらも顔を赤らめた。案外図星なのかも知れないが、詮索《せんさく》する気はなかった。

「冗談だよ。それで就職先を斡旋《あっせん》してくれとでもいわれてるのか」

「斡旋なんて無理ですよ。それが栗野は警察官になりたいっていってるんです。高卒者の採用試験は九月なんで、まだ先ですけど、試験のことや仕事について話を聞きたいというものですから今日、昼飯でも食おうかという話になりまして。辰見さん、このあと何か予定でもありますか。もし、かまわなければ、いっしょに話をしてやってもらえませんか」

小沼は早口になって一気にまくし立てた。

「いや、別に予定はないが……、おれが試験を受けたのは四十年以上も前だぜ。何の参考にもならないだろう」

「仕事の話はできるでしょう。現役のデカなんだから」

「安月給でこき使われてる。定年間近だってのにろくに貯《たくわ》えもなし。おれの話なんかしたら少年の夢をぶっ壊すのがオチだ」

現場への入口に到着した。廃業したらしい洋品店と雑居ビルの間の狭い通りでわずかに右に曲がっているもののラブホテルの看板が見えた。少し入った左側に高梨の死体が発見されたマンションがある。

制服警官が立っているのが見えた。昨日の今日では、まだ鑑識作業がつづけられていても不思議ではない。

ふとある男の顔が浮かんだ。

「餅《もち》は餅屋ってか」

「え？　何ですか」

「いや、何でもない」

辰見は来た道を戻りはじめた。追いかけてくる小沼にいった。

「飯はどこで食うんだ？」

「待ち合わせは三ノ輪なんです。下谷PSが工事中だってことを忘れてましたんで」

「とりあえず電話をくれ。おれはたぶん浅草辺りをうろちょろしてると思う」

辰見は小沼と別れ、ワイシャツの胸ポケットから携帯電話を取りだした。

2

外は相変わらず晴れているが、窓が北向き、国際通りに面しているので部屋の照明が点けられていた。窓を背に置かれた両袖、はったりの利いた大机の前の応接セットで辰見はコーヒーカップを鼻先に持ってきた。

湯気を吸いこむ。挽《ひ》きたて、淹《い》れたての豊かなコーヒーの香りに景気が少し持ち直してきたのを実感した。辰見にとって、国際通りに面したホテルの保安部長室は浅草界隈で一、二のうまいコーヒーが飲める場所だ。ここ数年、経費削減で香りがくすんでしまったように感じていたのだ。

ひと口すすり、ふっと息を吐いたとき、ドアが開いて巨漢——部屋の主、犬塚勝弘《いぬづかかつひろ》が入ってきた。

「いやぁ、すまん」

詫びながら辰見の前に座り、犬塚はハンカチで顔を拭った。

「コーヒーの味が戻ったな」

「痛し痒《かゆ》しだ」犬塚が渋い表情でうなずく。「中国人観光客が増えているからだが、奴ら、どこでも自分ん家《ち》みたいに好き勝手をやりやがる。今もロビーで土産物を広げて買ってきたばかりの酒を試飲して、タバコをぷかぷかやってたんだ。うちの泊まり客ならまだしもなんだが」

「ここの客じゃないのか」

「違う。奴らと来たら、どこのホテルのロビーでも無料休憩所くらいに思ってる」

犬塚は首をゆっくりと回した。濃紺、ピンストライプのダブルのスーツを着て、派手な柄のネクタイをきっちり締めているが、上着のボタンは留めていない。潰れて、カリフラワーのようになった耳が目についた。

犬塚は元警察官で、警察学校の同期である。かつては四課といわれた暴力団担当が長かった。

犬塚はあらためて辰見の顔に目を向けた。

「今、世界中で中国人観光客のマナーが悪いと評判だが、何十年か前、何とかパックで初めてハワイや香港《ホンコン》へ行った日本人もいわれていたろう。ステテコに部屋のスリッパをつっかけてロビーを歩きまわったりして」

「慣れの問題ってことか」

「おれはそう思ってる」

犬塚はテーブルの下から灰皿を出して、辰見の前に置いた。

「この部屋は相変わらず喫煙可か」

「おれの領分だからな。面倒なことはいわせない」

そういう犬塚だが、何年も前にタバコをやめている。辰見はポケットからタバコと使い捨てライターを取りだしながら今朝、アパートを出る前に喫ったきりだったのを思いだした。タバコをくわえて、火を点ける。

「それで今日は何だ？」

「昨日、根岸二丁目のラブホ街で死体が発見された」

「スーパーの社長だったよな」

答えた犬塚の顔を見て、辰見はおやと思った。表情がすっと引き締まったのだ。

「下谷PSに捜査本部《チョウバ》が立ってね」

「殺人《コロシ》だし、被害者《マルヒ》がちょっとした有名人だから当然だろう」

「ところが、コロシと決まったわけじゃない」

辰見の答えに犬塚は眉根《まゆね》を寄せた。辰見は左手に持ったタバコを離し、代わりに右手の人差し指を開いた口に入れた。手を下ろす。

「口の中を拳銃で撃たれてた。それで自殺の可能性もあるとなった。だが、凶器は周辺に落ちてなかった。小口径だが、脳幹をくりぬかれてる。即死だ。撃ったあと、拳銃を放り投げることもできないだろ」

「二五？」

「二二」

ふんと唸《うな》り、犬塚は腕を組んだ。

「口に拳銃突っこんで弾《たま》ぶち込むなんて、ヤクネタの松五みたいだな」

「ああ、おれもそう思った」辰見はタバコを灰皿の上に持っていき、灰を落とした。「昨日、臨場したんだ。何しろ周りはラブホばかりだろ。撃たれたのが午前二時頃と来てる。目撃証言なんか取れるはずがない。銃声を聞いた者もいなかった」

「サイレンサーでも使ったのかね。ちょっと気の利いた奴なら自作できるだろ」

「難しくはないな」辰見はタバコを吸いこみ、煙とともに吐きだした。「それで永富に会ったんだ」

「鍾馗の豊成か。懐かしいな。とっくに引退してるだろ」

「相変わらずかの業界事情に詳しいな」

「浅草界隈だけだ。こっちは客商売だからな」犬塚は首をかしげ、辰見を見た。「だけど、松五は永富が始末した」

「それはわかってる。昨日、本人にもいわれたよ。そのおかげで十年打《ぶ》たれたって。仮《かり》釈《しゃく》放もらって八年で出てきた」

犬塚は浅草警察署の刑事課が長い。松五こと松岡五郎が殺された昭和六十三年秋も浅草署にいて、捜査にあたっている。

辰見はもうひと口タバコを喫うと灰皿に押しつけて消した。

「松五の様子はひどかったんだろ」

「ああ」犬塚は目を伏せ、うなずいた。「頭、右腕、骨盤、大腿骨《だいたいこつ》が折れていた。左手は切り落とされて、その上車ん中で焼き殺されたんだ。ほとんど骨になってたよ。左手は床に落ちてたんで、かろうじて焼失はまぬがれた。小指が欠損してたのと、人差し指の指紋から松五だと判定できた」

「自分の親を殺《あや》めたんだからな」

「どこにてめえの家に殴り込みかけるアホがいるといいたいところだが、松五ならやりかねなかった。素直というか、単純な男だが、頭に血が昇ると見境がなくなる。殺されたときは四十過ぎ、世間じゃ分別盛りだろうが、あいつはガキのままだった」

「だけど、永富はテキ屋だろ。手口がひどすぎないか」

「テキ屋だろうが博徒だろうが、ヤクザはヤクザだよ。親を弾《はじ》いたんだから仕方ないだろ。それにバブルの頃だ。テキ屋も博徒もなかったよ。お前、どうして永富を知ってる?」

「バブルのせいだ」辰見は肩をすくめた。「あの頃、おれは築地の四課にいた。永富は東銀座で都市再開発をやってたんだ」

犬塚が鼻で笑った。

ヤクザには、賭博《とばく》を生業《なりわい》とする博徒系と、露店で商売をするテキ屋系の二つがある。博徒系が組ごとに縄張りを持ち、賭場を開帳するのに対し、テキ屋は露店を開く場所を庭場と称した。同業同士であれば、互いのテリトリーを侵食しないのが掟《おきて》だったが、商売上の競合がない博徒とテキ屋が同じ場所に同居することもあった。

昭和四十年代、いわゆる高度経済成長期に入ると怪しげな露店で売る物への需要は減り、テキ屋の商売は苦しくなった。一方、博徒も警察の取り締まりが厳しくなって賭場を開くのが困難になっていった。

賭博が認められているのは、競馬、競輪、ボート、オートレースといった公営ギャンブルのみである。人が集まれば、露店商売もしやすく、またギャンブルの場である以上、レースにかかわる予想屋などは博徒たちのシノギになった。同じ場所でぶつかることも多くなっていったのである。

そしてバブル景気によって土地転がしが億単位の収益を生むようになると、食うに困っていたヤクザが大量に乗りだしてきた。不動産会社は住民と交渉して、土地をまとめるのだが、中にはすんなり立ち退きに応じない人々もいる。揉《も》めごとのあるところ、ヤクザの介入する余地が生まれる。しかも懐に入る金が桁違いなのだ。

辰見は二本目のタバコに火を点けた。

「それにしても何だって松五は自分の親を撃ったのかね」

「永富がさっさと始末しちまったし、奴はがんとして口を割らなかった……、まあ、身内の恥をさらすわけにもいかなかったんだろうけど、噂《うわさ》はあった」

辰見は目を細め、犬塚を見た。

「松五は外国人を密入国させてたらしい。関西系の暴力団とつるんでな」

「それが親の逆鱗《げきりん》に触れたってことか」

「逆だ。親が松五から商売を取りあげようとしたらしい。いうこと聞かなきゃ、絶縁だって。せっかく自分が手をつけた商売を渡さなきゃ絶縁だってことで、頭に血が昇っちまったようだ。松五が兄弟分の盃《さかずき》を交わした相手が空気を入れたって話もあった。だが、松五はあっという間に突っ走るし、永富の動きも速かった」

「密入国させていたのは、中国人か」

「いろいろだよ。中国人もいただろうし、東南アジアの方とかもあったみたいだ。日本はバブルでうはうはの頃だから」

「そういえば、スーパーの社長……、高梨というんだが、あの男も外国人留学生の身元引受人をやっていた」

一瞬、犬塚は首をかしげ、考えこむ様子を見せたが、すぐに首を振った。

「時代が違うと思うが、二、三心当たりに聞いてみよう。何かわかったら知らせる」

「悪いな」

ワイシャツの胸ポケットで携帯電話が振動する。気づいた犬塚が立ちあがった。

「遠慮なく、どうぞ。おれはちょっと書類のチェックがある」

そういって机の方へ行くと、ハイバックチェアに座った。辰見は携帯電話を取りだし、背面に表示されている名前を見た。自然と遠ざける格好になる。何とか小沼と読みとれ、電話機を開いて耳にあてた。

「はい」

「今、浅草まで来たところです。粟野もいっしょなんですが、どうですか」

「わかった」

辰見はある食堂の名前を出し、場所を説明した。

「そこならぼくも何度か行ってます」

「それじゃ、あとで」

「よろしくお願いします」

電話を切り、携帯電話をワイシャツのポケットに戻すとタバコを消して立ちあがった。大机の前に立つ。

「うまいコーヒーをありがとう」

「大したことはない。で、事件か」

「高校生の進路相談に乗るんだ」

犬塚が顔を上げ、しげしげと辰見を見た。

「警視庁《うち》に入りたいっていうんでね。相勤者の小沼って憶えてるか。ここにも連れてきたことがある」

「ああ、ちょっと間が抜けた感じだが、物にはなりそうだったな。今でも組んでるのか」

「機捜は日替わりでね。相勤者なんてその日によって違う」

「相変わらず便利にこき使われてる感じだな」犬塚の口元から笑みが消えた。「お前、あと一年だろ」

「一年半」

「今、ホテル業界は再編の嵐が吹き荒れてな。うちもほかのホテルチェーンを買収してるんだ。おれはグループ全体の保安関係を統括する立場にならないかといわれてる」

「出世だな」

「どうかな。ついてはこの席の後任を探さなくちゃならない。お前ならやれると思ってるが」

「タバコは喫えそうだが……」

辰見は広々とした部屋を見渡した。

「やっぱり無理だな。こんな立派な部屋じゃ、身の置き所がない。それにお前と違っておれにはヤクザ業界に人脈がない」

「そんなもの要らねえよ。第一、そっち方面はおれが担当する。どうだ、一丁組まないか」

辰見は曖昧にうなずいた。

刑事《デカ》辞めたとき、どんな気持ちがした？

そう訊《たず》ねようとして、声が咽に引っかかった。

ホテルを出て、国際通りを横断し、かつての興業街六区に入ると観光客の姿が目立った。十数人のグループとすれ違ったとき、まるで喧嘩《けんか》のような勢いで喋りまくる甲高い中国語が聞こえた。

中華料理も中国語もなく、存在するのは北京《ペキン》料理や広東《カントン》料理であり、北京語や広東語だといわれる。辰見にしてみれば、まとめて中国語だ。

左手に交番が見える。立哨《りっしょう》についている警官が辰見を見て、会釈をしてくる。手を挙げ、うなずき返したものの顔に見覚えはなかった。何でも屋の機動捜査隊に何年かいると、交番勤務の警官とはよく現場で行き合う。

街灯に喜劇役者や芸人の写真を掲げた通りに入る。しばらく進み、左に曲がった路地に目指す食堂はあった。当務明けに立ちより、ビールを飲んで、定食を食べたことが何度もあった。昼間から酒宴をくり広げている客が多いので、ビールを頼むのに気後れせずに済む。ショーケースに並んだサンプルを眺めながら入口に達した。

自動扉が開くと、すぐ左のテーブル席にいた小沼が立ちあがった。向かいに座っていた若い男——粟野も立ちあがり、辰見をふり返った。Tシャツにジーパン、髪は短く刈ってあった。近づくと、見上げるほど背が高かった。

「お久しぶりです」

「ああ、どうも」

曖昧にうなずくしかない。顔にはまるで見覚えがなかった。小沼が席を移動し、奥を空けたので座った。小沼は粟野と並んで座る。

「粟野君だったね」

「はい」

いくぶん緊張した面持ちでうなずく。

「ずいぶん背が高いな」

「今、百八十六センチあります」

「さっき小沼に話を聞いたんだが、思いだせないんだ。歳だね、おれも」

「いえ……」栗野が頬を赤らめた。「初めてお会いしたときは、チビ助だったんですよ。百六十もありませんでした。高校に入って背が伸びて」

四年半という小沼の言葉をあらためて思いかえした。こっちが年齢とともに縮んでいるのに中学生から高校生にかけて、相手は三十センチ近く背が伸びている。

栗野がぼそぼそといった。

「あの頃は髪を脱色して、頭の後ろ……」そういって栗野は襟首辺りに手をやった。「ここらだけ伸ばしてチョンマゲみたいに縛ってました」

鮮明に浮かんできた。上下紫色のジャージを着て、自転車に二人乗りしていた姿だ。髪は金色、顔は幼かった。

「友達……、鈴木君は元気か」

栗野が目を見開く。

「すげっ。憶えてるんですか」

「歳をとるとどんどん忘れるんだが、ひょんなときに名前とか、顔とかが浮かんでくる。かえって面倒くさい」

「あいつとは中学を出てから会ってません。高校が別なんで。無二の親友とか思ってたんですけど」

「そんなもんかな」

白い上っ張りを着た女性店員が水の入ったコップをそれぞれの前に置きながらいった。

「ご注文はお決まりでしょうか」

辰見は反射的に答えた。

「ビール、大瓶のサッポロ。それにポテトサラダ」

「かしこまりました。コップは三つお持ちしますか」

小沼が割りこんだ。

「一つで結構です」

粟野がまたしても目を剝いて辰見を見ている。

「今日の仕事は終わったんだ」

もっとも次は辰見が驚かされる番だった。小沼はポークソテイ定食、粟野がとんかつ定食をそれぞれライスを大盛りで注文した。粟野が小沼に目を向ける。

「追加、いいですかね」

「遠慮しないで、がんがん行け」

「それじゃ、単品でメンチカツに鶏の唐揚げ、あとハムエッグをお願いします。それとぼくもポテトサラダください」

店員が注文をくり返す。

ほどなくビールとポテトサラダが二つ運ばれてきた。瓶に手を伸ばそうとする小沼を制して、手酌で注《つ》いだ。その間に辰見と小沼の前に割り箸《ばし》を置き、自分も箸を持った粟野が合掌した。

「いただきます」

ポテトサラダのかたまりを口に放りこむと破顔する。

「うめえ」

若いってのは……。

胸のうちでつぶやきかけ、辰見はビールを飲んだ。いつもなら小さなコップ一杯、咽の奥へと放りこむのだが、なぜかほんの一口すすっただけだ。粟野に圧倒されているのかも知れない。

高らかに自家製をうたうポテトサラダにソースをかけるのは、少しばかり後ろめたさを感じた。それゆえ知らず知らずのうちに店員の様子を素早くうかがい、隙《すき》を見てかけまわすことになる。マヨネーズとソースが混じりあうとビールのあてとして至高だと辰見は思っている。なかなかやめられない。

割り箸でポテトサラダをつまみ、ちびちびとビールを飲んだ。勢いがつかないのは、まだ外が明るいせいもあるが、テーブルに並んだ料理を小気味いいほど片っ端から片づけていく小沼と粟野に圧倒されつづけていた。

ようやく大瓶のビールが半分ほどになったとき、二人は料理をすべて平らげていた。空いた食器を片づけに来た女性店員に小沼がアイスコーヒーを二つと注文した。

辰見はアルミの灰皿を引きよせ、タバコに火を点けた。この食堂を利用するのは、ランチタイムだからといって禁煙にならないためでもある。昼間であろうとビールや酎ハイを酌み交わす中高年客が多く、禁煙にでもしようものなら暴動が起きかねない。

アイスコーヒーが運ばれてきた。ストローを差した粟野は、頬をへこませ半分ほど飲んで満足げな息を吐いた。

3

辰見はタバコの灰を落とし、訊ねた。

「どうして我が社を志望したんだ?」

「まずは安定ですね」粟野は即座に答えた。「あとは退屈しないで済みそうかなと思いました。毎日朝から晩まで机に座ってるのは好きじゃないんです」

「退屈しないか」辰見は苦笑した。「じっと待ってることも多い……、いや、待ってることの方がはるかに多い商売だ。それに書類仕事も少なくない」

「小沼さんから聞いています。いくつも書類を書かなきゃならないんで大変だって」

辰見はうなずいた。今日の午前中に行われた捜査会議の内容も小沼がまとめて、班長の稲田に提出することになるだろう。同じ内容の書類を二人が作っても意味はない。

「大学に行く気はないのか」

「お金のことは心配しないで行けって母はいってくれてるんですけど、ぼくはあまり勉強が好きじゃないんで」

小沼が口を挟んだ。

「粟野の母親は区立病院でワンフロアを担当する看護師長をしてるんです」

だから収入面での心配はないといいたいようだ。辰見は訊きかえした。

「いつの話だ?」

「最後のフィクサーといわれた人物がナニした事案のとき……」

たてこんでいる食堂の真ん中で殺されたと口にするのはさすがに気が引けるのだろう。

しかし、ナニしたという言い回しも気が利いているようには思えなかった。

思いだした。上野公園で暮らしていて、栄養失調と過労で倒れ、区立病院に担ぎこまれた男が事件の目撃者である可能性があった。事情を聞きに行ったときに会ったのが粟野の母親だ。

辰見は粟野に目を向けた。

「あの節にはお母さんに世話になった。よろしく伝えてくれ」

「はい」

粟野は嬉《うれ》しそうにうなずき、言葉を継いだ。

「大学に行ってもまた机に座って授業を受けてるだけじゃないですか。高校までで腹いっぱいですよ」

キャンパスライフは楽しいぞ、とはいえなかった。辰見も大学生を経験していない。

「話は変わるが、いい躰《がたい》してるな。何かスポーツはやってるのか、部活とか」

「帰宅部です」粟野は答えた。「でも、週に三、四回はボクシングジムに通ってます」

「へえ」

「入門したのは高一で、最初はプロも考えたんですけど、その頃から背が伸びはじめて、今、七十七キロあるんですけど、十キロ落としてもウェルターかスーパーウェルターなんですよね。プロでやってる人たちのパンチなんか見たらびびっちゃいますよ。すげえ重いし、それでいて速い。とてもやれないと思いました」

小沼が眉間《みけん》に皺《しわ》を刻んで粟野を見た。

「おれたちを見て、我が社ならやれると思ったのか」

「小沼さんと会って、それで何となく」

あっさり答える粟野を見て、辰見は噴きだした。粟野が辰見に目を向ける。

「一つ、お訊きしてもいいですか」

「何だ？」

「どうしてけい……、今の会社に入ろうと思ったんですか」

辰見は低く唸った。

警視庁の採用試験を受けたのは、昭和四十九年、翌年四月に警察学校に入学している。当時、埼玉県に住み、地元の高校に通っていたのだが、クラスメートが警察官になるといい、いっしょに受験しないかと誘われた。警視庁と埼玉県警の両方の試験を受けるという。大学へ進学することも考えていたが、秋に警察官の採用試験を受けるのは、予行演習としても悪くないといわれ、その気になった。

誘ってきたクラスメートは埼玉県警に採用されることになり、警視庁の試験には落ちた。辰見は逆だった。

いずれにせよいったん合格の通知を受けると、気が抜けてしまい、辛気くさい受験勉強をつづける気にはなれなかった。それでも翌年一月、三校ほど受験したが、いずれも不合格となり、警察官を選んだ。

あらためて志望動機と訊かれても何も浮かんでこない。

「安定した仕事だったからかな」

小沼が口を尖《とが》らせた。

埼玉県警に採用されたクラスメートとはその後、一度も会っていない。同窓会に顔を出したことがないし、高校時代の同級生と連絡を取りあうこともなかった。

稲田の前任だった班長が警察学校の同期生であり、ホテルの保安部長をしている犬塚も同じだ。捜査に関係する事柄はもとより、それ以外でも被疑者、被害者の事情、何より警察署内の人間関係など部外者には口外はできない。ぶちぶちこぼせる相手は警察学校の同期生にかぎられる。また、公式、非公式に職務上の情報を交換するケースも多い。同期生全員と気心が知れているわけではなかったが、ほかの警察官と比べれば、親しみを感じ、信頼がおけた。

栗野が身を乗りだしてくる。

「退屈しないだろうって、考えませんでした」

「そんなことは考えなかったな」辰見は首を振った。「だが、実際入ってみたら退屈してる暇はなかった」

粟野が破顔する。

ポテトサラダを半分、ビール一本を飲んだだけだが、勘定はまとめて辰見が払った。分駐所に戻って捜査会議の内容をまとめるという小沼と、分駐所の前までいっしょに行って地下鉄に乗るという粟野とは店の前で別れた。

翌朝、出勤した辰見は分駐所の隅にある応接セットでぼんやりテレビに目を向けていた。死体で発見された人情社長に関する続報だが、テロップにはどうどうと射殺事件と打たれている。

拳銃が使われたのだから射はともかく、殺はどうかわからない。いや、射撃による自殺という言い方もあるかと思いなおしたりしていた。

頭の芯《しん》にもやがまとわりついているように感じていた。当務明けに高梨の死体が発見され、昼近くまで聞き込みに回ったあと、永富に会った。昨日は捜査本部の会議に出て、今日は当務に就く。

だが、もやの原因は別のところにあった。

昨夜、何度も目が覚めた。かりかり、かりかりとガラスを引っかくかすかな音を聞いた。ベッドの足元が窓になっているのだが、かつてバットがやって来ると窓ガラスを爪《つめ》で引っかいて中に入れろと要求した。

まさかと思いつつもベッドの上に起きあがり、耳を澄ませたが、何も聞こえなかった。それでもしばらく待ったのは、もしかしたらと期待していたからだ。しかし、何も聞こえなかった。諦めて横になるとすぐ眠りに落ちたが、またしても同じ音が聞こえたような気がして、目を開いた。起きあがりこそしなかったものの暗い天井を見上げ、耳を澄ましていた。

永富の家で猫を見てからバットのことを考えていたし、この一、二年は思いだしもしなかったのが後ろめたかった。

「おはようございます。今日は早いですね」

小沼が向かいに座る。

「年寄りは朝が早いんだよ」

まさか猫の亡霊と一晩中付き合っていたとはいえない。亡霊という言葉がすんなり浮かんだことにひやりとする。

小沼はA４判の用紙を辰見の前に置いた。二枚で右上をホチキスで留めてある。冒頭にスーパー社長死体遺棄事件捜査本部第一回捜査会議概略とある。タイトルを読んだだけで疲れてしまった。

「昨日はありがとうございました。あいつ、辰見さんの話を聞いてますます張り切ってましたよ」

「何の話をしたっけな」

ふと思った。粟野が試験に合格すれば、来年四月に警察学校入校となる。高卒者なので入校期間は一年だ。

その頃にこっちは定年か、と思った。

警察学校を出て、粟野が巡査を拝命する頃には自分は何者でもなくなっている。順送りという言葉が浮かんだ。

午前九時から会議室で前島班との引き継ぎが始まった。窃盗二件、傷害一件、交通事故が三件あったという。

腫《は》れぼったい顔をした前島が班員の一人に向かって顎をしゃくった。テーブルを囲む稲田班の刑事たちに写真が配られる。防犯カメラの映像を切りとってプリントしたものらしく、全体にぼやけていたが、男と女が腕を組んで歩いているのは見てとれた。

辰見は写真の右下に目をやった。

2015・5・15・2・11・35――二〇一五年五月十五日午前二時十一分三十五秒に撮影されたものだ。高梨の死亡推定時刻と合致する。しかし、あまりに不鮮明で男の人相を識別するのは難しそうに思えた。

前島が告げた。

「昨夜遅く、本部の方から回ってきた写真だ。死体が発見された現場の向かいにあるラブホテルに設置された防犯カメラの映像をキャプチャしたものなんだが、見ての通りの代物《しろもの》だ。撮影された時刻と男の服装から高梨である可能性が高いと見られた。この男女二人組が向かっている先に現場がある」

小沼がちらりと辰見を見た。昨日、捜査会議のあとに根岸に行き、尾久橋通りの方から現場を見た。防犯カメラがとらえているのは、まさに昨日立っていた狭い通りだ。二人が向かった先がラブホテル街になる。

「防犯カメラに二人が映っているのは二秒ほどで、しかも画面の隅を横切るだけでしかない。現場はそのカメラでは死角になっている。この写真はキャプチャ画像を拡大して切りとっている。だからよけいにピンぼけだ。捜査本部では引きつづき周辺の聞き込みと各所に設けられた防犯カメラ映像の解析作業を行っているが、これまでのところ、現場周辺のホテルにこの二人が入った形跡は見つかっていない」

稲田が顔を上げ、前島を見た。

「捜査本部は男を高梨だと断定した？」

「いや」前島は首を振った。「可能性が高いというだけだ」

「女については？」

「まるでわかってない。しかし、捜査本部は今日の午前十時から記者会見を行って映像を公開する」

溺《おぼ》れる者は何とやらだな、と辰見は胸のうちでつぶやいた。映像を公開することで目撃情報が得られるかも知れないと期待しているのだ。また、今の世の中ならニュース番組で流されれば、たちまちインターネット上に拡散する。捜査本部ではツイッターや掲示板を注視し、手がかりを求めることになるだろう。

最後に小沼が作成した捜査会議のレジュメが配布されて引き継ぎが終わった。


会議室を出て、席に戻りかけたとき、稲田に声をかけられた。

「辰見部長、ちょっといい？」

「はい」

稲田は自分の席まで行くと椅子の上に置いてあった紙袋からベルトを取りだした。

「これなんだけど」

稲田が手にしているのは、帯革《たいかく》だった。拳銃、手錠、警棒のケースがついているが、いずれも空だ。

辰見は稲田に目を向けた。

「よけいなお節介かなと思ったんだけど、ショルダーホルスターだと肩が凝るっていってたでしょ」

「歳のせいですね。息苦しくなるほどで」

「これだと腰の周りに全部つけられるから肩は楽になると思うの。試してみて」

「おれに？　わざわざ取り寄せてくれたんですか」

「取り寄せたっていうか……、まあ、そうね。正式な貸与品じゃないけど、警視庁《うち》でも使ってる人は何人もいるから服務規程違反にはならない。だっていつも保管庫に放りこみっぱなしでしょ。やっぱり臨場するときに危険だから」

機動捜査隊員は当務中拳銃の携行を義務づけられている。たいていはサスペンダーのように両肩に吊《つる》すショルダーホルスターに拳銃や警棒を吊しているのだが、装着すれば、一時間もしないうちにひどい肩凝りに襲われる。辰見は捜査車輌に乗りこむとダッシュボードに内蔵されている保管庫に放りこんでいた。

「ありがたく使わせてもらいますよ」

「よかった」

頰笑んだ稲田から帯革を受けとり、席に戻った。早速長さを調整し、ズボンのベルトに重ね、左右に二つずつある革バンドで固定した。机の上に放りだしてあったソフトアタッシェから丸めたショルダーホルスターを出し、拳銃、手錠、警棒を移していった。最後に拳銃吊り紐を帯革に固定するとふたたび稲田のところへ戻った。

両腕の肘《ひじ》を曲げ、ぐるぐる回してみせる。

「これだとまったく楽です。肩凝りも解消だ」

「喜んでもらえて、私も嬉しい」

辰見は両手で稲田の右手を握った。まっすぐに目を見る。

「ありがとう。感謝、感激」

あまりに声が大きかったのだろう。伊佐、浅川、小沼、浜岡ばかりでなく、前島班の隊員たちもぽかんとした表情で辰見と稲田に目を向けていた。

「そんな大げさよ」

はにかんだ笑みを浮かべる稲田の手を二、三度上下に振ると自分の席に戻った。空になったショルダーホルスターを机の抽斗《ひきだし》にしまい、ソフトアタッシェを手にして小沼に声をかけた。

「さあ、出かけよう」

分駐所を出て、階段を下り、裏にある駐車場に行った。ソフトアタッシェをトランクに入れ、防弾楯《たて》や六尺棒などの装備がちゃんとそろっているのを確かめたあと、小沼が運転席に座り、辰見は車の前と後ろに立ってライトやウィンカー、ストップランプの点検を行った。

辰見が助手席に乗りこむのを待って、小沼がエンジンをかけた。

「これで肩凝りも解消ですね」

「たしかに。ありがたい心遣いだ」

答えながら辰見はズボンのベルトと帯革を留めている革バンドのスナップを次々外していった。

「何してるんですか」

「ありがたいよ。一々上着を脱がなくて済む」

帯革を丸めるといつものように保管庫に放りこんだ。

4

永富は寿《ことぶき》の一角にあるマンションを見上げ、立ち尽くしていた。口をぽかんと開いていたことに気づき、あわてて閉じる。舌打ちした。

「考えてみりゃ、当たり前《めえ》じゃねえか」

低く罵《ののし》る。

前回、同じ場所に来たのは五十年近く前になる。その頃は黒塀を回した、瓦屋根《かわら》、平屋の日本家屋だったが、今は七、八階はありそうなマンションで、しかもそれほど新しい建物ではない。

玄関に郵便受けが並んでいるのを見て、とりあえず入ってみることにした。せっかく来たのだし、ほかに思いつく場所がなかったからだ。郵便受けの名前を見ていくうちに目が留まった。

四階に〈二代目　彫左久　HORISAKU　THE　SECOND〉とある。

ひょっとしたらと思いかけ、顔を見るまではわからないと思いなおす。エレベーターで四階に上がり、探した。味も素っ気もない白いプラスチックのプレートに彫左久と刻まれた、ベージュの金属製ドアがあった。

ドアわきのインターフォンのボタンを押す。ドアの向こうでかすかなチャイムが聞こえた。インターフォンには丸いレンズが付いていた。

「ご予約の方ですか」

男の声がいった。

「いや、そういうわけじゃねえんで。ちょっと訊ねたいことがあって来たんだが」

「ご相談も電話でご予約をいただいてから……」

「いや、初代《しょだい》さんにちょいと用があって」

わずかの間、沈黙があったあと、少々お待ちくださいといわれた。ほどなく鍵を外す音がして、ドアが細く開く。チェーンが張りつめた。

のぞいたのは、スキンヘッドの四十がらみの男だ。細面《ほそおもて》で目つきが鋭い。見たこともない顔でがっかりする。

「初代はこちらにはおりませんが」

「以前……、といってもかれこれ五十年も前になるが、初代彫左久さんに世話になった者《もん》だが、ちっと玄関まで入れてもらえないかな。ここじゃ、ろくに話もできねえ」

男はじっと永富を見ていたが、ドアを少し閉め、チェーンを外した。大きく開く。

「どうぞ」

玄関に入った。目の前の男は黒いTシャツを着ていて、剝きだしになった両腕には手首まで刺青が入っている。逆巻く波に浮かぶ牡丹《ぼたん》を見て、少しほっとした。

「どういった……」

「ちょっと失礼するよ」

永富は相手をさえぎると手にしていたセカンドバッグを框《かまち》に置き、手早くジャージの上衣、白いシャツを脱ぎ、その場で反転して背中を見せた。

「こいつを初代に彫っていただいた。ソキサンの豊成といえば、思いだしてもらえるかも知れねえ」

男が永富の背中をじっと見つめている気配を感じた。

「わかりました。ちょっと電話をしてみます。シャツを着て、こちらにお上がりください」

「すまねえ」

シャツを着て、ジャージの上衣を羽織ると雪駄《せった》を脱ぎ、男のあとに従おうとした。

「スリッパをどうぞ」

「すまねえ」

並べられたスリッパをつっかけると、男はすぐ左の部屋のドアを開けて、中を手で指した。

「こちらでお待ちください」

「あいよ」

通された部屋は白い壁に絵がかかっている清潔そうな部屋でコの字型にソファが置かれ、中央にテーブルがあった。中に入ると後ろでドアが閉まった。テーブルの向こうに大型テレビがあって、ニュース番組が始まったところだった。

永富はソファに腰を下ろし、画面に見入った。グレーのスーツを着た男のアナウンサーがカメラを見ている。

「こんにちは。正午のニュースをお伝えします。一昨日の早朝、台東区根岸で死んでいるのを発見されたスーパー社長高梨剛治さんについて、先ほど下谷警察署において特別捜査本部が記者会見を開き、高梨さんと見られる男性の防犯カメラ映像を公開しました」

胃袋が重くなった気がして、永富は下唇を嚙《か》んだ。

画面が切り替わり、左上をかすめるように通りすぎる二つの人影が映った。映像は数秒でしかなく、人影がクローズアップされてもう一度流される。もともとあまり鮮明ではない映像が拡大することでよけいにぼやけた。三度目は拡大映像がスローモーションで流される。

三十分ほど前、自宅で見た別の放送局のニュースと同じ映像だ。目にしたとたん、居ても立ってもいられなくなり、彫左久を訪ねようとやって来たのだ。

無茶だよな、と胸のうちでつぶやく。

ドアが開いて、男が顔をのぞかせた。

「連絡がつきました。あと十分かそこらでこちらに来るそうです。このままお待ちください」

「手間ぁかけた。ありがとよ」

「いえ」

見知らぬ男がドアを開けたときには落胆し、初代がやって来るとなると今度は動悸《どうき》が速まった。とりあえずタバコでも喫って落ちつこうとセカンドバッグに手をかけたとき、テレビの上の張り紙に気がついた。

赤い文字で禁煙とあり、ご協力をお願いしますとあった。

「時代だな」

セカンドバッグから手を離し、部屋を見まわす。埃一つなく、臭いもない。禁煙の表示とあいまって個人医院か歯科医院の待合室のようだと思った。壁に掛けられている絵には四角形や三角形がいくつも重なっているだけで何が描かれているのか永富にはわからなかった。

見ることもなく、テレビに目を向けているとドアがノックされた。立ちあがる。ドアが開いて、小柄で痩せた老人が入ってきた。色の濃いレンズをはめたメガネ——サングラスというより黒メガネと呼びたくなる——をかけ、藍《あい》色の鯉口《こいぐち》シャツを着ていた。

「ご無沙汰《ぶさた》しております。永富豊成でございます」

「ご無沙汰なんてもんじゃねえな。かれこれ五十年というじゃねえか」

初代彫左久こと作田《さくた》はゆっくりとソファに腰を下ろし、永富も座った。

「今日はどういう風の吹き回しだい」

「ちょっとこちらの近くまでまいりまして、すっかり様変わりしたと思っておりやしたらこちらのマンションの郵便受けにお名前を見たもので不躾《ぶしつけ》ながらお訪ねした次第で。代をゆずられたんですね」

「もう十五年になる」

「先ほどのお人が？」

「ああ、二代目だ。うちに来たときは十八か九だったよ。筋がよくてな。おれの方はすっかり目が駄目になっちまった。実はあんたの顔もぼんやりした光の球が浮かんでるようにしか見えねえ」

作田が永富に顔を向けたが、視線は微妙に外れていた。

「お前さんの方はどうだい？　近頃じゃ、稼業も厳しいんじゃねえのか」

「二年ほど前に引退いたしまして。今は何にもせずぶらぶらさせてもらっております。もったいないことで」

「恐縮することぁねえだろ。お前さんはそれなりのことをしたんだから」そういったあと、作田はくっくっくっと笑った。「それにしてもソキサンとはな。すぐに思いだしたぜ」

「粋がっておりましたが、ボロが出ました」

永富が生まれ育った土地では、鍾馗《しょうき》様をソキサンといった。作田に指摘され、方言であることを知ったのである。作田の出身地が永富の故郷に近かった。

「その節はお世話になりました」

「三年がかりだったよな。よくつづいたもんだ」

「痛みは堪《こら》えられましたが、あの頃はろくな稼ぎもなかったんで先生にはすっかりご迷惑をおかけしました」

「松五が不動明王だからあんたはソキサンを背負うことにした。どっちもおれがやったが、我ながら惚《ほ》れ惚《ぼ》れするような仕上がりだったな」

「おかげさまで年端も行かない頃から大きな顔をできました」

「松五は……、何年になる？」

「もう二十七年です」

「生きてりゃ、奴も七十過ぎか。おれも歳をとるわけだ」

　作田が苦笑した。

　永富は唇を嘗《な》め、声を圧《お》しだした。

「ところで……」

「ありゃ、駄目だった」作田はさえぎるようにぴしゃりといった。「香月《かづき》の野郎はお前さんのところもケツ割って飛びだしたんだが、おれんとこでも三年ともたなかった。ヤクザもやれんような奴に彫り師は無理だったよ」

「そうですか。それじゃ、先生のところにも何の連絡もよこさねえで」

「ああ。だが、噂は聞いてる。二代目が知ってるだろ。たしか新宿辺りでガキ相手に下手な仕事をやってるようだ」

　立ちあがった作田がドアを開け、二代目を呼び、ぼそぼそと話をした。ほどなく二代目が戻ってきて、ドアを細めに開けて永富を呼んだ。

「ちょっとすみません」

永富は部屋を出た。二代目がメモ用紙を差しだす。新宿の住所と電話番号、店の名前がていねいに記されていた。

「こちらです」

メモを受けとると、二代目は低い声でいった。

「もし、お会いになるんでしたら伝えてもらえませんか。彫左久の名前は絶対に口にするな、と」

永富はうなずいた。二代目の視線は鋭く、こめかみに静脈が浮いている。

香月はかつて永富の弟分だった男だ。


腕を組んでいるように見える男と女の映像は三度くり返して流された。三度目はクローズアップになっている。もともと映りがあまりよくない上に拡大しているので人相まではわからない。それでも男がスリーピースのスーツ姿であることは見てとれた。警察は服装から高梨剛治だと判断したとニュースは伝えていた。

陳瑞蘭《チェン・ルイラン》は手探りで化粧ポーチの中からミントタブレットの入った白いプラスチックケースを取りだした。テレビを見つめたまま、二粒口に入れ、舌と上顎の間に挟んで溶かした。

涼気が鼻へ抜けていく。

ふいに大げさな〈トッカータとフーガ〉が流れだす。化粧ポーチに目をやった瑞蘭は口元を歪《ゆが》めた。牡丹の刺繍《ししゅう》を施したピンク色のポーチから丸みを帯びた金属が顔をのぞかせている。

小型拳銃の銃把《じゅうは》が尻をのぞかせているのだ。

拳銃をポーチの内側にある小さなポケットに押しこみ、ファスナーを閉めてからスマートフォンを出す。〈トッカータとフーガ〉は母親の好きな曲で、呼び出し音に設定してある。通話ボタンに触れ、耳にあてた。

「お前、ニュース見たか」

母はいきなり方言でいった。母は台湾中部山岳部の小さな村の生まれで、その地域でしか通用しない言葉を話せる。瑞蘭も母や祖父母と会話をして、言葉を覚えた。方言といわれているものの、文法からボキャブラリーまで北京語とも広東語ともまるで違う。

「見た」

「トウキョウの知り合いが私に連絡してきた。お前が映ってるって」

「顔は見分けられない。私だとはわからないよ」

「あと二人いる。大丈夫か、お前」

「心配ない。一人は今日のうちに片づける」

問題は三人目なのだが、瑞蘭はもう一度くり返した。

「大丈夫、心配ない。ちゃんと仕事はする。お客さんが来た。電話、切るよ」

「ちょっと待っ……」

スマートフォンを耳から離し、切断ボタンに触れるとポーチに放りこんだ。ミントタブレットのケースも入れ、ポーチの蓋を閉めてスナップボタンをしっかり留めた。母には客が来たといったが、次の予約までは三十分以上もある。

外神田《そとかんだ》にある雑居ビルの一室に瑞蘭の勤める台湾風マッサージとエステティックサロンはあった。もっとも看板などはなく、完全予約制をうたっている。個室は三つあったが、予約が入っているときにだけ出勤することになっていた。経営者は台湾出身ということだったが、会ったことはない。

日本に来て一年足らずの瑞蘭だったが、父親が日本人で、母も日本語を話せるので会話に不自由はしない。漢字はだいたい読めたが、言葉の意味がまるで違って面食らったこともある。手紙といえば、瑞蘭にとってはトイレットペーパーという意味になる。

昼の情報バラエティでも高梨事件を扱ったが、ニュースとほとんど内容は変わらない。コメンテーターの一人が映像の男性が高梨であるのかはっきりしているわけではないといっていた。女——瑞蘭に関しては何の情報もなさそうだ。

午後一時ちょうどにチャイムが鳴り、瑞蘭は立ちあがって壁に取りつけられたインターフォンの母機の前に立った。小さな画面に男が映っている。予約客であることはひと目でわかったが、あえて訊ねた。

「ご予約の方ですか」

日本人と話すときだけ、中国人風の訛りを強調する。

「ああ、シマオだよ」

「シマオさん、お待ちしてました」

ポーチを取りあげると休憩室として使っている台所を出て、玄関に行った。ドアの鍵を開け、外に向かって開く。立っているのは、躰にぴったり張りついている黒いTシャツ、ジーパンに紺色のジャケットを羽織った男だ。サングラスをかけ、ハンチングを目深にかぶっている。

「やあ」

男は笑顔を見せた。ひたいに見えている刺青《タトゥー》——青い蜘蛛《くも》の巣——にかすかな吐き気をおぼえたが、にっこり頬笑んだ。

「いらっしゃいませ。待ってたよ」

シマオを中に入れ、ドアに鍵をかけると瑞蘭は手を取って個室の一つに案内した。中には中央に黒いビニール張りの施術台と背もたれが倒れる安楽椅子、ロッカーが置いてある。天井には施術台の中心線に合わせて、水平に金属製のポールが設けられていた。施術台にうつ伏せに寝た客の上に立ち、ポールにつかまって背中の上を歩くのを台湾風マッサージと称していた。

壁には張り紙がしてあり、当店では性的サービスを一切いたしませんと記されている。シマオの後ろに回った瑞蘭はジャケットを脱がせて、ロッカーにしまった。Tシャツの袖から剝きだしになった腕には手首まで刺青が施してある。図柄は龍《りゅう》ではなく、ドラゴンだという。なぜ日本人なのに洋風のタトゥーを入れるのか、瑞蘭には理解できなかった。

全裸になったシマオの腰にバスタオルを巻き、浴室に案内する。客が自分でシャワーを浴びるのがルールである。瑞蘭は新しいバスタオルを手にして、浴室から出てきたシマオの躰を拭いた。シマオは手首と足首から先をのぞいて、全身に刺青を入れている。瑞蘭は無表情でシマオの背中を拭いた。

個室に戻り、施術台に上がったシマオはうつ伏せに寝そべった。通いつづけて三ヵ月になる。腰をバスタオルで覆ったまま、瑞蘭はオリーブオイルを背中に塗った。一面に刺青を施した背中はざらざらしていて、冷たい。いつもながら死体に触れているようだと思った。

シマオが気持ちよさそうに唸る。

「やっぱりエリカの手は気持ちいいな」

瑞蘭は源氏名をエリカとしていた。本名を出すつもりはなかったし、教えたところで日本人には正確に発音することもできない。

「そう？　愛情、こもってるからね」

「よくいうよ」シマオが圧し殺した笑い声を漏らす。「おれが何度誘っても肘鉄くわせるくせに」

「ヒジテツ、何？」

「肘鉄ってのは……、まあ、いいや。とにかくエリカにはずっと振られてるよ。飯の一回くらいいいだろ。飯だけだよ、飯だけ」

「シマオさん、嘘《うそ》ばっかり」

「嘘じゃないって。おれは爺ぃなんだ。エリカにまともに相手にしてもらえるなんて、思ってないさ」

壁には性的サービスをしないと張り紙がしてある。ほかの従業員が何をしているか知らないわけではなかったが、瑞蘭は一切客の誘いに応じない。少なくとも店の中では……。

瑞蘭は真っ赤なチャイナドレスを着ている。スカートは太腿《ふともも》の半ばまでしかなく、スリットは腰の近くまで入っていた。足を動かすと腰の辺りまで露《あら》わになっても見えない下着をつけていた。

「だから飯だけ」

「どうしようかなぁ」

「何、食いたい？　中華？」

「まさか。イタリアンがいいな。美味《おい》しいイタリアンの店を知ってるなら」

「任せろよ。おれのアトリエの近くに隠れ家みたいないい店があるんだ」

夢中になって喋るシマオの背中を撫でながら瑞蘭は焦《じ》らし、翻弄《ほんろう》したあと、午後十時に地下鉄丸ノ内線新宿三丁目駅の改札口で待ち合わせる約束をした。

低い声が聞こえ、分駐所のソファで寝ていた辰見は目を開けた。腕時計を見る。午前三時を回っていた。

「……はい、はい。新宿ですね」

稲田が自分の席でスマートフォンを使っている。浅川と小沼は自分の席にいたが、二人とも稲田に目を向けていた。

辰見は起きあがり、顔をこすった。脂が浮いている。静かな夜で警邏《けいら》に出ているのは伊佐と浜岡のコンビだけだった。

「わかりました」

スマートフォンを置いた稲田に浅川が訊いた。

「新宿で何かあったんですか」

「死体が発見された。口の中を撃たれて……」

　辰見は座ったまま、稲田に顔を向けた。

「被害者《マルガイ》は？」

「香月志磨夫《しまお》、五十歳。タトゥーアーティストを自称してるけど、モグリのようね。自分のアトリエが入っている雑居ビルのわきに倒れているのを通行人が発見した」

「高梨のときと？」

「状況は似ているけど、同一とはいえない。まだ、今のところは」

　新宿であれば、浅草分駐所にとっては管轄外であり、第六方面本部の通信指令には乗らない。稲田に電話してきたのは、機動捜査隊本部だろう。同一とはかぎらないが、高梨の事案と状況が似ているのはたしかだ。

　また、機捜隊員はつねに分駐所にいるとはかぎらないので携帯電話に連絡してくることが多い。

「二人目ですか」

　浅川がつぶやく。

「そうと決まったわけじゃないけどね」

　稲田は机に置いたスマートフォンを見つめて答えた。

第三章　台湾から来た女

1

当務を笠置班に引き継いだあと、会議室を出てきた稲田班六名は誰がいうともなく応接セットに移動した。辰見と伊佐が並び、テーブルを挟んで稲田と浅川が座る。小沼と浜岡は手近にあった椅子《いす》を引きよせて腰を下ろした。

しばらくの間、全員が目を伏せたまま、それぞれの思いに沈んでいたが、稲田が口を開いた。

「さて高梨事案と、新宿での香月事案にはいくつか共通点があった」

ほかの五人が黙ってうなずいた。打ち合わせの席で今朝未明に死体で発見された香月志磨夫も口の中、軟口蓋《なんこうがい》を小口径拳銃で撃たれていた。凶器は発見されていない。

稲田はつづけた。

「どちらの現場でも薬莢《やっきょう》は見つかっていない。使用されたのが回転式拳銃なのか、自動拳銃でも薬莢は犯人が拾っていったか、あるいはスライドストップをかけたまま撃てば、排莢されない」

一同を見まわしたあと、付けくわえた。

「まったく別の銃か」

辰見は目を上げた。

「別というと？」

「特殊な銃ね。外見はボールペンそっくりだけど、銃身が内蔵されていて二二口径や二五口径の弾丸を発射できるのがある」

「なるほど」

「スパイ映画みたいだな」

伊佐がぼそりといった。

稲田が身を乗りだし、辰見の目をのぞきこんだ。

「小沼から聞いたんだけど、似たような事案を扱ったことがあるんだって？」

「殺人《コロシ》そのものを担当したわけじゃないんだが。松岡五郎というヤクザがいたんだが、そいつが自分の親分《オヤ》を弾いてね。その手口が口の中に拳銃を突っこんで撃つって……、そこが似てるっちゃ似てる。だが、もう二十七年も前の事件《ヤマ》だ」

「コロシは担当しなかったっていったけど、辰見部長とはどんな関わりがあったの？」

「その頃、おれは築地ＰＳの暴力団担当《ヨンカ》にいた。二十七年前というとバブル景気で地上げが大流行してた。それで松岡のいた組も東銀座の方に出張ってきててね。ちょっとした関わりがあった」

「松岡はどうなったの？　パクられた？」

「いや、事件のあとすぐに殺された。リンチされて、車の中で焼き殺された。松岡を殺《や》った奴の方はパクられて、八年服役した」

稲田は背もたれに躰《からだ》を預けた。

となりの伊佐が顔を向けてくる。

「その頃はもう築地のヨンカですか。おれなんかまだ練馬で交番勤務してましたよ」

「いくつだった？」

「二十三です。大学に行ったんで、警察学校を出たてのひよこでした」伊佐は浅川に顔を向けた。「お前も初任だったんじゃないか」

「そうですね。おれは二十歳《はたち》で、綾瀬《あやせ》の交番で二年目でした」

高卒者は警察学校に一年、大卒であれば半年入校する。高卒者という言葉に引きずられるように一昨日会った粟野の顔が浮かんだ。

たしかにはるか昔だと辰見はあらためて思った。

伊佐と浅川は駆け出しとはいえ、警察官になっていたが、稲田や小沼は小学生、浜岡にいたっては未就学児童だったろう。

ため息をそっと嚥《の》みこむ。

稲田が上体を起こした。

「松岡の件と、今回の二つの事案って何か関係あると思う?」

「いや……」辰見は首をひねった。「おそらくはないと思う」

答えつつ、自問した。

それならなぜ永富を訪ねたのか。

浅川が稲田に訊《き》いた。

「下谷と新宿の合同捜査本部になりますかね」

「まだ何ともいえないけど、使用された拳銃が一致するとか、被害者《マルガイ》に何らかの共通点でもあれば話は別だけど」

「スーパーチェーンを経営する人情社長と彫り師ですからねぇ」

浅川が独りごち、すかさず伊佐が混ぜっ返した。

「自称タトゥーアーティストだってよ」

「何がアーティストだか」

浅川が鼻で笑った。

稲田がふたたび辰見に訊いた。

「松岡の話に戻るけど、どうして自分のオヤを撃つなんて真似《まね》をしたのかしら」

「噂《うわさ》があるだけで、はっきりしたことはつかめなかったみたいだ。殺したのは永富って、松岡とは同じ組の兄弟分だが、奴はその辺の事情については何も自供《ウタっ》してない。殺したことは認めてるし、動機についてはオヤを弾いた野郎だからけじめを取られてもしようがないってところだろ」

「昔かたぎのヤクザってわけね。それで噂というのは？」

「その頃、松岡は中国人とか、東南アジアの連中なんかを密入国させる商売をやってたようだ。おそらく人だけじゃなく、拳銃とか違法薬物もやっていたんじゃないかと思うけどね。そのことでオヤと揉《も》めた」

「薬物ね。その組じゃ御法度《ごはっと》にされてたんじゃないの。それで親分に諌《いさ》められてキレたとか？」

「逆のような話を聞いた。おいしい商売なんでオヤが乗っ取ろうとして、松岡が逆上したって。もともと気が荒くて、組でもヤクネタ扱いだったようだ。実をいえば、松岡や永富の組は浅草が本拠で、さっきもいったようにおれが関わったのは東銀座の一件だけだ」

小沼が割りこんできた。

「そういえば、根岸で見つかった高梨社長は中国人や東南アジアの若い人たちの受け入れをやってますよ。留学希望の若い連中ばかりで、ボランティアで身元引受人をやっていたはずです」

「ボランティアか」稲田は腕を組んだ。「またまた自称タトゥーアーティストとは離れていく感じだな」

昨夜は浅草分駐所の管轄区域では、それほど大きな事件もなく、平穏に過ぎたといえる。だが、口中を撃たれた二つの死体が結びついてくれば、仕事にも影響してくるだろう。

立ちあがった稲田が窓の外に目をやり、舌打ちしてつぶやいた。

「雨だ」

窓ガラスに雨粒が点々とついていた。

施術台で仰向けに寝転がった陳瑞蘭は天井を見上げていた。電車が動きはじめるまで新宿歌舞伎町をうろつき、外神田の雑居ビルにあるエステティックサロンに戻ってきたのは早朝だ。個室の一つに入り、施術台に這《は》いあがり、身を横たえるとすぐに眠りこんだ。

イタリアンレストランの料理は悪くなかった。瑞蘭はほとんど酒が飲めないといって、カンパリソーダを嘗める程度だったが、香月志磨夫はデキャンタからたっぷり注がれたワインを二度お代わりした。

テーブルの上で手を伸ばし、瑞蘭の腕を撫《な》でながら香月は白さ、滑らかさを執拗《しつよう》に褒めた。タトゥーを施したいというのが口説き文句のつもりらしかった。アトリエを見たいというと、香月は顔を輝かせた。

すべては予定通りに運んだ。

香月のアトリエがある雑居ビル、近所にあるというイタリアンレストランも下見してあった。レストランの話は何度か聞かされていたし、イタリアンを食べたいといえば、その店を真っ先に挙げることも予想していた。待ち合わせを午後十時にしたのは、くだんの店が午前五時まで営業していることを知った上でだ。

店を出て、人通りの絶えた街路を歩きながら香月はうつむいていった。

『よくこんな爺ぃ《じじ》を相手にしてくれるよなぁ』

『若いの、頼りないよ』瑞蘭はいつも通り中国人風の訛《なま》りを強調した。『それに志磨夫さん、ちっとも爺ぃじゃない』

『よくいうよ。おれ、五十だよ。もう五十。立派な爺ぃさ。それなのにお前みたいな若い子が……』

お前と呼ばれるのが瑞蘭は嫌いだった。雨が降りそうな湿度の高い、生暖かい夜だというのに首筋に鳥肌が立った。

『若くない。私、もう二十五。もうじき二十六』

『若いよ。おれの半分だ』

アトリエが目の前になったとき、瑞蘭は立ちどまりポーチからミントタブレットのケースを取りだした。口の中に二、三粒放りこみ、嚙みつぶす。冷気が鼻腔《びこう》を満たす。

『何？』

香月がのぞきこむ。瑞蘭は白いプラスチックのケースを振って見せた。

『ミント』

イタリアンといった理由がもう一つある。レストランで瑞蘭はニンニクを利かせた料理を次々に頼んでいた。

いったんケースをポーチに入れた。

『おれにもくれないかな』

香月の目は期待にぎらぎら光った。

『いいよ』

瑞蘭はにやりとして、香月のわきをすり抜け、雑居ビルの陰に入ってポーチに手を入れた。追いかけてきた香月が壁にどんと手をつき、瑞蘭に覆いかぶさるように顔を近づけてくる。ポーチから白いケースを出した瑞蘭はいった。

『お口、開けて。はい、あーん』

香月は差し歯だらけの口を大きく開いた。瑞蘭は香月の息が臭《にお》うのをこらえながらケースの端を口中に挿しいれ、引き金をひいた。

銃声は一度。しかもくぐもっていた。後ろ向きに倒れかかる香月を残し、瑞蘭は足早にビルの陰を出た。

施術台から下り、傍らのテーブルに置いたポーチを取りあげた。拳銃の手入れをしなくてはならない。銃身内部にこびりついた火薬カスは金属を腐食させる。

休憩室として使っている台所に入るとポーチをテーブルに放りだし、冷蔵庫を開けた。ブラックコーヒーのショート缶を出し、尻で扉を閉めたあと、立ったままひと息に飲みほす。空の缶は台所のシンクに放り投げた。

椅子を引き、腰を下ろした。

しばらくの間、身じろぎもせずにポーチに施された牡丹の刺繍を眺めていた。母が手縫いで作ってくれたポーチだ。ため息を一つ。それからポーチを開け、内側のポケットのファスナーを開くとミントのケースを取りつけたままの小さな拳銃を取りだした。

ケースを外し、観察する。血はついていない。弾丸を撃ちこまれた軟口蓋の傷口から出血するまでには、わずかながらタイムラグがある。その間に引き抜けば、返り血が付着することはない。

ミントのケースをかぶせ、キスをする振りをして相手の口に差しだすという方法は高梨が教えてくれたようなものだ。高梨は歯槽膿漏《しそうのうろう》で、口臭を気にしていた。実際、ひどいものだったが、幸いキスをする前に片づけることができた。

マンションわきに入り、キスをしようとしたとき、瑞蘭はミントのケースを振って見せた。

拳銃を手に取った。全長十二、三センチほどで瑞蘭の小さな手に載る。奇妙な形をしていた。上下に並んだ細い銃身が二本あり、後部を押さえているコの字の留め具を外すと引き金の上部を支点にして中折れになる。弾は銃身の後部に差しこむようになっていた。銃把はいびつな半円形で長さは五センチほどしかなく、しかも前面は剝《む》きだしになった引き金が大半を占めていた。

引き金には覆いがないのでポケットの中に入れておいて、不用意に触れれば、暴発するといわれた。安全装置などない。そのため、引き金を異様に重くしてある。実際、大の男でも引き切るのに苦労するほど重い。

持ち方、撃ち方も変わっている。人差し指は伸ばして銃身のわきに添え、中指で引き金をひくのだが、瑞蘭の手なら中指と薬指をそろえて引き金に添えられるのでわりとたやすく引くことができた。また、銃身に添えて人差し指を伸ばすのはミントのケースを押さえるのに都合がよかった。

引き金をひくだけで弾丸を発射できる。二発目を撃つときは引き金をゆるめ、元の位置に戻ったところでもう一度引けばいい。銃身の後部を押さえるコの字の金具は角張っているものの、突起物はなく、ポケットから取りだすときに引っかからない。それどころか引き金以外に動く部分がないのでポケットに入れたまま二発とも撃つことができる。コの字の金具を持ちあげるだけで拳銃は中折れになった。金色の薬莢の尻が二つ並んでいる。上段は空になった薬莢、下段には銃弾が入っている。昨日、撃ったのは一発だけでしかない。それでも瑞蘭は二発とも抜いて、ボロ布とミシン油を用意した。

ボロ布を引き裂き、ミシン油を染みこませて銃身後部からねじこむ。立ちあがって食器棚から竹串《たけぐし》を取った。椅子に戻り、串で布をつつき、銃口から出した。布には黒いカスが付着していた。三度くり返すとカスはつかなくなったが、手が汚れた。使ってはいないが、念のため、下段の銃身も同じように掃除をすることにした。

『お前が青峨《せいが》の女だから』

拳銃の手入れをしていると祖母の声が蘇《よみがえ》る。

十二歳のとき、基隆《キールン》にある家を出て台湾中部の山岳地帯にある集落に行き、祖母の家で暮らすようになった。祖母の家は小さく、すでに祖父は亡くなっていたが、周囲には祖母の血縁者たちが住んでいて、集落全体が一つの家族のようだった。

幼い頃からくり返し母にいわれていたことで、父はあまり気が進まない様子だったが、一族の決まりである以上、父も瑞蘭も従うしかなかった。青峨は集落の名——国が定めた正式な地名ではない——であり、何代にもわたって住みつづける人々を指した。母が常々口にしていた一族は血ではなく、地でつながっている。

物心ついた頃には母に吹きこまれていたので、祖母の家に行くことに疑問は抱かなかったが、理由を説明されたことは一度もない。移り住んで、ひと月ほどした頃、瑞蘭は何気なく訊いた。どうして自分がここに来ることになっているのか、と。祖母は青峨の女だからと答えた。青峨という名を耳にしたのは、そのときが初めてだ。

それから二十歳になるまで瑞蘭は祖母の家で暮らした。その間、祖母の世話をしながら青峨の女としての作法を教わった。作法のうちには、自らと集落を守るための武術、さまざまな武器の扱いも含まれており、集落の男たちに厳しく仕込まれた。銃や刀剣の扱いも学んでいる。

二十歳になると基隆に帰ることを許されたが、瑞蘭は青峨の地が気に入り、一年のうち半年以上を峻険《しゅんけん》な山間《やまあい》で過ごした。

日本に来ることになったのは、母から青峨の女としての役割を果たすためだといわれている。

『青峨の人たちは何百年も前から日本に渡っている』

母はそういったが、何百年というのは大げさだと思った。

青峨の人々は台北や台中といった都会に出ていっても就学、就職の機会に恵まれず、どこの土地でも同郷の者たちが結束して互いを助け合って生きていくしかなかった。

一つには言葉の問題がある。山間部の集落ではそれぞれ独自の言葉を使っていたため、平地に暮らす人々やほかの集落の人々と話すのにも苦労があった。それが今から百二十年前、日本人が乗りこんできて日本語で教育を行った。強制されたことに反発はあったものの、ほかの土地の人たちと話すのに便利ではあった。

一九四五年に日本は戦争に負け、台湾から去ったが、相変わらず日本語は使われたし、青峨の人々が台湾国内で不当な扱いを受けるのは変わらなかった。むしろ昔々に戻ったといえる。

戦争が終わったあと、復興した日本は青峨の人々にとって特別の地となり、母もまた二十歳になったとき、日本に渡った。日本国内でも青峨の人々は結束していて、母は彼らを頼ったのだ。

瑞蘭に拳銃を渡したのも青峨の男である。

『デリンジャーっていうんだ』

男はいった。元々は西部劇の時代の古い拳銃だが、瑞蘭が渡されたのは改良され、一九六〇年代に製造された新型だという。

『だけど弾が貧弱だからね。ポケットの中から撃ったんじゃ、相手を殺せやしない。せいぜいびっくりさせるくらいだ。ちょっと離れても怪我《けが》をさせるのが精一杯だろう。確実に殺したかったら、こう……』

男は銃身に見立てた人差し指を口の中に挿しいれ、かっと目を見開いた。男は撃ち方、手入れの方法とあわせて殺し方も教えてくれたのだ。

拳銃全体を布で拭《ぬぐ》ったあと、ポーチの内側に弾丸といっしょに入れて、ファスナーを閉じた。

ミントのケースを手にする。銃弾が飛びだした角が裂けているだけで血などはなかったが、念のため、はさみでずたずたにすると燃えないゴミの箱に放りこんだ。次いで台所用洗剤をつけて手を洗った。入念に洗ったが、火薬カス特有の粘り気のせいでなかなか落ちなかった。拳銃を撃ったあと、必ず銃身を掃除しなくてはならない理由だ。集落の男たちに教えられた作法である。

今日はとくに予約は入っていない。

火薬の匂《にお》いが残っているかも知れないので換気扇を回してから瑞蘭はエステティックサロンを出た。

外は雨だった。

玄関にビニール傘が置いてあったが、取りに戻るのが面倒臭かった。気休めにすらならないが小さなポーチを頭上にかざすと雨の中へ走りだした。

汗ばむほどむしむしするというのにビニール傘を持つ手は冷たく、背筋がぞくぞくする。五月の雨だなと思いながら辰見は足早に歩いていた。傘は分駐所の出入口に置いた傘立てから適当に引き抜いてきた。

分駐所を出て、浅草方面に向かって歩きだしたところへ犬塚から電話が来た。会いたいというのでホテルに行くというと、別のところがいいといってROXの裏手にある喫茶店の名前を出した。辰見も何度か利用している店だが、すぐそばを通りながら一年以上顔を出していなかった。

喫茶店の前まで来ると傘をすぼめて振り、雨水を切ってから中に入った。キッチンをぐるりと囲むようにカウンターがあるだけだ。銀色のポットを手にしてコーヒーを淹れていた初老の店主が辰見を見て頰笑《ほほえ》み、小さくうなずいた。久しぶりともいわない。カウンターのもっとも奥で犬塚が手を上げた。ビニール傘を傘立てに入れ、辰見は犬塚のとなりまで行き、スツールに腰を下ろした。水を入れたコップを辰見の前に置いた店主が離れていくと犬塚が早速切りだした。

「永富の弟分が殺されたな」

「何だ？」

「ほら、今朝新宿で」犬塚が肩を寄せ、低い声でいった。「香月ってのが」

辰見は目をしばたたき、犬塚を見返した。犬塚も目を見開いて、辰見を見返す。

「知らなかったのか」

うなずいた。

ふたたび声を低くして、犬塚がつづけた。

「香月ってのは永富にくっついて歩いていた。アロハシャツにリーゼント、見るからに軽そうな奴だが……」

犬塚が自分のこめかみを人差し指でぽんぽんと叩《たた》く。

「見た目通りだった。真冬でもアロハシャツだった」

「冬でもアロハか。寒そうだな」

「さすがにスカジャンを羽織ってた。でも、ぺらっぺらのでな。あれで寒さしのぎになったのかね」

ふいに光景が浮かんできた。東銀座のクリーニング店にダンプが突っこんだ真夏の現場だ。規制線の向こう側に目をやって、当時の上司だった熊谷がいった。

『鍾馗の豊成じゃないか。何だって浅草のヤクザがこんなところまで出張ってやがるんだ』

熊谷の視線を追うと、その先に二人の男が立っていた。

『こじゃれた麻のスーツを着てる奴と、アロハシャツの間抜け面したのがいるだろ』

アロハシャツの間抜け面を思いだすことができない。

水をひと口飲んだ犬塚がつづける。

「だが、香月はケツを割って逃げだした。松五の事案があった直後のことだ」

お待ちどおさまの声とともにコーヒーが目の前に置かれた。分厚いカップを持ちあげた辰見は豊かな香りを吸いこんだ。

やはり永富にからんでいくのか……。

熱いコーヒーをひと口すすったことで、躰が意外に冷えていたのを知った。

2

「昭和か、チクショウ」

唐突に犬塚がうめいた。だが、多少ほろ苦そうには見えたが、口元には笑みを浮かべている。

死んだ香月が永富、そして松岡を連想させれば、思いは当然あの頃に行き着く。うめいた犬塚の心持ちが、辰見にも理解できた。タバコに手を伸ばし、一本くわえて、火を点《つ》けた。

目の前に立ちのぼる煙を見て、目をすぼめる。今の東京では路上でタバコを喫《す》うことはできない。公共施設は敷地内全面禁煙、タバコの喫えないカフェ——タバコ抜きのコーヒーなど辰見には考えられなかった——、飲食店、居酒屋が増殖し、喫煙場所を求めて一時間、二時間とさまよい歩くことも珍しくない。

なるほど、昭和か、チクショウと思った。

「お前、結局、浅草警察署《アサケイ》に何年いたんだ？」

「十一年」

「最初から四課で？」

「そう。見た目がまんまあっち、だからな。期待の新人だったんだろ。おれとしても望むところだった」

かつて暴力団を担当したのは、本庁なら刑事部捜査四課、所轄署においては刑事課捜査四係だった。所轄署においても誰も四係とはいわず、四課といっていた。今は刑事部から独立し、本庁にあっては組織犯罪対策部であり、所轄署では組織犯罪対策課だ。

しかし、辰見や犬塚にすれば、組織犯罪対策課より四課の方がぴんと来る。

太平洋戦争に負けるまで体制維持のために活動してきたとして内務省は解体され、警察も弱体化した。占領下の日本は混乱に陥ったが、警察は充分に機能することができず、暴力がすべての優劣を決定するようになった。このとき体制側につき、秩序維持に力を尽くしたヤクザ組織があった。

戦後の混乱も収まり、復興から高度経済成長へと転じはじめた昭和三十九年二月、警視庁はじめ各道府県警は組織暴力犯罪取締本部を設置し、暴力団の一斉取り締まりに踏みきった。暴力団の組長、幹部の検挙をはじめ、資金源の根絶、拳銃や日本刀などの凶器押収、そして抗争事件が起これば、暴力沙汰《ざた》を起こした双方の組織の幹部、構成員を容赦なく逮捕した。八ヵ月間で団幹部だけでも約四千五百名を検挙している。

のちに第一次頂上作戦と呼ばれる暴力団締め上げ策の端緒である。

復興から経済成長への転換は、暴力組織をも肥大化させ、隠然たる一大勢力になりつつあったことが頂上作戦の始動につながった。混乱期を脱けだせば、私的暴力装置は不要とばかりに手のひらを返したともいえる。

体制《おかみ》のやることなんざお江戸の昔から変わっちゃいないと皮肉るヤクザも少なくなかった。

辰見が築地警察署刑事課捜査四係に異動し、初めて暴力団担当となったのは昭和六十一年春のことだ。数次にわたる頂上作戦によって暴力団は解散、もしくは政治団体への変身を強いられ、その上、日本最大の暴力団が組長の死去にともなって内部分裂し、本拠のある関西をはじめ、全国各地で抗争事件を起こしている時期でもあった。五年におよぶ抗争でくだんの暴力団が費やしたのは、金だけで五百億円にのぼるといわれた。

だが、抗争終結直後にバブル景気で日本中が沸騰し、暴力団も豊富な資金を背景に息を吹きかえすのである。

暴力団を社会の敵と見なし、警察は徹底的に取り締まってきた。多大なる成果が上がっているはずなのに暴力団対策のための組織は警察内部で独立し、年々歳々巨大化していった。成果が上がっているなら警察の組織も縮小していくはずなのに不思議というか、皮肉というか……。

辰見は平成三年三月、築地警察署を離れ、以降、いくつかの所轄署で刑事課勤務をしたが、暴力団担当に戻ることはなかった。

犬塚が辰見の手元を見た。

「タバコ、くれないか」

辰見はパッケージの上にライターを載せ、押しやった。火を点け、煙を吐いた犬塚が指に挟んだタバコをしげしげと見つめる。

「こんな味だっけ」

「お前が喫ってたのは別の銘柄じゃないのか」

「いや、これだ」

犬塚はしばらくの間、味を確かめるように深々と吸い、ゆっくりと煙を吐いた。

「六年か。たったそれだけですっかり味を忘れるもんかね」

「味の記憶って、案外つかみどころがないからな」辰見はタバコを灰皿に押しつけて、消した。「六年って？」

「管理職になると、会社がうるさいんだ。しばらく頑張ってたんだが、毎度毎度タバコの効能について持論を展開するのが馬鹿馬鹿しくなった」

「喫煙者の自己弁護か。たしかに馬鹿馬鹿しい」

「いや、お前は根性があるよ」

犬塚にいわれ、辰見は首をかしげた。

「ただの惰性だ」

新しいタバコをくわえ、火を点けた辰見は深々と吸いこみ、煙とともに吐きだした。

「一つ、訊きたいんだが」

「何だ?」

「今さらだが、どうして辞めた?」

犬塚が噴きだす。

「たしかに今さらだな」

ふだんの会話では滅多に警察という単語を口にしないのはもはや習い性になっている。犬塚にしても同じようだ。

「信じられないかも知れないが、暴対法のせいだ」

暴力団員による不当な行為の防止等に関する法律は、平成四年三月一日に施行されている。

犬塚がつづけた。

「おれは四課が長すぎたんだろ。骨の髄までヤクザ臭《あっち》くなってたんだな。代紋ちらつかせただけでパクるなんて不当じゃないかって思っちまった。それでも施行から三年はいたんだよ。でも、課長とぶつかって、署内で罵《のの》り合いをやっちまった」

「あら」

「直後に下高井戸《しもたかいど》で交番勤務を命じられた。そのあとも五年は我慢したんだぜ。暑い日も寒い日も、雨の日も風の日も立ちん坊でな。忍の一字だった」

同年だけに五年という意味はわかった。平成十三年三月まで勤務すれば、勤続二十五年で年金の満額受給資格を得られる。その後、犬塚は警察を辞め、警備会社に就職、二年後に今のホテルの保安担当に転職し、三年後には責任者になっている。

「それじゃ、松五事案のときには現役だな」

「ああ、ばりばりのね」犬塚はタバコを消した。「やっぱり味が違うような気がするな」

辰見は犬塚を見た。犬塚が目を上げ、辰見を見返す。

「あのヤクネタが親を弾いたときには、おれも動きまわった。だが、あいつが飛んで以降は手も足も出なかった。見つかったのは、山梨の山中だ」

「それじゃ、永富をパクったのは？」

「あいつは自宅で身柄《ガラ》を取られたんだが、取ったのは一係にいた川原《かわはら》さんって人だ」

辰見は目を見開いた。

犬塚が怪訝《けげん》そうに眉根を寄せる。

「どうかしたのか」

「川原さんならこの店で時々会ってた。あの人が定年になる前だが」

「もう六年か」つぶやいた犬塚がふっと苦笑する。「同じ頃だったな。川原さんは刑事《デカ》を辞めて、おれはタバコをやめた」

刑事を辞め、タバコをやめたら、おれは……。

辰見は浮かびかけた言葉を圧し殺し、タバコをくわえた。

折りたたみ傘を打つ雨音を聞きながら永富は立ち尽くしていた。傘は千円、自宅に近いコンビニエンスストアで買った。

久しぶりに洋服ダンスから引っぱり出したスーツから立ちのぼる樟脳《しょうのう》の臭いと雨の湿気が混じりあって、鼻先にねっとり絡みついている。浅草から出るというだけでスーツを着てきた自分がいかにも古ぼけた田舎者に感じられた。

二代目彫左久から渡されたメモを頼りに新宿までやって来た。

昨日、同じメモに書かれてあった携帯電話の番号にかけてみたのだが、男の声で本日は定休日ですと告げられた。それが香月の声なのか判断がつかなかった。二十数年前の記憶をまさぐったが、香月の顔は浮かんだものの声までは思いだせなかった。

メッセージはつづき、土曜、日曜祝祭日は休業、営業時間は平日の午前十一時から午後八時までという。お急ぎの方は留守番電話に伝言を、と聞いたところで切った。今朝、十一時過ぎにふたたび電話を入れてみたが、まったく同じメッセージが流れた。出かけてくる気になったのは、自宅にいたところでチャミィを撫でているくらいしかすることがなかったからだ。

どうしたもんかな、と胸のうちでつぶやく。

視線の先には制服警官が立っている。そのすぐ後ろ、ビルとビルの間は工事用のブルーシートで目隠しされており、片側一車線の道路を挟んだ向かい側には、テレビや新聞のカメラマンがビニール傘を差して立っていた。カメラを回している様子はなく、所在なげに雨に打たれていた。

近くにあった案内板によれば、ブルーシートが張られた片方のビルがメモにあった住所だ。ビルの名前も間違いない。もっとも人の出入りはあって、立ち入り禁止ではないようだが、入ろうとする者は警官に呼びとめられていた。

後ろ暗いことなど一つもない。昔の知り合いを訪ねるだけじゃないかと自分に言い聞かせる。しかし、警官に声をかけられるとなると気が進まなかった。今日になってもまだ電話がつながらないのが気にはなっていたが、警官に近づかないための言い訳に過ぎないとわかっていた。

テレビの関係者に何があったのか訊ねようかと思案しているうちに、香月の施術場があるビルから男が二人出てきて、ビニール傘を開いた。警官はちらりと目をやっただけで声をかけようとはしなかった。

一人は腰まで髪を伸ばし、ベージュの手編みらしいベレー帽、同じ色で膝《ひざ》まである袖無しを着ている。カーディガンかコートか、何ともいえない。もう一人はタンクトップに七分丈の黒いパンツ、真っ赤なシャツを羽織って、金色の髪を短く刈り、逆立てていた。

二人は笑い、相手の肩を小突きながら歩いている。次の交差点を曲がったところで永富は目の前の道路を横断し、二人を追った。警官の目が届かないところで一気に差を詰め、後ろから声をかけた。

「ちょっとすまんが」

二人は足を止め、同時にふり返った。どちらも眉や小鼻、唇の下にピアスをしている。胡散臭《うさんくさ》そうな顔で永富を見た。何もいわない。

永富はビルのある方向を指さした。

「あんたたちが出てきたビルに私の知り合いがいるんだが、お巡りが立ってるし、テレビの連中が向かいにいるよね。何かあったのかな」

長髪にベレー帽を載せている方が年かさ、それも四十は超えているように見えた。

「今朝方だけど、ジョニーって奴がビルのわきで殺されてるのが見つかったんだ」

「ジョニー？　外人なのかい」

「まさか」

年かさの男が笑った。前歯が一本抜けている。連れの若い男に目を向けた。

「あんな真っ平らな顔した外人はいない」

若い男が耳障りな笑い声を発した。

「中国人や韓国人だって外人だろ。外人といえば、アメリカ人だと思ってるなんて、社長は古いんだよ」

「たしかにそうだ。あいつ、名前何たっけ？」

「香月。有名な彫り師だって吹いてたけど、全然。下手で評判だった」

彫左久二代目の声が脳裏を過《よ》ぎる。

『彫左久の名前は絶対に口にするな、と』

二代目のいった意味がわかって、永富は割りこんだ。

「香月っていう人なのか」

二人が永富を見る。年かさの方が訊いた。

「そう。奴が知り合いかい」

永富は首を振った。

「いや。違う」

「それならビルの出入りはノープロブレムだよ。入るときにポリがどこへ行くんだって訊くかも知れないけど、ジョニーの店以外なら出入りは自由だもの」

「そうか、ありがとう。突然に声をかけて申し訳なかった」

「いやいや」男はにやにやしながら永富を見た。「あんたもあまりポリとは仲がよさそうじゃないみたいだね」

永富は苦笑した。

「鋭いね。まあ、急ぐ用でもないし、奴のところを訪ねるのはまたにしよう。それにしても殺されたなんてな。喧嘩でもしたのかね」

「撃たれたって話だよ」若い男が答えた。「おれも人から聞いただけだからはっきりとは知らないけど、何でも口の中を撃たれたって」

「そういえば、ついこの間もそんな事件がなかったか」

「あったね。どこだっけな。でも、警察はまだ発表してないから人にはいうなって」

「誰が？」

「管理室の爺《じい》さんだよ。自分で人にいうなっていっておいて、通りかかる奴みんなに同じ話をしてる」

撃たれた……、口の中を……、香月が……。

物思いにとらわれていた永富はいつの間にか奇態な二人組が黙りこみ、そろって自分を見ていることにしばらく気づかなかった。

　年かさの男が永富をのぞきこむ。

「大丈夫か。ぼんやりしちゃって」

「いや、何でもない」永富は顔の前で手を振った。「すまなかった。いろいろありがとよ」

「お安い御用だって」

　歯の欠けた口を大きく開いて、年かさの男がいった。

　永富は二人から離れ、歩きはじめた。雨脚がさらに強まっている。アスファルトの歩道がへこんで浅い水たまりができていたが、気づかずに踏みこんだ。磨きあげた革靴が濡《ぬ》れ、靴下が濡れる。

　香月が死んだ……、殺された……、今になって、どうして？

　店の前に樽《たる》が出ていて、黒板が立てかけてあった。コーヒーだけでもどうぞと書かれてあるのを見て、永富はふらふらと入った。窓際の小さな丸テーブルまで行き、鉄製の椅子に腰を下ろす。

　黒いシャツを着た女の店員が水の入ったコップを運んでくる。

「いらっしゃいませ」

「コーヒーだけでもいいかな」

「はい」コップを置いた店員がいう。「何になさいますか」

「ふつうのホットを」

店員が困ったような笑みを浮かべ、テーブルの上に置いたメニューを指した。

「こちらからお選びいただくようになってますが」

カフェ何とやらという文字がずらりと並んでいる。一つひとつに説明がついていたが、細かい文字を読む気にはなれなかった。適当に指さした。

「カフェ・ド・コンチネンタルでございますね。かしこまりました」

「それと灰皿を一つ」

「申し訳ございません。当店は全席禁煙となっております」

あっけらかんという店員をわずかの間見返したが、黙ってうなずくよりほかになかった。店員が厨房《ちゅうぼう》に向かうと永富は足を組み、窓の外に目をやった。

灰色の街並みは濡れ、黒っぽくなっている。

香月が口の中を撃たれて死んだ。殺され方からすれば、やったのは一人しか浮かばなかった。だが、あり得ない。それも今になって……。

奇態な二人組に教えられてから永富の思いは同じところをぐるぐる回っているだけでしかなかった。

やがて小さなカップが運ばれてきて、目の前に置かれた。小さな泡がたくさん浮かんでいて、虹色の光沢を放っている。洗剤で洗ったあと、よくゆすがずに使っているように見えた。

ひと口飲んだ。

シャボン液を飲まされたような気がした。永富は口元を歪め、カップを置いた。靴下がぐっしょり濡れて気持ち悪い。ズボンの裾《すそ》も濡れ、ふくらはぎにまとわりついている。

窓の外を眺めながら思いを巡らす。

根岸で殺されたスーパーの社長と香月にどのような関係があるのか、まるで見当がつかなかったし、調べる方法も思いつかなかった。辰見の顔が脳裏を過ぎる。だが、警察に知られるわけにはいかない。絶対に。

考えろ、何かあるはずだ。

半ば無意識のうちに上着のサイドポケットに触れ、中にあるタバコの形を指でなぞっていた。躰と心の双方が猛烈にニコチンを欲している。

「クソッ」

小さく吐きすてた。

3

曇りガラスのはまった格子の引き戸を開け、川原が現れた。短軀《たんく》、小太りで半袖のワイシャツにループタイを着けている。記憶にある姿とまるで変わっていないことにちょっと驚かされたが、もっと驚いたのは、川原は店内を見まわしもしないで辰見を見つけ、近づいてきたことだ。辰見は店の奥にある四人掛けのテーブルに座っていた。

犬塚と別れ、浅草の喫茶店を出たところで川原に電話を入れた。会いたいというと京急本線立会川《たちあいがわ》駅の近くにある焼き鳥屋でどうかといった。自宅に近いのだそうだ。

『駅から川沿いに下ってきて、旧東海道にぶつかる手前にあるんだが』

屋号をいった。焼き鳥屋はすぐに見つかった。

立ちあがって、奥の席を空けようとすると川原は手を上げた。

「そのまま、そのまま。わざわざ遠くまで来てもらったんだ」

そういって川原は店の入口を背にしてさっさと座った。辰見も腰を下ろす。中年の女性店員がおしぼりを持って近づいてくる。

「毎度、どうも」

「レモンサワーと……」川原は辰見に目を向けた。「何か注文した?」

「いえ、まだ」

辰見の前には口をつけていない生ビールのジョッキと切り干し大根を煮たお通しの小鉢があるだけだ。

「何か不得意なものはあるかな」

「とくにありません。お任せします」

「了解」

川原はてきぱきと注文し、飲み物が運ばれてくると乾杯した。ひと口飲み、おしぼりで口元を拭いた川原があらためて辰見を見た。

「久しぶりだな。定年以来だから六年……、七年ぶりか」

「お変わりないのにびっくりしました。それとまるで私がここにいるのをわかってたみたいに入ってこられたのにも」

川原が渋面になる。

「いやな性癖《へき》ってのはなかなか抜けないもんだ」

へきと永富もいっていたことを思いだした。川原がつづける。

「店内の造りはわかってる。雨だし、顔を見せている常連客もだいたい想像がつく。辰ちゃんは初めてで、しかもおれを待ってる。ならば、どこに座っているか。ここへ来るまでの間、ずっと考えていた」

「そうですね。なかなか抜けません」

うなずいた川原はちらりと苦笑し、レモンサワーを飲んでからいった。

「根岸の一件だね。相変わらず一番乗りか」

「交番《PB》の連中が先でしたけどね」辰見は身を乗りだし、声を低くしていった。「実は、そのあと永富に会いましてね」

川原は驚いた様子を見せなかった。

「松五の手口に似てるとは、おれも思ったよ。新聞を読んでて。それで奴《やっこ》さんは何かいってたかい」

「いや、昔話をしただけで。そのときはまだ手口は公表されてなかったもので、永富にぶつけたんです」

川原が目を細めた。

「それで?」

「ちょっと考えこむふうを見せましたがね、それだけでした。松五はとっくに死んでますから」

「うむ」

川原が唇をへの字に曲げてうなずいたとき、大皿に盛った串焼きが運ばれてきた。店員が離れていくと、川原が低声《こごえ》でいった。

「のれんも看板も焼き鳥だが、鶏のない店でね。モツ焼きばかりなんだ。だが、味は悪くない」

串焼きは二十本ばかりあった。タレと塩が半々になっている。川原が一本取り、辰見はレバー串に手を伸ばした。

「それで永富の奴ぁ、元気かい？」

「すっかり爺さんになってました。そういったらあんたも同じだって。無理もありませんね。奴に会うのは、二十七年ぶりですから」

「それじゃ、あれ以来？」

「いえ、あの前です。松五が見つかってからは直接会っていません。ただ、噂はたまに聞きました。私も浅草ですから」

「奴、今は？」

「年金暮らしだといってました。竜泉のマンションに猫といっしょに住んでます」

「引退したのか」

半ば独り言のようにつぶやき、川原は手にしたホルモン焼きを食べ、レモンサワーで流しこんだ。

辰見は永富から聞いた内容をかいつまんで話した。四年前の大震災で縄張り《ニワバ》にしていた東北の太平洋岸が津波の被害に遭い、その後、妻が病気で亡くなったことを……。

「奥さん、死んだか」川原が目を伏せる。「二、三度会ったが、しっかり者という感じだったな。奴がことを起こして行方をくらましてる間は立ち回り先だから張り込《ハリ》みかけてた。初めて言葉を交わしたのは、あいつをパクったときだ。顔色一つ変えなかった」

「それじゃ、永富は……」

「ああ、自宅で身柄《ガラ》を押さえた。竜泉じゃなく、三ノ輪にあったマンションだ。路地の奥にあって、張ってるのが面倒だったよ。永富はいきがってたが、塀の内側に落ちたあとも、出てきたあともあの奥さんがいなきゃ、どうなってたかわからんね。それにしても昔の話だ。よくおれが担当していたことがわかったね」

「犬塚に教えてもらいました」

「四課の？」

うなずいた。

「あいつは同期なんです」

警察学校の同期生には特別なつながりがある。川原は同期のひと言で納得したようだった。

「おや、川原のダンナ」

店に入り、奥まで来た初老の男が川原を見かけるなり大声でいった。短く刈った白髪はまばらで地肌まで真っ赤に染めていた。よれよれの作業服を羽織り、ランニングシャツに渋い黄緑の腹巻きをしている。

川原が顔を上げる。

「ご機嫌だね」

「雨で仕事が半チクになっちまったもんで、早々にひとっ風呂浴びて、それからうちでひっかけてたんですが、女房が辛気くさい顔しやがって、うるせえ酔っ払い、出てけってんで……」

初老の男が辰見に目を向けた。片方の眉を上げる。

「おや、こちらのダンナもご同業のようですな。こりゃ、失礼いたしました」

男は敬礼をするとカウンターに向かって歩いていった。川原が苦笑する。

「へいさんといって、左官職人なんだ。おれが元だとわかると、それからダンナ呼ばわりだよ。昔からヤクザ映画のファンで、ダンナと呼べば、自分も映画に出てる気分になるんだろう。あんまりいやがるのも艶消《つやけ》しだから好きにさせてる。悪気はないし、堅気だ。気を悪くしないでくれ」

「いえ」

辰見は首を振った。

川原がレモンサワーのグラスを持ちあげる。

「この店は自宅《うち》から近いんで、もう三十年ばかり通ってる。不思議なもんで、退職する前は友達なんかいなかった。辞めてからだよ。へいさんとか、ほかの常連客と喋《しゃべ》ったり、飲んだりするようになったのは」

友達なんかいなかったというひと言が辰見にある情景を思いださせた。

二十七年前、夏の夜だ。


「大名行列かっての」

おでん屋の親父《おやじ》は、少し離れた通りを三台連なって走っていく黒塗りのハイヤーを見て吐きすてた。

三台で大名行列は大げさだろう——屋台の縁に肘《ひじ》を載せ、コップ酒を飲んでいた辰見は胸のうちでつぶやいた。

親父はまだ通りを睨《にら》みつけている。

「日本一だか、世界一だか知らないけど、昼も夜もあったもんじゃない。のべつまくなしハイヤーが出入りしてやがる」

築地警察署から歩いて五分ほどのところにおでんの屋台はあった。ハイヤーが出入りしているというのは、すぐそばにある広告代理店の本社だ。かれこれ二十年前に建てられたビルだが、奇抜で未来的といわれたデザインは今でも周囲の目を引いた。

辰見はコップを置き、背広のポケットからタバコを取りだした。

「それだけ景気がいいってことだろ。それなりに売り上げにつながるんじゃないのか」

「いやいや」親父は顔をしかめ、首を振った。「あそこの連中はこんな小汚い屋台になんか洟《はな》もひっかけないよ」

来るのはしけた刑事《デカ》くらいのもんかと辰見は思ったが、口にはしなかった。タバコに火を点ける。

元々あまり客が入っているのを見たことがない。たまにすっかり酔っぱらったサラリーマンが二人か三人いるだけだ。突っ伏して、いびきをかいているのもいた。だが、今夜は辰見一人でしかなかった。

築地署ともなれば、捜査四係や防犯課の風紀係は警邏と称して夜ごと銀座にくり出していた。辰見も誘われて、行ったことがある。座るだけで七万円はかかるという高級クラブでブランデーやウィスキーを飲み、店の好意でふるまわれるフルーツの盛り合わせを食べて、帰り際、一人がテーブルに百円玉を一つ置く。身銭を切っているという格好だ。毎晩警邏に出られるからくりはそこにあった。

二度付き合ったが、三度目以降は何のかんのと理由をつけて断った。

タバコに火を点けていると、となりに客が来て、親父が顔を輝かせた。

「いらっしゃい」

「いつもの」

目をやって、ぎょっとする。永富が扇子を使っていた。二日前、東銀座のクリーニング店にダンプが突っこんだときと似たような麻のスーツを着ている。あのときは生成《きな》りだったが、今夜は藍染めだ。

「こんばんは、辰見さん」

永富はうっすら笑みを浮かべた。唇の上にきれいに整えられた細い髭《ひげ》を生やしているのに気がついた。

辰見は目を細め、小さくうなずいた。今まで永富と直接話したことはない。永富は目の前に置かれたコップ酒を手にするとちらりと差しあげて、ひと息に飲みほした。

「同じのを」

親父に向かって空のコップを差しだす。その間も扇子を止めようとはしなかった。二杯目が置かれる。永富はコップに目をやったままいった。

「友達がいないんですか。お仲間は銀座できれいな姉ちゃんをはべらせて、うまい酒を飲んでるでしょ」

「おれは酒好きでね。自分の金で買ってでも飲みたいんだ」

「そりゃおかしい」相変わらずコップに目を向けたまま、永富が片方の眉を吊《つ》りあげる。「本当の酒好きならどんな酒だって飲むでしょ。誰が買ったって、酒は酒だ。飲めば、酔っぱらう」

「気が小さいんだろ。高い酒じゃ、どきどきして飲んだ気がしない」

「おや、そんなに高かったかな」

ちらりと首をかしげ、それから酒をひと口飲んだ。苦い薬でも口にふくんだように顔をしかめる。

「そうそう、群馬でやり直すことにしたらしいですよ。何でも店主の実家があるとか。まあ、店そのものをぶっ潰《つぶ》されたんじゃ商売はつづけられませんがね」

とぼけた顔つきで永富がいう。

東銀座のクリーニング店はダンプが突っこんだ翌日、移転に合意した。永富がいうように群馬県に引っ越し、新たに店を構えると聞いている。

永富は銀色に輝くシガレットケースを取りだすと、蓋《ふた》を開けて、辰見に差しだした。細巻きの葉巻が並んでいる。

「友達がキューバ土産《みやげ》でくれましてね。一本、いかがです？」

「結構」

気を悪くした様子も見せず、永富は素っ気なくうなずいた。葉巻の端を食いちぎって吐きすて、ガスライターで火を移した。ライターとシガレットケースを上着の内ポケットに入れる。葉巻の香りが周囲に広がった。

辰見はアルミの灰皿でタバコを押しつぶした。

「誰がやったか、はっきりさせてやる」

「お仕事ですからね」永富は答え、煙を細く吐きだした。「でも、ありゃ事故だ。交通課じゃねえんですかい。辰見さんとこは、それでなくてもお忙しいし」

しばらくの間、二人は黙って酒を飲んだ。親父は屋台から少し離れたところで派手な水音をたてて洗い物をしている。

「あたしらはね、親がカラスは白いといえば、白なんですよ。黒いのがいりゃ、白くしなくちゃいけない。今は漂白剤もいいのがありますからね」

永富は咽《のど》の奥でくっくっくと笑った。

「親にいわれりゃ、何でもするってわけか」

永富は辰見を見た。口元にはにやにやと笑みを浮かべているが、一重まぶたの下の細い目は笑っていない。

「お宅は違うんで?」

辰見は何とも答えず、新たなタバコに火を点けた。煙を吐き、酒を飲む。変わりゃしないと思ってしまったからだ。職務上の命令が下れば、自分の思いを圧し殺して従う。

世間から爪弾《つまはじ》きにされ、寝るところも食う物もない年寄りが空腹に耐えかねてあんパンを万引きすれば、窃盗罪だ。世間が悪いといっても通らない。刑法二百三十五条に違反すれば、逮捕する。それだけだ。空き巣狙いなら侵入しようとしているところではなく、出てくるのを待って逮捕する。警察官の行動はすべて法律によって決められている。個人的正義感など邪魔物でしかない。

永富は酒をひと口飲み、また顔をしかめた。

「御輿《みこし》を担ぐのは誰のためでもない、自分のためなんだと思いますよ。どんな御輿よりも高く差しあげれば、それだけ自分も高いところまで行けると思うから担ぐ。御輿が沈めば、自分も沈む。だから御輿が沈みそうになっても……、沈みそうになったときこそ逃げない」

「それが男の生きる道ってか」

辰見の揶揄《やゆ》に永富は目を伏せ、眉間に皺を刻んだ。しばらくの間、身じろぎもしなかったが、やがて口を開いた。

「任俠道《にんきょうどう》ってのを、自分は信じてるのか、時々わからなくなります。もっと若い頃は、辰見さんがおっしゃる通り男の道、おのが道だと信じていましたがね。今じゃ、自分が生き残るためにやってるだけじゃねえかと思うことがあります」

永富は灰皿の縁に葉巻をこすりつけるようにして白くなった灰を落とした。先端は黒ずみ、火は消えてしまったようだ。

「結局、逃げ場がないんですよ。帰っていける場所もない。だから御輿を担いでるだけでしてね。とどのつまりが忠誠心ってのは、案外そんなものかと」

先端を数ミリ喫っただけの葉巻を灰皿に置き、永富は立ちあがった。上着の裾をはねあげ、ズボンの尻ポケットに差してあった縦長の財布を抜く。一万円札を飲みかけのコップのわきに置いた。

「ご馳走《ちそう》さん」

親父があわてて屋台に戻ったときには歩き去っていた。親父は永富の背中に向かって、大声を張りあげる。

「いつもありがとうございます」

永富は足を止めず、ふり返りもしないで片手を上げた。

親父は永富が置いていった一万円札とコップを取った。紙幣は腹巻きにねじこみ、コップを両手で恭しく捧《ささ》げ持つとゆっくり飲みほした。

「ご馳走様でございました」

親父はコップを置き、辰見に目を向けた。

「うちが暇そうにしてると、ああして来てくださるんですよ。今夜で三回目ですけどね。お客さんがいたから二杯召し上がりましたけど、いつもは一杯だけです。それで一万円《ピン》札《さつ》を置いて、帰られる。助かるんですよ」

そのあと、つぶやくように付けくわえた。

「ヤクザの金でも金は金、女房に洋服《べべ》の一つも買ってやれるんです」

その後も時おり屋台で会うようになった。いつも客が辰見一人しかいないときだ。何を話すわけではない。コップ酒を一杯か、二杯。勘定はいつも一万円。

おでん屋の親父にしてみれば、どこからともなく現れる正義の味方に違いなかった。

4

すでに三杯目となるレモンサワーを半分ほど飲んだ川原はおしぼりで口元を拭った。

「松五と永富がいた一家は実子が実子だった」

「少しややこしいですね」

辰見は生ビールから焼酎の水割りに変えていた。

「その通り」川原がうなずく。「しかし、まったく例がないってこともない」

テキ屋の場合、親分に次ぐ地位にある者を実子、もしくは実子分といった。

博徒系であれば、若い衆の頭、いわゆる若頭に相当する。博徒系の組では若頭が跡目を襲名すると、新しい親分とあらためて親子関係を結ぶ盃直しが行われ、先代親分の舎弟たちも新しい親分と兄弟盃を交わす。それに対し、テキ屋系では実子が親分となっても盃直しはない。それまでの子分は新しい親分の舎弟となり、叔父貴分として組に残る。

実子が実子とは、親分の実の子供が実子分であったという意味だ。

組織として生き残るため、子分の中でもっとも実力を認められた者が実子分となり、組を継いでいく。たとえ組に実の子がいても親分をやるだけの器量を認められなければ、跡目を継げないケースも多かった。

「ところが、もともとは松五が実子と見なされていたんだから話がややこしくなってくる。もっとも松五の上にもう一人、人望もあって、切れ者といわれた男がいたんだが、こいつが三十手前で病死した。順番からいって次は松五だし、親分としても認めていた。だが、松五というのは性格に問題があって、組の中でも少々持てあましてたんだ。気はいい男だが、頭に血が昇ると何をやらかすかわからないところがあった。そのせいもあって親分も組の連中も、それに松五本人も実子と見なされながらも正式には実子とは呼ばれていなかった。そこに割りこんでくるのが姐《ねえ》さん、つまりは親分の女房なんだが、自分が産んだ子に跡目を継がせたいといいだした。松五は問題児だし、親分とはいえ、文字通り人の子の親でもあれば、血を分けたわが子が可愛《かわい》い……」

手にしたグラスを途中で止め、川原が怪訝そうに辰見を見た。

「犬塚は何もいってないのか」

「ええ、初めて聞きました」

川原が顔をしかめる。

「何だよ、これはあの組を知る上で基本中の基本だぜ。いや、あんたのことだからとっくに知ってると思ったのかも知れんな」

「どうでしょうね」辰見はちらりと苦笑した。「それで跡目のことに女房が口を出したのはいつ頃なんです？」

「松五が騒ぎを起こす半年ほど前、あの年の春だったらしい。親分はいきなりわが子を実子分にすると回状を出しちまった」

あの年——昭和六十三年、辰見が永富と会った年でもある。

『親がカラスは白いといえば、白なんですよ。黒いのがいりゃ、白くしなくちゃいけない』

おでん屋で永富がいっていたことだ。あの頃、すでに実子分を巡って騒動があったということだ。

「いきなり回状ですか。根回しなし、で？」

「女房に空気を入れてた奴がいた。だいたいの察しはついていたが、本当に内々のことでね。女房の兄貴が親分の舎弟でね。それも舎弟頭だ。先代の時分には、当代と並んで飛車角だか龍虎《りゅうこ》だかといわれて、ずいぶん張り合ってたらしい。だが、先代が跡目を決めたあとはすんなり従った。その代わり妹をもらってくれとなったらしい。妹といっても歳《とし》が離れていて、女房に収まったときには十六、七だったって話だ。なかなか美人で、ひょっとしたら妹じゃなく情婦《イロ》じゃないかって噂《うわさ》もあったが、母親《ハラ》違いとはいえ、実の妹には違いなかった」

「ひょっとして二代つづきの跡目争いってことですか」

辰見の問いに川原は首をひねった。

「最初《ハナ》から考えていたかどうかはわからんが、実子分が病死したのをきっかけに自分が継げなかった跡目を甥《おい》っ子に継がせたくなった可能性はある。親分にしてみりゃ、実の子だ。だけど、こいつが絵に描いたようなヘタレ……、マザコン坊やでねぇ。何でもおっ母《か》さんのいう通りって奴だった。子分たちは動揺した。中でも頭に血が昇ったのが松五だ」

川原の説明に辰見はうなずいた。それでなくても短気で、ヤクネタとまでいわれていた男だ。

「松五は親分に直談判に臨もうとしたらしいんだが、事前に察知した親分は回状を撒《ま》いた。これで正式な跡目となったわけで、松五としてもさすがに親に逆らうわけにはいかない。頭を冷やす意味もあったんだろう、夏になるのを待って旅に出た」

テキ屋が旅に出るのは旅行という意味ではない。地方都市、町村で開かれる祭りを回って露天商をする。つまりは仕事だ。

「だが、行った先が悪かった。ひょっとしたら松五には目論見《もくろみ》があったかも知れない」

「どこへ行ったんです？」

「福井だ。福井、石川、富山辺りまでは関西とのつながりが強いし、関西といえば、まだ大戦争の真っ最中だ。そこで最大手の枝の若頭と兄弟分になる」

日本最大の暴力団の枝——二次団体か、三次団体の若頭と兄弟分になれば、博徒系に親戚《しんせき》が広がる。川原が松五の目論見というのは、自らが跡目を継げないまでも実力者を背後に持つことで実質的な力を得ようとしたことを指すのだろう。ヤクネタ扱いされようと、バックが巨大であれば、軽んじられはしない。

「犬塚は松五が新しい稼業に手をつけたようなことをいってましたが」

「たぶん福井にあった枝のからみだろう。だが、噂でしかない。噂っていうか、結局、松五の奴ぁ、旅から帰って一ヵ月後には親分を弾いちまうんだからな。わけがわからんよ」

「親分が松五の稼業を乗っ取ろうとしたようなこともいってました」

「どうかねぇ。何しろ一ヵ月だ。新しい稼業といっても目鼻がつくどころか、何も決まってなかったんじゃないか。さすがに親《おや》を殺っちまっちゃ、東京にはいられない。すぐに飛んだが、二ヵ月後には山梨の山ん中で見つかった」

始末をつけたのが永富で、永富を逮捕したのが川原だ。

「それで永富は十年食らったんですよね。仮釈で二年短くなりましたが、ちょっと重いようにも思います」

「松五の一件だけじゃなかったからな。いろいろ余罪もあった。だけど、それで一件落着とはならなかった」

親分の死によって三代目を継承したはいいが、もともと舎弟すらいない男だった。組にいるのは自分以外は全員叔父貴になる。その上、気の弱い男で父親が凄惨《せいさん》な殺され方をしたことに大きなショックを受けてもいた。

跡目を継いで三年後、首を吊って果てたという。そのときには母親の兄、伯父であり、組の中では大叔父にあたる男も病死していた。関西における大戦争も終結し、関東の博徒系との間で平和条約が結ばれた。元より福井の組織は松五と関係があるだけで助けにはならず、いわば孤立無援状態だったという。

組は解散にこそ追いこまれなかったものの、少しでも実力のある者はほかの組織へ移り、実力のない者は引退した。行き場のない者だけが残ったところへ、永富は出所してきたのである。

またしても永富の言葉が脳裏を過ぎった。

『結局、逃げ場がないんですよ。帰っていける場所もない。だから御輿を担いでるだけでしてね。とどのつまりが忠誠心ってのは、案外そんなものかと』

川原はすっかり氷水のようになってしまったレモンサワーを飲みほした。

「松五が見つかってから三日間、永富の足取りがまったくつかめていない。野郎は山梨のホテルに潜伏してたというが、それらしいところが出てこないんだ」

尻に手を回すと、川原は手帳を抜き、辰見の前に置いた。

「永富を追っかけていた頃に使ってた手帳だ。今さら何の役に立つとも思えないが、良かったら受けとってくれ」

「ありがたく」辰見は手帳を取り、上着の内ポケットに収めた。「一つお訊きしたいんですが、山梨で見つかったのは間違いなく松五なんですね」

「すべては永富の自供通りだったし、焼け残った左手の指紋は松五のものだった。あの頃は今ほどDNA検査も盛んじゃなかった。今だって、ヤクザ相手ならやるかどうか」

「弁護士次第でしょう。ところで、川原さんは疑ってるんですか。あれは松五じゃないと……」

辰見が訊くと、川原はテーブルの一点をじっと見つめた。

やがて小さく首をかしげた。

永富はソファに座り、左手でチャミィの顎をまさぐっていた。右手に持ったグラスの中で、スコッチに浮かべた氷がから、ん、と音をたてる。チャミィの耳がぴくっと動く。だが、目を開けようとはせず、ふたたびいびきをかきはじめた。

『勢いつけなあかん思いましたけん、アクセルべた踏みで。ほんでバックでどーん、ですわ。クリーニング屋の夫婦、抱き合《お》うて座りションベンしたんと違いますか』

香月は四国の出身ではあったが、大ヒットしたヤクザ映画を何十回となく見て、インチキ臭い広島弁を使った。香月にとって、ヤクザになるのは映画が描いた世界に足を踏みいれるのに等しかったのだろう。

テーブルの上にはコンビニエンスストアで買った三百八十円の弁当があった。手をつける気になれず、ポリ袋に入れたままだ。袋には水滴がついていた。まだ雨が降りつづいている。

目を動かす。

空になったビールの缶が二つ、クリスタルの灰皿、タバコと使い捨てライター、スコッチのボトル。灰皿には吸い殻が二本、周囲に灰が落ちているのを見て、永富は唇を歪めた。

部屋の中にまで雨の匂いがこもっていた。ハンガーに吊したスーツから立ちのぼっている。背中の右側に虫食いの穴を見つけたときには、がっかりした。何のために樟脳の臭いを我慢したのか。

氷が解け、ほどよく薄まったスコッチを飲んだ。

堅気になれと香月にいったのは永富だ。香月は目の前に横たわる死体を見つめ、立ち尽くしていた。黒目が小さく、ぽつんと浮かんでいて、永富の声が届いているのかわからなかった。

グラスを置き、タバコをくわえて火を点けた。ゆっくりと吸い、ゆっくりと吐いた。ビールとスコッチが混じりあい、躰の内側で渦を巻いているのを感じた。

チャミィが寝返りを打った。永富は口元に笑みを浮かべた。

四匹の猫と暮らすようになってから笑うことが多くなった。

『あんたが笑うとこ、初めて見た気がする』

千弥子の声が蘇る。

『惚れ直したか』

『何や締まらんな』

幸せは、通りすぎてからようやく気がつくのかも知れない。四匹の猫がうろうろしている頃は、今夜のように雨に降りこめられると糞、小便の臭気で息が詰まり、どうしておれがこんな目に遭わなくちゃならないんだと思った。

今となっては、あの凄《すさ》まじい悪臭でさえが愛《いと》しい。

老、病、死……、老と病は苦痛だが、死は解放だとぼんやり考える。チャミィの背にあてた左手がほのかに温かい。チャミィがいなくなれば、自分がこの世にいる必要もなくなると思った。

猫がそばにいる間だけ、笑ったり、涙を流したりできた。抜け殻が呼吸していても生きているとはいえないだろう。

ふたたび思いは香月に戻っていった。ぶっ飛んだ目をしていたが、ぶるぶると首を震わせると最後まで始末をつけるといった。とっとと逃げろといっても聞き入れなかった。仕方なく二人で死体を車の運転席に乗せ、地面に転がっていた左手を死体の足元に置いてからガソリンをまいて火を点けた。

思ったより火勢が強く、あわてて逃げだしたものの眉毛が焦げた。

稼業から足を洗い、彫左久に弟子入りしたと聞いたのは、出所して浅草に戻ってきてからだ。

『有名な彫り師だって吹いてたけど、全然。下手で評判だった』

おかしな格好をした二人組がいった。どちらがいったのか思いだせない。酔ってるな、と思った。

『香月の野郎はお前さんのところもケツ割って飛びだしたんだが、おれんとこでも三年ともたなかった。ヤクザもやれんような奴に彫り師は無理だったよ』

先代彫左久が吐きすてたときの顔が浮かぶ。

永富は宙に向かってつぶやいた。

「あいつは、あいつなりに根性もあったんですよ」

浅草に戻って以降、香月に連絡を取ろうとはしなかった。住む世界が違うと思いさだめていたからだ。

住む世界が違うといえば、刑務所に入っている八年の間にヤクザも大きく様変わりしていた。浦島太郎って、こんな気分だったのかと何度思ったことか。

無理もなかった。入ったのは昭和、出てきて平成、ほどなく二十一世紀となった。昭和の御代《みよ》に喧伝《けんでん》された光り輝く二十一世紀は訪れず、頭の上には灰色の重苦しい雲が広がっている。

千弥子もいなくなった。叔父貴たちも皆死んだ。

躰を起こしてタバコを灰皿に押しつけ、ふたたびソファにもたれかかる。目をつぶり、チャミィの温《ぬく》もりを味わった。

じわりと眠気がわき上がってくる。逆らわなかった。

しかし、ほんの一瞬まどろんだだけでチャイムの音に起こされた。窓に目をやる。カーテンがぼんやりと明るい。一瞬ではなく、深く眠りこんだようだ。腕時計に目をやる。きっかり六時だ。

チャイムが執拗に鳴らされ、チャミィがふーっと警戒の唸《うな》りを発した。ただし、寝そべったままで。

「お前、ぐうたらだぞ」

チャミィの首筋を揉《も》んで、立ちあがる。足元がおぼつかないのは、眠りから完全に醒《さ》めていないのだろう。

チャイムが鳴りつづける。

「今、開けるよ」

玄関に近づきながらいったが、声はかすれ、弱々しかった。午前六時ちょうど、執拗なチャイムとなれば、誰がやって来たのか想像はつく。

ドアの鍵とチェーンを外し、押しひらいた。案の定、スーツ姿の男が四人、女が二人、玄関をぐるりと取り囲むように立っている。どの顔も若いなと思った。中には四十過ぎもいるのだろうが、髭も満足に生えそろっていないつるりとした顔に見えた。

老いぼれの元ヤクザにたいそうなことだと思う。税金の無駄遣いだろう。

意外にも身分証を見せて、口を開いたのは縁なしのメガネをかけた女だった。

「下谷警察署です。永富豊成さんですね」

「ああ」

「署まで同行願います」

「さん付けってことは任意だな?」

「ええ」女刑事はあっさりと認めた。「任意です。ご同行願えますか」

「猫を連れていきたい。ちゃんとケージに入れてくよ。老いぼれでね、おれが世話してやらないと死んじまう」

女はすぐとなりにいる男を見やった。男が小さくうなずく。

永富は玄関のドアを開け放したまま、チャミィを捕まえるためにリビングへ戻った。


早朝の〈トッカータとフーガ〉は心臓に悪い。それも耳元で鳴りわたれば、なおさらだ。深い眠りの底にあった瑞蘭はぱっと両目を開け、ベッドのサイドテーブルに手を伸ばし、スマートフォンを素早く取った。

通話ボタンに触れ、耳にあてる。息を吸いこんだとたん、先に母がいった。

「台北を七時半の便で出発する」

スマートフォンを耳にあてたまま跳ね起き、枕元の目覚まし時計を見た。午前七時になろうとしていた。

「羽田に着くのは十時十五分」

台北との時差は一時間、日本の方が早いから……。

瑞蘭は頭の横を手のひらで叩いた。頭がぼんやりして全然働かない。無理もなかった。ベッドに入って、まだ三時間と経《た》っていないのだ。

母は早口で航空会社と便名を告げると瑞蘭の返事を待たずに電話を切ってしまった。

羽田空港に到着するのは午前十時十五分……、いや、午前十一時十五分だ。風向きの関係なのかは知らないが、羽田から台北に向かって飛ぶと所要時間はほぼ四時間だが、逆だと三時間とかからなかった。

じわりと眠気がわき上がってくる。だが、このまま倒れこめば、昼まで眠りこむのは確実だ。

「十一時十五分、十一時十五分、十一時十五分……」

呪文《じゅもん》のように唱えながら瑞蘭はベッドから脱けだし、ふらふらと浴室に向かった。

第四章　二十七年前の凶行

1

下谷署だというので歩いても七、八分かと思いながら永富はチャミィのケージを抱えて、黒いセダンの後部座席に乗った。ところが、入谷まで連れてこられ、今まで一度も見たことのない真新しい建物で降ろされた。下谷警察署は建て替え工事中なのだという。

取調室に入ると、最初に声をかけてきた女の刑事が小机を挟んで向かい側に座った。

「捜査一課の涌田《わきた》と申します」

名乗る必要のない永富はうなずいた。入口のわきにも机があり、若そうな男の刑事がノートパソコンを前にして座っていた。

足元に置いたケージの中でチャミィが鳴いた。

「出せといってるようだが」

「どうぞ」

涌田にいわれ、ケージを開けた。すぐに出てきてあちこちを嗅《か》ぎまわっていたが、五分としないうちに飽きたらしく永富の足に頭を載せて寝そべった。

「猫、お好きなんですか」

涌田はおだやかに訊いた。きりりとした顔立ちに清潔感があり、好もしかった。縁なしのメガネは曇り一つなく磨きあげられている。

「どうかな」永富は首をひねった。「犬にしろ猫にしろガキの頃からあまり好きじゃなかった。今もどちらかといえば、苦手だ」

「でも、飼ってらっしゃる」

「飼うっていうか、同居してる。元々は連れ合いが飼ってた猫なんだ」

「奥さん？」

「まあね。もう死んじまったが」

「それはお気の毒に」

永富は涌田を見た。眉間《みけん》にかすかな皺《しわ》を寄せている。心底気の毒に思っているように見えた。

「もう二年も前だ。それにしても変わったもんだ」

「はい？」涌田がきれいに整えた眉《まゆ》を上げた。「何が変わったんですか」

仮庁舎だというが、真新しい建物で取調室も塗料の匂いが残っていた。窓の外には鉄格子が取りつけられていたが、壁も床も汚れ一つない。だが、変わったといったのは取り調べの様子だ。

今まで女性刑事に取り調べられたことはなかった。警察の取調室も引退してからは一度も入っていない。二十代の頃——かれこれ半世紀近くも前だと思うと苦笑しそうになる——から警察の取調室は馴染《なじ》みの場所だったが、壁も床もひどく汚れ、靴の跡がいくつもついていた。たいていはヤクザよりもはるかにヤクザっぽい四課の連中に取り囲まれ、怒鳴られ、小突かれた。

猫を飼っているなどといえば、怒鳴られ、せせら笑われただろう。

『野良犬のお前が猫飼うってのか、え？　豊成よ。何か勘違いしてるんじゃねえのか、馬鹿野郎』

あの頃、取調室にはつねに三人か、四人の刑事がいた。そのうちの一人——たいていはもっとも躰が大きく、凶暴そうな顔立ちをした男——がすぐ後ろを行ったり来たりしていた。油断がならなかった。いつ椅子を蹴飛ばされるか、背後から首を絞められ、落とされるかわかったものではない。

頸動脈《けいどうみゃく》を絞めあげられ、脳が酸欠状態になると目の前が真っ暗になって文字通り落下していくのを感じる。もっともひどかったのは四人の刑事が誰がもっとも短時間で落とせるか競争したときだ。四度落とされ、掛け値なしに死の恐怖を味わったが、刑事たちは永富などそっちのけで誰が一等か言い争っていた。

永富は首を振った。

「いや、何でもない。それよりどうしておれが呼ばれたのか、まずはそこのところを教えてもらえないか」

「香月志磨夫の携帯電話です。着信記録の中に永富さんの番号が残ってました」

さん付けも初めてだと思ったが、表情を変えずに涌田を見返していた。

「殺害される前日と、殺された日の午前中です。何か、用事でも？」

永富はノートパソコンのキーを叩いている男の刑事の背中を見やった。一度もふり向こうとしない。視線を涌田に戻したとき、ふと思いだした。

小太りの刑事だ。四課ではなく、強行犯係といっていた。山梨の山中で死体を燃やしたあと、自宅にやって来た刑事だ。名前を思いだそうとして、果たせなかった。永富と同年配に見えたからとっくに定年退職しているだろう。

おだやかな口振りで、温厚そうな男だったが、見た目通りではなかっただろう。温厚な男に強行犯係の刑事が務まるはずがない。

永富は唇を嘗め、声を圧《お》しだした。

「事件だよ。根岸でスーパーの社長が殺されたろう。口ん中に弾ぶちこまれて」

涌田は無表情に永富を見返している。

「刑事さんもとっくに承知だと思うが、その昔、おれの兄貴分が親分を殺した。そのときのやり口と同じだ。それで香月の奴を思いだした。あいつが彫り師の弟子だったのは、とっくに調べてあるんだろ？」

涌田がうなずく。やはり表情は変わらなかった。

「おれはあいつが彫り師んところもケツ割ってたなんて知らなかった。だけど新宿で彫り師をやってるって教えてくれたんだ。そこの二代目がさ。今は彫り師っていわないらしいがね……、何といったか」

「タトゥーアーティスト」

「ああ、それだ。どうも横文字ってのは馴染めねえな」

「どうして電話をしたんですか」

「さあ」永富は首をかしげた。「香月とはもう三十年も会ってないし……」

「二十七年」

「ああ、そうだな。どっちにしろずいぶん会ってない。思いだしたら声くらい聞いてみたくなるのが人情だろう」

「会いに行ってますね。香月のアトリエまで」

涌田がまっすぐに永富の目を見つめていった。おかしな格好をした二人組が浮かんだ。

「ああ。行った。だが、お巡りが……、失敬、お巡りさんが立ってたんで中には入らなかったよ。でも、そのときあのビルから出てきた奴《やつ》らがいたんで、話を聞いたら香月が殺されたっていう。正直、びっくりしたよ。それも口の中を撃たれてたって話だ。何が起こったのか、わけがわからなくなった」

「二十七年前、何があったんですか」

「おれは自分の兄貴分を手にかけた。それで十年打《ぶ》たれたんだ。ご承知の通りにね」

「どういういきさつで……」

「いいたかない」永富はさえぎった。「記録は全部残ってるんだろ。取り調べの記録、裁判の記録。何でも好きなものを引っぱり出して読めばわかる。おれとしちゃ……」

　右足のわきに触れているチャミィの温もりが靴を通して感じられた。足から胸の底まで伝わってくる。

「思いだしたくないね」

　三日に一度の休日だというのに午前六時には目が覚めてしまう。たとえ前の日何時に寝ようと変わらない。一度、トイレに行き、ふたたびベッドに潜りこんだものの、何度も寝返りを打ちながら二時間をやり過ごすのが精一杯だった。

　辰見は起きあがり、台所に行くと椅子に腰を下ろした。歳をとるほどに眠っていられなくなる。だが、寝覚めがすっきりしているわけではない。タバコをくわえ、火を点けた。もはや惰性でしかなく、煙の味など感じなかった。

　インスタントコーヒーを飲むにも湯を沸かすところから始めなくてはならない。冷蔵庫には缶ビールくらいしか入っていないし、近所のコンビニエンスストアに行くなら着替えなくてはならない。どれもひどく億劫《おっくう》だ。

雨音が聞こえていた。一晩中降りつづいて、まだ飽きないらしい。

灰皿の横には、A6判のメモ帳が置いてあった。体裁は大学ノート、表紙は端が折れ、すり切れていて、S63・9・5～12・5とだけボールペンで書いてあり、タイトルらしきものはない。昭和六十三年九月五日から十二月五日まで使用したということだろう。どのページにも細かく、端正な文字で、日付とともにその日の捜査でつかんだ内容や川原の所見がびっしり書きこまれていた。

昨夜、川原から渡されたメモ帳で、中には永富の弁解録取書のコピーがきちんと折りたたまれて、挟んであった。すべてを読みおえたときには、午前三時を回っていた。間延びした欠伸《あくび》をして、目尻に浮かんだ涙を指先で拭《ぬぐ》う。

昭和六十三年九月二十三日金曜日、午前二時頃、松五こと松岡五郎は自らが属する暴力団の親分宅前で、とうの親分を射殺した。口の中に銃口を突っこみ、引き金をひく。松岡らしい無茶苦茶な手口ともいえるし、ある種の見せしめか、意趣返しであったのかも知れない。殺害の動機は被疑者の松岡が死亡しているし、殺した永富も身内の恥をさらすと考えたのか話さなかった。

使用された拳銃は二五口径で、高梨、香月が殺された二二口径とは違うが、小口径でも銃を口の中に入れられ、軟口蓋を撃たれたのではひとたまりもない。

当時、親分宅には妻、息子——のちに跡目を継ぐものの首を吊って果てた——、部屋住みの若い者が三人いた。若い者、若者、若い衆、若衆、若中などと呼ばれるが、いずれも子分を指し、中にはかなりの高齢者もいる。親分以外は誰もが若い者でしかない。博徒系では若い者を束ねるので若頭と呼ばれ、テキ屋では実子になる。

松岡は親分が殺された直後に姿を消している。また、玄関先の物音に気づいて様子を見に出た不寝番の若い者が倒れている親分を見つけて駆けよっているが、不審者らしき姿は目撃していないと供述している。物音というのも重い物が落ちたような音というだけで銃声ではなかったらしい。だが、どちらもあてにならないと川原は書いている。

親分の命《タマ》を取られて、警察にぺらぺらウタうヤクザはいない。自らの手でけじめをつけなくてはならないのに警察が割りこんでくれば厄介なだけだ。

殺害に使用されたのが拳銃であるのはわかっていたが、周辺の聞き込みでも銃声を聞いた者はなかった。この辺りは高梨、香月の事件に似ている。

消音器《サイレンサー》でも使ったのか——辰見は煙のかたまりを吐きだして思った——いや、ヤクザには似合わない。

松岡の犯行が恨みによるものであり、憤怒に駆られ、見せしめにしようとしたのならあえて銃声を消すのは矛盾する。ひょっとすると小口径ゆえに銃声がそれほど大きくなかったのかも知れない。現場に空薬莢《からやっきょう》は落ちていなかった。この点も高梨、香月の事案と共通する。

親分を殺された組は必死に松岡を追った。警察も松岡が何らかの事情を知る者として捜査した。どちらが先に発見するか、競争になった。ヤクザが先に発見すれば、良くて凄惨なリンチ、大半は殺される。殺される場合もあっさりとではなく、文字通りなぶり殺しにされる。

手足の指をすべて切り落とされ、鼻をそぎ落とされ……。

他殺、自殺、事故死、病死とこれまでいくつもの死体を見てきた。中にはひどく損壊しているものもあった。轢死体《れきしたい》、バラバラ殺人の部分死体、焼死体、腐乱死体等々、最初はショックを受けるが、二度、三度と重なるにつれ、感覚は麻痺《まひ》し、いつ、どのように死亡したかだけに意識を集中するようになる。

松岡がどこに潜伏していたのか、どのようなルートで逃げまわったのか、警察はなかなかつかめなかった。そして約二ヵ月後の十一月十七日木曜日、山梨県の山中で燃え尽きた車中で松岡は見つかった。一部が白骨化するほど激しく焼損していた。

誰よりも早く松岡を見つけ、殺したのが永富だ。

灰皿にタバコを押しつけて消し、手帳の間から弁解録取書のコピーを抜いた。手帳と同じ端正な字で記されている。書いたのは川原だ。今ならパソコンで作成できるが、パソコンやワープロが普及したあとも調書は手書きを原則としていた。

親分の射殺事件でも捜査本部が立った。当時、浅草警察署刑事課の一主任に過ぎなかった川原は使い走りをさせられていた。だが、それがかえって幸いとなる。監視の目をどのようにくぐり抜けて戻ったのか、永富は自供しなかったが、自宅に帰った。自宅の張り込みを命じられていた川原が永富を見つけ、その場で松岡殺しを認めたため、緊急逮捕に至った。

弁解録取書は最初に身柄を拘束した司法警察員が作成するのが決まりだ。捜査本部を取り仕切っていた捜査一課の鼻を明かした格好だが、備忘録の中では触れられていない。

辰見はすでにくり返し読んでいる弁解録取書を拾い読みしていった。

山梨の話は、松五の兄貴から何度も聞かされていました。小学校四年のときにバス遠足で行ったのが山梨だったそうです。素行不良で六年生のときの修学旅行には連れていってもらえなかったし、中学のときには鑑別所を出入りしていて、とても修学旅行どころじゃなかった。松五の兄貴にとっては小学校四年のときのバス遠足が最後でした。

弁解録取書をはじめ、供述調書は被疑者が口述した通りに書くのが原則だ。もっとも個人名や固有名詞、正確な時間などは取り調べの際に被疑者の記憶を補ってやる必要はある。

それで山梨のテキ屋仲間に電話をして、松五の兄貴を見かけたら知らせてくれるように頼んでおきました。私にしても松五の兄貴が山梨に姿を見せるという自信があったわけじゃありません。それよりは今まで馴染んだ庭場や、福井の兄弟のところの方が身を隠すのには都合がいいんじゃないかと考えていました。それであっちこっちと出かけましたが、どこにも松五の兄貴はおりませんでした。

そうこうしているうちに松五の兄貴がバス遠足で紅葉を見たと話していたのを思いだし、紅葉狩りの季節に開催される高市《タカマチ》に狙いをつけて探し歩いたんです。

そしてとうとう富士山の西側にある山中の町で松岡を発見した。その町こそ松岡が小学校四年生のときにバス遠足で訪れた場所であり、時期も同じだったという。

松五の兄貴は覚悟を決めていたようでした。少なくとも私にはそのように見えました。日本刀は松五の兄貴が乗っていた車のトランクに積んでありました。でも、親分をやったのはチャカ（けん銃）でしたから、チャカはどうしたと訊いたら、捨てたといいました。それで刀を私によこして、ひと思いに刺してくれといったんです。

それから松五の兄貴は私に背中を向けました。私は刀を抜きましたが、親分を撃ったのは許せないとしてもガキの頃からつるんでた兄貴分です。簡単に刺せるはずはありません。そう思いたくはありませんが、松五の兄貴の策略だったんでしょう。私がためらっていると、捨てたといっていたチャカを抜いて、私に向けたんです。私は夢中で斬りかかりました。

そのあとどんな風になったのか、まるで憶えていません。いきなり兄貴が叫んで、ぶっ倒れました。今思いだしても背筋がぞっとするようなすごい声でした。それで地面を見たら兄貴のそばに腕とチャカが落ちてました。

私には斬ったという感覚はありませんでした。ただびっくりして、刀をぶら下げて立っているうちに兄貴は動かなくなりました。それで兄貴を車に乗せて、チャカと腕も拾って車に放りこんで、あとはガソリンをぶっかけて火を点けました。どうして自分でもそんなことをしたのか、よくわかりません。たぶんトランクにポリタンクがあったからだと思います。どうして松五の兄貴が車にガソリンを積んでいたのかはわかりません。

車がすごい勢いで燃えて、眉毛を焦がしました。そのときになってまだ日本刀を持ったままなのに気づきました。

凶器となった日本刀は現場から二キロほど離れた渓流で見つかった。永富が橋の上から捨てたと供述した、その通りの場所にあった。

親分を撃ったとされる拳銃は松岡の足の間にあり、左手は床に落ちていた。そのため燃え残ったのである。拳銃は焼け、こめられていた弾丸は熱によって爆発していたが、原形は保っていた。銃身はほとんど無傷だったこともあり、鑑定の結果、親分を殺害した凶器と断定された。

川原は備忘録に書いている。

殺害時刻は真夜中、周囲に明かりのない山中で、どうやって永富は松岡の抜いた小型拳銃を見たのか。

辰見も同じ疑問を持った。

テーブルに置いた携帯電話が振動する。背面の窓には犬塚の名前が出た。朝から電話が来るのは珍しい。取りあげた。

「おう、昨日な……」

川原に会って話が聞けたことで礼をいおうとしたが、さえぎられた。

「永富が捜査本部に引っぱられたぞ。知ってるか」

「いや」

「ついさっき新聞社《ブンヤ》の知り合いから問い合わせが入った。そいつはデスクをしてるんだが、下谷署の前にはりついてる記者《ヘイタイ》から報告があったんだそうだ」

記者はとりあえず携帯電話のカメラで連行された男の写真を撮り、デスクに送ったらしい。記者もデスクも名前がわからず旧知の犬塚に写真を送って問い合わせをしてきたという。

「やっぱり永富が関係してるのか」

「わからん」辰見は正直に答えた。「おれは捜査本部《チョウバ》にはノータッチなんだ」

「そうだろうな。永富のことだったんで一応お前には知らせておこうと思ったんだ」

「恩に着る。それでブンヤには？」

「知らない顔だといっておいた。だが、ブンヤ連中は嗅ぎまわるだろう。引退したとはいえ、ヤクザだ。いずれ名前は割れるだろうし、昔の事案も蒸しかえされるんじゃないか」

「たぶんな」

辰見はあらためて昨日川原に会ったことを告げ、礼をいってから電話を切った。

「実はわざわざご足労願ったのは、こちらを見ていただきたかったからです」

涌田はそういって永富の目の前に一枚の写真を置いた。一組の男女が腕を組んで歩いている。二人とも顔がはっきりと写っていた。男は六十代か、七十代だろう。スリーピースのスーツを着ている。女は短いジャンパーを羽織り、ミニスカートを穿《は》いていた。

二十代だろうか、若く見えた。

永富は顔を上げ、涌田を見返した。

「これは?」

しばらくの間、涌田は永富を見ていたが、小さく首を振ると写真を引っこめた。

「いえ、何でもありません」

女が若くて良かった——永富は胸のうちでつぶやいた。

2

帰りは白黒のパトカーになるといわれたので、永富は改築中の下谷警察署のそばで降ろしてもらい、チャミィを入れたケージをぶら下げてマンションまで歩くことにした。いくら引退した身とはいえ、玄関先にパトカーを乗りつけられるのは願い下げだ。

ぶら下げたケージを揺らさないよう気をつけ、ゆっくりと歩いた。もっともチャミィは取調室でもケージの中でも大人しく眠っている。いずれ、そう遠くないうちに二度と目を開かなくなるだろう。その後、自分がどうするか想像もつかなかったが、無事に見送ってやれば、ひとつ責任を果たしたことにはなる。

涌田という女の刑事に見せられた写真を思いうかべた。男にはまるで見覚えはなかったが、腕をからめて歩いている女を見たときには、似ていると思った。

王梨恵《ワン・リィフィ》に、だ。永富にはリエという日本語読みの方が馴染みがある。とっくに五十歳を過ぎているだろう。写真の女の容貌《ようぼう》、服装ともに鮮明で、せいぜい三十前後にしか見えなかったのと、似ているとは思ったものの明らかにリエではないとわかったので落ちついていられた。

涌田はいきなり写真を突きつけて、永富がどう反応するかを観察していたに違いない。どこか面差しが似ているような気がしたのはひょっとしたらリエの娘か姪《めい》なのか。

「いや」永富はつぶやき、小さく首を振った。「そんなはずねえ」

それにしてもあの写真は何だったのか。ひょっとしたら根岸で射殺されたスーパーの社長なのかも知れない。

男女のどちらも知らないと答えると、涌田は十五日の未明はどこにいたのかと質問してきた。十五日が十四日だろうと、十六日だろうと永富の答えは変わらない。

チャミィといっしょに寝ていた。

正直に答えたが、涌田が信じたかどうか。だが、知ったことではなかった。エレベーターで四階まで上がり、部屋の前まで来たとき、辰見が現れた。

「勘弁してくれよ。あんたまで……」

辰見は手のひらを見せて永富を制した。

「おれは本日定休日だ。あんたが高梨殺しの捜査本部に引っぱられたと聞いてね。気になって、様子を見に来た」

「おいおい」永富は苦笑した。「おれは任意で同行しただけだぜ。訊きたいことがあるっていうから協力した」

「方便だよ。あんただって我が社のやり口はわかってるだろ」

「まあな」

永富は辰見を見やった。くたびれた紺のスーツにワイシャツ、ネクタイはない。

「せっかく来たんだ。ビールでも飲んでけよ」

「ご馳走になろう」

リビングに入ると辰見は何もいわず床にあぐらをかいた。永富がソファにケージを置き、出入口の小さなドアを開けてやるとチャミィはのそのそと出てきた。やれやれという声が聞こえてきそうな仕草ではある。ちらりと辰見を見たが、唸《うな》りもせず、いつもの場所に行くと腹ばいになって欠伸をした。

冷蔵庫から缶ビールを二本取りだし、ソファに戻った。差しだす。

「ありがとう」

辰見が礼をいって受けとった。互いに目の高さに差しあげてから飲んだ。ひと口、二口、咽を通りすぎていくビールが心地よい。意外に咽が渇いていたことを知った。やはり警察は性に合わないようだ。

　缶ビールを手にしたまま、辰見が訊《き》いた。

「何だって引っぱられたんだ？」

「電話だよ。香月の携帯におれの番号が残ってたんだ。同じことを訊くだろうから先にいっておくが、やっぱりあのスーパーの社長が撃ち殺された件が気になったんだ。あれは松五の兄貴がやったのと同じだったからな」

「その前に一つ確認しておきたい。香月というのは、東銀座のクリーニング屋の前であんたといっしょにいたアロハシャツの男か」

「そう」永富は苦笑した。「あんたと話してると、あの頃のことばかりだな。まあ、それも仕方ないか。あいつは稼業に向かなくて、彫り師になりたいっていい出したから、おれが彫左久に連絡してやったんだ」

「彫左久というのがあんたの鍾馗《しょうき》を？」

「そう。腕は抜群に良かった。今は引退して二代目が継いでる。二代目といっても血のつながりはないようだ。香月の野郎はうちらの稼業にも向かなかったが、彫り師の修業にも耐えられなかった。彫左久でもケツを割ってたなんて知らなかったよ。実は香月が彫左久に弟子入りしたのも逃げだしたのもおれが刑務所《ムショ》に入ってる間だった」

「大学とはいわないんだな」

服役することを大学に入る、留学するということがあった。娑婆《しゃば》では学べないさまざまを学習できるし、人脈も広がる。大学というのもあながち的外れではない。

「よしてくれ。おれはとっくに引退してるし、警察《サツ》相手に今さら気取ってもしようがないだろ」

「香月が足を洗ったのは、あんたが松岡を……」

辰見がつづきを嚥《の》みこんだ。

永富はビールをひと口飲み、うなずいた。

「その前だ。元々奴は愚図で根性無しだった。それが松五の兄貴が跳ね返って、すっかりびびっちまってな。うちの組はオヤジが殺されて、ごちゃごちゃしてたし、とにかく面倒くさいときだったんだよ。正直なところ、香月なんか相手にしてられなかった」

松岡を殺したのは永富一人で、ほかには誰もいないと供述している。

「だが、放りだすわけにもいかなかったってわけか」

「一応は舎弟だったからな。だけど彫左久に電話を一本入れただけよ。あとは勝手にさせた」

「あんたが山梨で松岡を見つけたんだよな?」

「警察に記録が残ってるだろ。読めよ。全部話したんだ」

「おれは今でも使い走りでね」辰見の口元に自嘲《じちょう》気味の笑みが浮かぶ。「実は調書の一部は読んだ。昔からの知り合いを頼ってな。川原さんって憶《おぼ》えてないか。お前を逮捕した刑事だ」

「顔は憶えてる。名前は忘れてた。川原……、そんな名前だったか。取り調べは一回こっきりだったからな」

「現場《ジガタ》ってのはそんなもんさ。使い走り、下働き……、事案がでかいほど肝心なところは本庁《ホンテン》が全部持っていく」

「美味《おい》しいとこだけさらってくわけか。サツの世界もいろいろ大変だな」

「まあね」辰見はタバコをくわえて、火を点けた。「一つ気になったことがあってね。あれ、真夜中だったろ。しかも山ん中だ。真っ暗な中で、どうやれば松岡が拳銃《チャカ》を握ってるのがわかったんだ？」

「車にはさ……」

永富は目を細めた。辰見の顔がにじみ、ヘッドライトに照らされた地面に転がる左手が見えた。

「ひぇえ」

情けない悲鳴をあげて、香月はその場にしゃがみ込んだかと思うと胃袋の中味をぶちまけた。

「永富」

絞りだすように松岡が名を呼び、断ち切られた左手で永富を指した。噴出する血を真っ向から浴びながら永富は身じろぎ一つできずに立ち尽くしていた。

甲高い声を発して梨恵《リィフィ》が駆けより、松岡の左手をつかもうとする。だが、松岡は足払いをかけて梨恵を倒すと右手に持った日本刀を永富の足元に放りだした。

梨恵がわめきながら立ちあがり、松岡のネクタイに手をかける。何といっているのかわからなかったが、罵声《ばせい》だろうとは想像できた。梨恵は解いたネクタイを松岡の二の腕に巻きつけ、きつく締めあげる。

「さっさとしねえか」

松岡の声は一気に弱々しくなった。

「おい」

永富は香月に声をかけたが、咽がひりひりしてかすれていた。咳払《せきばら》いをして、もう一度声を圧しだした。

「やるぞ」

永富と香月は、松岡が乗ってきた黒いフォードアセダンの後方に回りこんだ。トランクが開いていて、横向きで背を丸めた男の死体とポリタンクが入っている。死体が着ている、光沢のある銀色の生地で作られたスーツに見覚えがあった。松岡のお気に入りで、何度も目にしている。トランクの中には強烈なガソリンの臭気がこもっていたが、それでも甘ったるい屍臭《ししゅう》が鼻を突いた。

永富は死体の肩と頭を支えた。冷たく、ぬめりとした顔に素手が触れる。香月は両足を抱えた。永富は声をかけた。

「よし、持ちあげるぞ。せいの」

かけ声に合わせ、二人は力をこめた。硬直した死体はトランクに収まったままの格好で持ちあがる。だが、香月が手を滑らせ、落としてしまった。

「すんません」

「しっかりしろよ」

トランクの内部を照らす弱々しい光でも香月の手が震えているのがわかる。怒鳴れば、さらに縮みあがりそうだ。何度か失敗をくり返し、ようやく地面に下ろすとひきずって車に近づけ、背をドアにつける格好で座らせた。

梨恵に支えられ、何とか立っている松岡が顎《あご》をしゃくる。

「そいつの左手を斬《き》り落とせ」

死体が倒れないよう香月に押さえさせたまま、永富は地面に落ちている日本刀を拾いあげた。白鞘《しろさや》のままで、柄には滑り止めのさらしが巻いてあった。

「わかってるな」松岡はいい、唇を嘗《な》めた。「すっぱりやるんだぜ。おれみたいにな」

座りこんだ死体の左肩に膝をあてた永富は香月に命じた。

「左手を持って、水平にしろ」

「はい」

か細い声で返事をした香月が死体の左手をつまもうとするが、手が震えてうまくいかない。罵声を浴びせようとしたとき、梨惠が香月を押しのけた。両手で死体の左手をしっかりつかみ、水平に持ちあげると永富を見上げる。

両端の持ちあがった目がまっすぐ永富に向けられていた。唇は引き結ばれていた。意志の強さが面持ちに溢《あふ》れている。

ちらりと松岡に目をやった。左腕を抱えて、うずくまっている。

梨惠に視線を戻し、小さくうなずいてから永富は両手で持った日本刀を頭上に振りあげた。

息を止める。

梨惠が支えている死体の左腕だけを見ていた。わずかでも刃がそれれば、梨惠の手首を斬りかねない。だが、躊躇《ちゅうちょ》すれば、斬れない。日本刀はずっしり重く、頭の上にかまえているだけで震えそうだ。

声も出さずに振りおろす。

空振りしたと思った。それほど手応えも感触もなかった。だが、死体の腕はすっぱり切断され、だらりと落ちる。梨恵の手に左手首が残ったが、傷口から血がほとばしることはなかった。

地面に突っ伏し、頭を抱えている香月の尻に蹴りを入れた。香月がのろのろと立ちあがり、涙と鼻水でぐしゃぐしゃになった顔を永富に向けた。頭から血を浴びた永富は右手に刀を持ったまま、香月を見返した。

「ぼやぼやするな」

死体を黒いセダンの運転席に押しこみ、地面に転がっていた松岡の左手を拾った。小指がない。そばに落ちていた鞘を拾いあげ、刀を収めた。

まだ温もりの残っている松岡の左手を運転席の床に置いたとき、背後から梨恵に声をかけられた。

「これも」

梨恵が小さな拳銃を差しだしている。親分を撃った拳銃であることはわかっていた。永富は何もいわずに銃を受けとり、死体の足の間に置いた。

次いでトランクからポリタンクを取ってきて、死体や運転席、助手席、後部座席、毛布を敷いたトランクにもまんべんなくかけた。その間に松岡と梨恵は、永富たちが乗ってきた白のフォードアセダンに移っていた。運転席に座った香月がエンジンをかけ、車をゆっくりとバックさせる。

永富は空になったポリタンクを後部座席に放りこむとドアを閉めた。開いているのは運転席のドアだけである。

離れたところに車を停《と》めた香月が駆けよってくる。

「兄貴」

腫《は》れぼったい顔をしていたが、落ちつきは取りもどしたようだ。永富はうなずいた。

「いいよ。おれだって小便ちびりそうだ」

死体から斬り落とした左手と日本刀を拾って香月に差しだした。香月は左手にまとわりついている袖口の上から気味悪そうに握り、日本刀を受けとった。

永富は背広のポケットからタバコとマッチを出すと吸いつけた。フィルターを嚙《か》んで、煙を吐く。

火の点いたマッチを運転席の死体に放り投げ、運転席のドアを蹴って閉めた。火の玉がふくれあがり、辺りを明るく照らす。

あっという間に窓ガラスが砕けちり、炎が永富と香月を襲った。罵声を発して走りだし、白のセダンに戻った。後部座席の松岡はうつむいたまま、顔を上げようともしない。だが、肩がゆっくりと上下しているのはわかった。梨恵が血まみれの手で松岡を抱いている。

運転席に座った香月が訊いた。

「どちらへ？」

「とりあえず北へ向かえ」

松岡が町の名を口にし、そこに住む医者に話をつけてあると付け足した。

車が走りだす。

途中、深い渓谷にかかる橋の上で死体から切りとった左手、次の橋では鞘に入れたままの日本刀を捨てた。


「ヘッドライトってもんがあるんだよ」

永富の答えに辰見が満足したのかはわからなかった。押し黙って、見返しているだけである。

しばらく睨みあったあと、辰見が口を開いた。

「どうやって現場から街中まで戻ったんだ？」

「松五の兄貴は車で逃げてた。おれは地元の奴に借りた車に乗ってたんだ。それで追っかけた。一時間も走ったかな。兄貴はおれが追ってるのがわかってたみたいだ。山ん中の、ちょっと開けた場所に車を入れて停めた。おれはすぐ後ろにつけた。すっかり諦めたような顔してたんだが、あれが兄貴の手だったとはな」

日本刀を差しだし、ひと思いにやってくれといったあと、松岡が拳銃を抜いて永富を殺そうとしたというくだりはすらすら喋ることができた。

松岡が作りあげた話だが、逮捕されたあと、何十回となく供述している。最初に小太りの刑事、それからほかの刑事たち、検事、弁護士……。今ではすっかり馴染んでしまい、自分でも時おり本当に松岡を殺したような気持ちになることがあった。

どんな理由があるにせよ、子が親を殺すなど断じてあってはならない。だが、起こってしまった以上、けじめは誰かがつけなくてはならなかった。やるなら自分しかいないと永富は思いさだめていた。

親分が松岡にしてきた仕打ちをすべて知っているだけに殺したくはなかったが、すべてを放りだして逃げるわけにもいかなかった。

身代わりをでっち上げる話をしたあと、二度と戻らないと松岡は誓った。それなら殺すのと同じだと自分を納得させ、永富はわかったとだけ答えたのだった。

羽田空港国際線ターミナル二階、到着ロビーで瑞蘭はスマートフォンを見た。間もなく正午になろうとしている。目を上げ、到着口を隠しているついたてに目をやった。ついたての端から次々に人が出てきたが、母はまだ現れなかった。

到着後、入国審査、手荷物の引き渡しと検査がある。飛行機が遅れることも考えられた。知らず知らずのうちに足踏みをしていたことに気づいて、瑞蘭は大きく息を吐き、スマートフォンを肩に提げたバッグにしまった。

やがてスーツケース二つ、その上に大きな手提げバッグを載せたカートを押して母が出てきた。派手な柄のシャツを着て、白のスラックスを穿いている。大きなサングラスをかけていた。

瑞蘭は母に駆けよった。気づいた母が足を止める。

「出発にもたついて、だから台湾の航空会社は駄目なのよ」

母はいきなり北京語でいった。青峨《せいが》の言葉を使うのは、周囲に人がいないときだけだ。日本語も不自由なく話せたが、ふだんは北京語が多い。

母はしばらくの間、出発に手間取った航空会社を罵倒《ばとう》しつづけた。一年以上も顔を合わせていないというのに娘の様子を気にかけもしない。もっともしょっちゅう携帯電話で話をしているので久しぶりという感じは瑞蘭にもなかった。

「それにしてもどうしたの、この大荷物。日本に何日いるつもり？」

「四、五日かな……、まだわからない」

あっけらかんと答える母の顔を瑞蘭はまじまじと見返した。

「小瑞《シャオルイ》」

声をかけられ、瑞蘭はふり返った。濃い色のサングラスをかけ、マオカラーのジャケットを着た男が口元におだやかな笑みを浮かべて立っている。

「元気そうだ」

「お父さん」瑞蘭は目をしばたたかせた。「お父さんも来たの？」

小瑞という呼び方は子供の頃から変わっていない。父はうなずくと左手を脇腹にこするような仕草をした。父の癖の一つだ。五月だというのに左手は手袋を着けたままである。

父の左手は義手で、人目にさらすことを嫌った。脇腹にこすりつける癖は、何十年も前に失われた手が痒《かゆ》くなるためだという。義手を掻《か》いたところで収まらないのはわかっているが、脇腹にこすりつけるのをやめられない。

「とにかく何か食べよう。私、お腹空《なかす》いたよ」

母が北京語で早口にいった。

3

『車にはさ……』

そこまでいって永富は言葉を切った。視線は辰見を逸《そ》れ、どこか遠くを見るような目つきになった。

ひょっとしたら松岡を殺した現場に立ち返っていたのかも知れないと辰見は思った。

わずかに間をおいて永富は答えた。

『ヘッドライトってもんがあるんだよ』

エレベーターが一階まで降り、扉が開いた。辰見は出入口に向かって歩きながらなおも永富との会話を思いだしていた。

松岡は車に乗っており、永富も借りた車に乗っていた。松岡の車が町中を離れていき、永富も追跡する格好で山中を一時間ほど走ったという。もっとも永富が松岡を発見した町というのは深い山に四方を囲まれている。町を外れれば、すぐ山道だろう。

一時間ほどという永富の言葉も、くだんの町から松岡の死体が発見された現場にたどり着くまでの所要時間として矛盾はないように思える。そのあとの松岡の話は、昨夜読んだ弁解録取書の内容と変わりなかった。

ヘッドライトを点けた車の前で永富は松岡と対峙《たいじ》したということか。

だが、まだ疑問は残る。永富がいう通り日本刀を渡して、ひと思いに刺し殺してくれといったのが松岡の策略だとしたら、わざわざライトの前に立つか。隠し持った拳銃を抜くには闇を利用するだろう。

マンションを出て、歩きだした。空腹をおぼえた。朝から何も食べないまま、とっくに正午を過ぎている。永富の家で飲んだビールが食欲を刺激したのかも知れない。昭和通りに出て、三ノ輪辺りまで歩けば、何か食えるだろう。

昭和通りの手前で道の左側にシルバーのセダンが停まっていた。運転席と助手席にそれぞれルームミラーが取りつけられているなど自動車教習所か、警察の車輌《しゃりょう》でしかない。竜泉界隈《かいわい》で路上教習をやっているという話は聞いたことがなかった。

運転席、助手席のドアがほぼ同時に開いた。助手席から降りたのは下谷署刑事課長の石黒、運転席から降りた女は見たことがない。

辰見は足を止め、石黒を見やった。

「課長自ら永富を張ってるのか」

「いえ」石黒はちらりと笑みを浮かべた。「張り込み《ハリ》は別の班がやってます。こちらは本庁の涌田警部補」

涌田が会釈をしたので辰見もうなずいてみせた。石黒が訊いてくる。

「勤務中ですか」

「いや、今日は労休だが」

「どうして永富のところへ？」

「古い付き合いでね。任意同行《にんどう》で引っぱられたと聞いたんで、気になった。それで様子を見に来たんだ。捜査本部《チョウバ》の邪魔をする気はなかった」

涌田とほんの一瞬目を合わせたあと、石黒が辰見に顔を向けた。

「これからちょっとお付き合いいただけませんかね」

うなずいた。

何人《なんぴと》に対しても理由など説明しない。必要があれば、引っぱる。それだけだ。辰見は涌田が後部ドアを開けてくれたので乗りこむ。まるで被疑者扱いだなと思ったとき、ドアが閉められた。乱暴ではなかったので、被疑者よりは少しましかと思いなおした。石黒が助手席、涌田が運転席に座り、それぞれシートベルトを締めた。石黒がふり返ったので何かいわれる前に辰見もシートベルトを締めた。

国道四号線を南に向かって走りだしたので下谷警察署の仮庁舎に行くものだと思っていたが、入谷交差点をあっさり通りすぎると首都高速に乗った。

どこへ行くのか、石黒も涌田も説明しようとはしなかった。

羽田空港国際線ターミナル前で両親とともにタクシーに乗った瑞蘭はまっすぐ高輪《たかなわ》にあるホテルまで行くようにいった。ホテルに荷物を置き、ふたたびタクシーで錦糸町《きんしちょう》にある中華料理店まで来た。

二階建ての小さく、古ぼけた店だが、母にとっては思い出のある店だという。しかし、親しかった店主はすでに亡くなって、息子が跡を継いでいた。それでも母が名乗ると二代目店主はていねいに挨拶をしたうえ、一家を二階の個室へ案内した。瑞蘭は初めて訪れたが、店の名は子供の頃から聞かされていたし、今住んでいるマンションまでは歩いて十分とかからない。

かつて母も錦糸町に住んでいたことがある。錦糸町には昔から青峨の人々が暮らしてきた。この中華料理店の先代店主、瑞蘭にマンションを仲介した不動産業者、神田のエステティックサロンのオーナーのいずれも青峨の人だ。

個室に女性店員が来ると、母はメニューを指さしながらてきぱきと注文した。三人しかいないのに食べきれるのかというと、若いお前が食べなさいといわれてしまった。

「それとビール二本、冷えたの、お願いね」

最後に母はいった。

母は日本語の会話に不自由しない。母もまた青峨の女なのだ。

もっとも日本語を使うのは青峨の人々にかぎらなかった。戦争に敗れた日本が去り、代わりに大陸中国が進出してきたが、祖母にいわせると略奪、暴行は日本軍よりはるかに凄まじかったという。公用語として北京語を使うことを強要されながらも山間の村々の言葉と、共通語としての日本語が残った理由である。瑞蘭は祖母、母、そして父から日本語を学んだ。

父は青峨の言葉をまったく話せない。北京語もひどかった。流暢《りゅうちょう》に使えるのは日本語だけでしかなかった。

まずビールが運ばれてきて、三人は乾杯した。その後、料理が運ばれてくるたびに母は小皿に取りわけ、父の前に置いた。父は左手をテーブルの下に置いたまま、右手だけで箸を使い、コップを持った。ビールは瑞蘭が注《つ》いだ。父はほとんど何も喋らず食べ、飲むだけである。

くらげ、蒸し鶏、ピータンの盛り合わせ、海老《えび》チリとニンニクの利いた大海老の唐揚げ、牛バラ肉角煮、フカヒレ姿煮、さらに鍋料理、餃子《ギョーザ》、海鮮焼きそばと運ばれてくる。店の看板には中華料理としかうたっていないが、台湾料理がメインであった。そもそも中華料理は日本にしか存在しない。北京、四川、台湾等々各地の料理があるだけなのだ。日本に来た当初、瑞蘭は中華料理という言葉に違和感を覚えた。

唐揚げになった大海老の殻を剝き、小皿に盛って父の前に置くと母は指についたソースを嘗めつついう。

「台湾の料理なのに日本で食べる方がよっぽど美味しいわ」

母は懐かしい錦糸町の台湾料理を満足そうに味わいながらどこか不満そうな顔をしていた。

会話は日本語と北京語が半々くらいで、話題は瑞蘭の東京での暮らしぶりが主だった。住まい、買い物、エステティックサロンでの仕事について母が訊き、瑞蘭が答えた。ひっきりなしに喋りつづける母娘《おやこ》に挟まれながら父は平然としている。瑞蘭にとっては物心ついたときから見慣れた食卓の風景ではあった。

最後の料理を運んできたときに追加注文したビールを持ってきた店員がテーブルを見渡していった。丸テーブルには皿がいっぱいに広がっている。

「ご注文の方、全部おそろいでしょうか」

「全部、そろたよ」

母の日本語にはいかにも台湾人といった訛《なま》りがある。

「ごゆっくりお楽しみくださいませ」

「ありがとう」

店員が出ていき、ドアをそっと閉じると母が早速訛りのない日本語でいった。

「ご注文の方って何？　の方って？　あんなの聞いたことなかったよ」

「この頃はどこ行ってもあれよ」瑞蘭も日本語で答える。「コンビニ、ハンバーガーショップ、カフェ……、ご注文の方、お会計の方、お釣りの方、そればっかり」

「変だよ」

父は少し赤い顔をしてビールをちびちび飲んでいた。それほど酒に強い方ではない。目の前には手をつけていない小皿が並んでいた。

ゆっくりと顔を上げ、瑞蘭の顔を見た。

「小瑞《シャオルイ》」

呼び方は台湾風だが、発音は日本語だ。瑞蘭はうなずいた。

「はい」

「お前はよくやった。二人を仕留めるのは大変だったろう」

「いえ……、はい」

高梨を瑞蘭に紹介したのも青峨の男だった。最初は銀座の中華料理店で食事をした。スーパーの経営者というだけでなく、無償で外国人留学生の保証人もしていると紹介者はいった。実際、高梨は台湾の事情に詳しく、母の出身地を告げただけで、瑞蘭が日本語を流暢に操ることに納得した。

『高梨先生は立派な人』

紹介者はそういって持ちあげた。だが、高梨がトイレに立つと、青峨の言葉に切り替え、さんざん罵り倒したあと、小指を立てて、わざと日本語でいった。

『ただのむっつりスケベよ』

二回目は高梨と二人きりで食事をし、ホテルのバーで酒を飲んだ。瑞蘭が神田のエステティックサロンで働いていることを知ると興味を持ち、一度行きたいといった。瑞蘭はエステティックサロンが必ずしも合法ではないこと、さまざまなサービスがあることなどを説明した。

『高梨先生のいらっしゃるようなところじゃありません』

きっぱり断ったが、言葉の上だけである。ほどなく高梨はエステティックサロンにやって来て、二度、三度と回を重ねた。瑞蘭は高梨の誘いに乗る素振りを見せてははぐらかしてきた。もっとも歯槽膿漏の進んだ高梨の口臭は耐えがたく、施術室でキスを迫る高梨から顔をそむけるのに演技は要らなかった。

そして先週木曜日の深夜、二人は銀座で落ちあい、食事をしたあと、日付が変わった頃、鶯谷に向かったのである。ビルのわきに誘いこみ、ミントのケースを取りだすと高梨は意味を悟った。自分でも口臭を気にしていたのである。

直後、初めて人を撃ったのだが、ようやく無事に仕事をやり遂げたという安堵《あんど》とようやく一人前の青峨の女になれたという喜びが勝り、罪悪感や恐怖はまるで感じなかった。

香月については瑞蘭が一人で仕掛けた。同じエステティックサロンで働くフィリピン出身の女と日本人のボーイフレンドを焚《た》きつけ、香月の店でタトゥーを入れさせた。二人は肩胛骨《けんこうこつ》に天使の羽を片方ずつ彫り、肩を寄せると一対になるようにした。瑞蘭は目を見開いて感嘆の声を上げてみせたが、それほど上手だとは思わなかった。

それでも瑞蘭はタトゥーに興味を持った素振りを見せ、四人での食事を持ちかけた。思ったよりうまくいったのは、香月が瑞蘭に好意を持ったためだ。アトリエが休みになる日曜日の午後に香月は予約を入れ、エステティックサロンにやって来るようになった。

高梨については青峨の人々の助けを借りたが、香月は自分一人で片づけたと自負している。

父はまっすぐ瑞蘭を見つめていった。

「二人で充分だ。三人目はいい」

「できるよ」

反射的に答えていた。思った以上に声が鋭く、母が瑞蘭を睨んだ。

「ごめんなさい」

三人目はヤクザだと父にいわれていた。ヤクザがどれほど危険か父から説明を受けたし、日本に来てからも学んだ。だが、相手は老人だ。今のところ、どのように接近するか方法を思いついていないが、必ず解決策はある。

「小瑞《シャオルイ》」

父はふたたびいい、瑞蘭の肩に手を置くと顔をぐっと近づけてきた。父が愛用している上品なコロンの香りが懐かしかった。

「日本の警察をなめるな。お前が高梨といっしょにいるところは防犯カメラに撮られている。香月のときだって、どこにカメラがあったかわからない」

「でも……」

父は肩を握っている手に力をこめることで瑞蘭を黙らせた。

「話がついたらお前はおれたちといっしょに台湾へ帰るんだ」

「話がついたら？」

訊きかえすと父は瑞蘭の肩から手を離し、ビールのコップを手にして飲みほした。瑞蘭はビール瓶を取り、父が手にしているコップに注いだ。

「事情がちょっと変わった。あいつと会うことにした」

瑞蘭ははっとして父を見た。父がおだやかな笑みを浮かべ、首を振る。

「あいつは古い友達なんだ。大丈夫、うまく行く。すべて陳志芳《チェン・ジーファン》にお任せあれだ」

父はそういって自分の胸を義手で軽く叩いて見せた。


首都高速を新橋の出口で降り、さらに虎ノ門に車首を向けた。石黒、涌田とも相変わらず何も説明しようとせず、辰見もあえて訊《たず》ねようとはしなかった。ただ、腹が減ったとは思っていた。

車は去年オープンしたばかりの高層ビルの地下駐車場へ入っていく。一角に停め、エンジンが切られると石黒がシートベルトを外しながらふり返った。

「ご案内します」

うなずいて従うよりほかにない。辰見は車を降り、二人につづいて歩いた。エレベーターで三十四階まで上がる。扉が開くと正面に廊下が延びていて、左右にドアが並んでいた。廊下の入口には電話台があり、ボタンの並んだ電話機が置かれていたが、二人は見向きもしないで廊下を歩きだした。

虎ノ門に新しいビルができたのは知っていたが、足を踏みいれるのは初めてである。辰見は鼻をひくつかせた。新しい建材の匂いがするばかりだ。全フロア禁煙、いや、全館禁煙だろうと胸のうちでつぶやく。

第三会議室というプレートが貼られたドアの前に立つと、石黒がノックした。内側で返事がする。

「失礼します」

石黒がドアを開けて、先に入り、涌田は手で中を示した。辰見は石黒につづいて部屋に入った。十人ほどが入れる会議室でテーブルが置かれ、ハイバックチェアが配置されている。窓からは曇り空が見えた。

メガネをかけた丸顔の男が立ちあがり、辰見を迎えた。

「お忙しい中、いらっしゃっていただいて恐縮です」

「どうも」

「どうぞ、おかけください」

示された椅子を引いて腰を下ろした。背もたれに躰をあずけ、両手は腹の前で組んだ。男は四十代くらい。愛想のいい笑みを浮かべている。石黒と涌田はテーブルを回りこみ、男のとなりに並んで座った。

「本庁公安部外事二課の世良《せら》と申します」

辰見はぎょっとして相手の顔をまじまじと見た。公安部との交流はほとんどないし、初対面で堂々と名乗られたのは初めての経験だ。公安部がからむ事案となれば、事件にまつわる情報が出てこないばかりか、誰が動いているのかすらわからないことが多い。

世良はテーブルの上で両手を組みあわせ、相変わらず愛想のいい笑みを浮かべていた。

「ご承知だと思いますが、二課はアジア、とくに最近では中国を担当しています。といいましても私は現在この貿易会社に出向という形になっておりまして本庁からは離れていますが」

うなずいた。

「公安《ハム》は何も喋らないとお思いでしょうが、中にはお喋り好きもおりましてね。私などはその典型かも知れません。口から先に生まれてきたような、というのは使い古された言い回しですが、何より私にぴったりだと思っております。本日、辰見さん……、辰見さんとお呼びしてかまいませんか」

「結構」

呼び捨てよりはましだという言葉は嚥みこむ。

「辰見さんにこんなところまでご足労願ったのは、永富豊成《とよしげ》氏について、一、二お訊ねしたい向きがございまして」

「トヨシゲ？　永富はホウセイのはずだが」

「戸籍上はトヨシゲです。ホウセイの方が通り名としては呼びやすいのでそのまま定着したんでしょうね。まあ、どちらでもいいのですが、とにかく永富氏についてうかがいたいもので」

「奴とは古い付き合いでね」

「存じております。昭和六十三年六月十四日、東銀座にあったクリーニング店にダンプが突っこんだ事案のときに初めて会ってらっしゃるんでしたね。それから何度か会って、交流がおありだとか」

「交流というほどじゃない。あいつがパクられたあとは会っていない」

「ところが、高梨事案が発生すると交流を再開された。間違いありませんか」

辰見はしばらくの間、世良の顔を見返していた。口元には笑みを浮かべているが、レンズの向こうの目は必ずしも笑っていなかった。

うなずいた。

「私たちが追っているのは……、訂正します、追っていたのは、高梨の方なんです。彼が長年にわたって中国や東南アジアの留学生たちの身元引受人をしているのはご存じですか」

「美談のようだが」

「昔から木を隠すなら森の中といいますね。人を隠すなら人の中……」世良の口元から笑みが消えた。「高梨が毎年受けいれている留学生は多い年には数十名にのぼります。その中には、わが国にとって好もしくない人物もふくまれています」

辰見は身じろぎもせず世良を見ていた。

「平たい言葉でいえば、工作員でしょうか。一般的に工作員といえば、北朝鮮のそれを指すことが多いのですが、私どもの誘導でしてね。わが国に浸透しようとしている工作員では圧倒的に大陸中国からの人間が多い。それもダイレクトに来るんじゃなく、東南アジアや台湾の人間になりすまして入国しています。大陸からの工作員潜入が増えたのは、三十年ほど前から……」

世良が言葉を切り、辰見は固唾《かたず》を飲んだ。

「二十七年前、永富氏が殺害した松岡五郎もこれに関わっていた可能性がありまして」

部屋の温度が急に下がったように感じた。辰見は唇を嘗め、声を圧しだした。

「それでおれに何を訊きたいんだ?」

「最近、永富氏に会われて、どんな話をされているのか。それとすでに退職されている川原さんとも接触されてますよね?」

おれを尾《つ》けてるのか——辰見はちらりと思った。

4

平たい言葉でいえば、と何回くり返しやがったんだ？――辰見は昨日、虎ノ門で会った世良との会話を思いかえしながら胸のうちでつぶやいた。あまりにしつこかったので馬鹿にされているような気分になったものだ。

しかし、最初から世良のペースで会話が進んだことは認めざるを得ない。何も聞かされず虎ノ門に連れていかれ、いきなり先制パンチを食らった。公安部外事二課に所属していると明かしたことだ。すぐあとに貿易会社に出向中だと付けくわえたが。

次いで永富の名は、トヨシゲと読むと教えられた。ずっとホウセイだと思いこんできたし、川原から渡された小型のノート、弁解録取書のコピーには豊成と漢字で書かれてあるだけでふりがなはなかった。東銀座のクリーニング店にダンプが突っこんだ事案では、立ち退きをめぐって嫌がらせをしていたのが永富と香月であることはわかっていたものの、ダンプに関して証拠がつかめず検挙には至らなかったのだ。

被害者であるクリーニング店の店主夫婦にしても借地の上に店舗を新築するだけの余裕はなかった。店舗は借家で、すでに底地を買っていた業者が所有権も買っていた。更地にするのが目的である以上、新しい店舗を建てるはずはなかった。立ち退き料を受けとり、引っ越すよりほかになかったのだが、店を失ったあとはまるで憑《つ》き物が落ちたようにさばさばした顔つきだったのを憶えている。

実際、被害届すら出さずに引っ越していった。

永富とは築地警察署の近くに店を出していたおでんの屋台で何度か顔を合わせただけでしかない。だが、辰見は高梨が口中を小口径拳銃で撃たれていたと聞くと永富に電話を入れた。

川原が尻ポケットからノートを取りだして目の前に置いたとき、辰見は訊いた。

車の中で焼かれた死体が松岡五郎ではないと疑っているのか、と。

首をかしげ、しばらく考えこんだあと、川原はぽつりといった。

『デカってのは、誰もがレベッカ事件の一つや二つは抱えてるらしい』

由来は川原も知らないといった。レベッカという名前からすると外国の事件のようだが、それすらもわからないといった。刑事をやっていれば、未解決事件、法的には解決しているのだが、捜査にあたった当事者としてはどうしても納得できない事件にぶち当たる。だが、諦めきれずにいつまでも抱えこんでいることを象徴して、レベッカ事件と称しているようだ。

永富との絡み合いは、おれにとってもレベッカ事件なのか。

それとも、あの時節だったからか。

たまたま永富と巡りあった翌年、昭和が終わった。昭和の末から平成が始まって数年は築地署刑事課第四係で過ごした。バブル景気という呼び名が一般的になったのは、はじけたあとだ。辰見は銀座のクラブにもほとんど行かなかったし、景気がいいからといって警察の経費が潤沢になることもなかった。熱気や勢いは感じたものの傍観していただけだ。

年号が変わってすでに四半世紀以上が経ち、あとちょうど一年半で定年を迎える。五十九回目ともなると誕生日を祝う気持ちにはなれない。

思いはふたたび世良との会話に戻っていった。

平たい言葉でいえば、松岡が福井のヤクザと組んで始めた密入国者を受けいれるビジネスのあとを高梨が引き継いだようだ。その間、どのようないきさつがあったのか訊ねたが、そこは公安部局の琴線に触れるのだろう。口から先に生まれてきたと自称する世良も話そうとしなかった。

『一つだけ申しあげられるとすれば、馬鹿にならない利益が上がっていたということです。そのため本業のスーパーでは利益を度外視した安売りが可能になった。いい品を、より安く……、人情社長登場のからくりというわけです』

今、こうして思いかえしているとやや甲高い声で立てつづけに喋りまくりながら世良は肝心なことは何一つ明かしていないことがわかる。さすが公安というべきかも知れない。

だが、密入国の手助けをするだけでそれほど儲《もう》かるものだろうか。

東南アジアの女性が観光や留学、あるいはダンサーなどショービジネス関係の仕事をするとして入国し、その後、行方をくらますケースは少なくない。たいていは売春で荒稼ぎしている。もっとも女たちの手に渡る金は微々たるもので、儲けを手にしているのは売春を管理している背後の組織だ。

高梨が身元引受人となっている留学生も半分は女だろうが、公安がからんでいるとなると単なる売春目的の密入国とも思えなかった。

世良の取り調べに対して、辰見は口中を撃たれて殺されるという手口が永富を思いださせ、連絡を入れてみたに過ぎないと答えた。ホテルの保安部長をしている犬塚の名前も出した。川原に会ったことを知っている以上、犬塚についてもとっくに調べあげていると思ったからだ。

しかし、本当のところは話しようがなかった。

永富の一件はおれにとってレベッカ事件なんだ……。

相手にいっても理解されないと思っただけでなく、自分でもどうして首を突っこんでいるのか、今ひとつ釈然としなかった。強いていえば、直感。その後、香月が殺害されたことによって永富と、さらには松岡の事件とも無関係ではないと思えるようになったが、何が起こっているのか今のところまるで見当がつかなかった。

永富、犬塚、川原に会い、話した内容はすべて伝えたが、世良が納得したかどうかはわからない。

結局、夕方まで虎ノ門で話し合いをつづけ、竜泉か浅草まで送るという石黒の申し出を断って地下鉄で浅草に出たときには暗くなっており、おまけに雨まで降りだした。翌日は当務なので早々に帰宅した。

雨は一夜明けた今朝もつづいている。

捜査車輌のワイパーがフロントグラスを扇形に拭う。車はホテル街の狭い通りに入ろうとしていた。

「現場百回」ハンドルを握る小沼がいった。「デカの鉄則ですからね」

「何が鉄則だ。おれたちはチョウバにだって組みこまれちゃいない」

「そりゃ、まあ、そうですけど。このところでは最大の事件ですからね。今、ネット上では大騒ぎなんですよ」

「暇な連中が多いんだな」

「高梨社長が殺された理由がいろいろ取り沙汰《ざた》されてるんですよ。新たな店舗を出す計画があったらしいんですが、何でも壊そうとしていた古いビルは地元の不良グループが長年アジトのように使っていた場所で、スナックだかも営業してたとか。不良グループってヤクザと違って盃に縛られないでしょ。だからかえって厄介で、すぐに殺しちまえとなるらしいし、拳銃なんかも手に入れてるようです」

「香月はどう関係してくるんだ？」

「不良グループに下手な刺青を入れて、恨まれてたとか。まあ、伝聞の伝聞なんですけど。ほかにも高潔な人物といわれているけど、案外と女好きでフィリピンから留学してきた女子大生を妊娠させて逃げたとか」

「堕胎させるくらいの金は持ってるだろ。仮にそんなことをやってたとしてもな」

「今回の事案って、チョウバから何の情報も出てこないんですよね。ひょっとして公安がからんでるんですかね。連中って、超秘密主義でしょ」

当てずっぽうにいっているだけだとわかっていたが、ひやりとした。昨日、別れ際に世良が念を押した。

『私と会った件は上司に対しても厳にご内聞にお願いします。平たい言葉でいえば、秘密厳守で』

ちっとも平たくはないと思った。

「どうして公安がからむんだ？」

「留学生がからんでますからね。外事課あたりが出張ってきているとか」

小沼はそういって車を停めた。右に高梨の死体が発見された現場がある。今は規制線も解かれていた。

　ふいに小沼がふり返って辰見を見た。

「それより今日はどうかしたんですか」

「何が？」

「道具をずっと腰につけたままじゃないですか」

　辰見は舌打ちした。班長の稲田がプレゼントしてくれた帯革に拳銃や手錠、警棒を着けているおかげで肩凝りはいくぶん解消されたものの、考えごとにとらわれていてすっかり忘れていた。

「道具だぁ？　ヤクザみたいな物言いをしてるんじゃねえよ」

　辰見は帯革を外しはじめた。


　ビニール傘を手にした永富は足を止め、顎からしたたり落ちる汗を手の甲で拭った。ついでに腕時計に目をやる。午後一時十五分になっている。

「クソッ」

　低く罵《ののし》るが、息が切れ、どうにも動けなかった。トレーニングウェアの内側は汗でぐっしょり濡れている。昨夜から降りつづいた雨は午前中に少し上がったものの、昼を過ぎてまた強くなっていた。気温が上昇し、蒸し暑い。

一時間ほど前、携帯電話が鳴り、背面の液晶窓には非通知と表示された。日頃、ほとんど電話がかかってくることがない上、すでに引退した身、わざわざ非通知を拒否する理由もなかった。

誰だろうと思いつつ、出た。

『もしもし』

『リエです。お久しぶり。憶えてる？』

もし、この数日の騒動がなければ、リエといわれてもすぐに思いだせたか自信はない。だが、声はすぐに小柄な台湾女の顔を脳裏に蘇らせた。リエはつづけて、浅草に来ているので会いたいが、都合はどうかといった。

だが、永富は問題を抱えていた。チャミィの具合が良くなかったのだ。朝起きたときはいつもと変わりなかったのだが、昼が近くなった頃、突然嘔吐《おうと》し、その後、水さえ飲もうとせず、リビングの床で丸くなったまま、硬く目を閉じていた。ソファのいつもの場所に上がろうとさえせず、時おり痙攣《けいれん》するように躰を震わせた。ケージを用意し、近所のペットクリニックへ連れていこうとしていた矢先に電話が入った。

一時間後に喫茶店〈シェルブール〉でどうか、とリエはいった。

リエは松岡とともに台湾に逃げ、以来、何の連絡もなかった。二十七年経って、唐突な電話だったが、スーパーの社長に次いで香月が殺されたことと無関係ではないだろう。

立ち尽くし、ぐずぐず思いを巡らせている余裕はなかった。

『わかった』

ようやく返事をするとケージをチャミィのそばまで持ってきて、そっと抱きあげて入れた。まずはチャミィをペットクリニックに連れていき、預けておいてリエに会う。できるだけ手短に済ませて、ペットクリニックに戻るという段取りを頭の中で組みたて、セカンドバッグを手にして自宅を出た。

マンションを出たところで雨が降りつづいていることに気づいたが、傘を取りに戻る時間が惜しくて、ペットクリニックまで走った。待合室にはケージを足元に置いた客が三人いた。かまわず永富は診察室のドアを開け、院長を呼んだ。だが、院長は手術室に入っていて、代わりに助手が出てきた。

永富は助手の手にケージを押しつけ、チャミィの容態を早口で告げた。全身ずぶ濡れで息を切らしている永富の姿に圧倒されたのか助手はケージを受けとった。一時間で戻るといい、玄関に向かおうとすると、助手が後ろからビニール傘を持っていっていいといった。ふり返らずに礼をいい、傘立てに差してあるうち、もっとも古びた一本を抜いてペットクリニックを出た。

三ノ輪駅の近く、大関横丁の交差点に面したペットクリニックから〈シェルブール〉までは国際通りをまっすぐに行けばいいのだが、雨のせいか空車のランプを点けたタクシーがまるで通りかからない。永富は走った。諦めきれずに何度もふり返ったが、ついに言問通りの手前まで来た。左に折れ、路地に入る。〈シェルブール〉は目と鼻の先だが、どうにも息がつづかなかった。

袖で顔を拭い、息を整えて歩きだした。太腿、ふくらはぎがじんじんしている。ようやく店にたどり着くと、入口前に置かれた傘立てにビニール傘をぞんざいに差し、自動扉が開くのを待って入った。

店を見まわした永富は、左のもっとも奥の席を見て背筋を強ばらせた。かつては永富や組の連中の指定席だった。今もヤクザが使っていることに変わりはない。リエの姿はなく、代わりにマオカラーのジャケットを着た男が座っていた。サングラスをかけたまま、永富に目を向け、タバコをくゆらせている。手も上げず、うなずきもしなかったが、永富は引っぱられるように近づき、テーブルを挟んで向かい側の椅子に腰を下ろした。

フィリピン人の女性店員が水を運んでくる。目もくれず、アイスコーヒーを注文した。

「あに……」

かすれた声が漏れたとき、男はタバコを持ったままの手を目の前にかざして制した。

「陳志芳《チェン・ジーファン》」

まるで香港映画の登場人物のように発音が馴染んでいた。チェン・ジーファンの名を聞くのは二度目で、どちらも同じ男の口から発せられた。

山梨の山中に停められた黒いセダンのトランクに背を丸め、膝を抱えるようにして寝かされていた男の死体が浮かぶ。光沢のある生地で作られたスーツを着ていたが、靴下は穿いていたものの靴はなかった。頭部はシーツでぐるぐる巻きにされており、血がにじんでいた。

『チェン・ジーファン……、可哀想《かわいそう》に。せっかく憧れの日本にやって来たというのに病気で死んじまうなんてな』

歯型から身元が割れることがあるので金属バットで顔を叩きつぶしたという。死んだあとだから何も感じないよ、とうそぶいたが、シーツににじんだ血を見れば、生きたまま顔面を潰されたのは明らかだ。それに生きているうちに殴らなければ、凄惨なリンチの果てに殺されたという筋書きにも合わない。

死体のわきに置いてあった白鞘の日本刀を取った。これも筋書きのうちだといって、わざわざヘッドライトが照らす中に出て、刀の鞘を払い、左手を目の前にかざすと白刃を振りあげ……。

「お待たせしました」

目の前にアイスコーヒーが置かれた。ガムシロップとミルクは要るかと訊かれたので首を振った。ストローもつかわずグラスを直接口にあてるとアイスコーヒーを飲みほし、それでも咽の渇きが癒えずにコップの水も飲んだ。

大きく息を吐く。

目を上げ、男を見た。削《そ》げた頬、尖った鼻は変わりなかったが、肌はかつての張りを失い、目尻や口角には深い皺が刻まれている。オールバックにした髪はほとんど白く、記憶にあるよりはるかに薄くなっていた。

無理もない——永富は胸のうちでつぶやいた——もう七十を過ぎているはずだ。

店員がやって来て、コップに水を注《つ》ぎ足し、アイスコーヒーのグラスを下げていった。

「どうして今になって……」

永富は自分の口から漏れたつぶやきを、まるで他人がいったように聞いていた。陳は短くなったタバコを灰皿に押しつけて消し、背もたれに躰をあずけた。

「いろいろとあってな。ちょっとしたトラブルもあった。世界中が不景気だっていうのに稼業の方は順調に伸びたよ。それなりの稼ぎもある。だが、背中をあずけられるのは兄弟だけだとわかった」

陳は唇を歪めた。

「素人《ネスコウ》は臆病なくせに欲深い」

素人とは殺されたスーパーの社長を指すのかと一瞬思った。だが、香月は……。すぐに答えはわかった。松岡五郎が死に、陳志芳は生き残った。まさしくその瞬間、現場に居合わせたからに他ならない。

『野郎はお前さんのところもケツ割って飛びだしたんだが、おれんとこでも三年ともたなかった。ヤクザもやれんような奴に彫り師は無理だったよ』

彫左久の言葉が脳裏を過ぎっていく。凄まじい松岡五郎の最期に立ち会ったことで、すっかり怖《お》じ気《け》づいた香月は足を洗いたいといいだした。秘密を守るためには香月の口をふさぐか、いう通りにするしかない。永富は口止め料として一千万円を渡し、香月を解放した。警察に駆けこむ度胸はないと判断したし、どこかに埋める気にはなれなかった。

甘っちょろいのか、おれは……。

陳は右手だけでタバコを抜き、高そうなガスライターで火を点けた。左手は椅子の上に置いたままだった。

煙を吐き、薄い唇にかすかな笑みを浮かべる。

「今流行《はや》りのうたい文句でいえば、グローバリズムだ。動く金もでかい。ひつじのバサ打ちをしてた頃とは違うよ」

ひつじのバサ打ちは懐かしい言葉だ。商売の元手が乏しいとき、ちり紙を買ってきて、いったんばらばらにし、ふくらませてまた紙の帯で巻く。一束が十束、二十束に化け、縁台に並べて口上《タク》をつけて売る。雨が降ったら、ちり紙がしぼんで目もあてられない。

永富が稼業に入った頃でさえ、時代遅れの商売で実際にやったことはない。終戦後の物資不足の時代、ほんの一時流行ったに過ぎなかった。

「それにおれも変わった。誰でも歳はとるんだな。すっかり丸くなったよ」

目をやると、陳は苦笑していた。サングラス越しにのぞく目にはかつての強い光はない。たしかに変わったのかも知れない。

陳が躰を起こした。

「やっぱりお前しかいない。実はまた日本で商売をすることになった。もう一度組まないか」

二度と戻らないといったのではなかったか、と胸のうちでつぶやきながらも永富は低い声で答えていた。

「無理だ。おれはもう引退した」

チャミィの様子が浮かんだ。目をつぶったまま、躰を震わせていた。チャミィは間もなく千弥子が待っているところへ行くだろう。そうすれば、また千弥子と四匹の猫と……。

天国があるとすれば、そこだと永富は思った。

「おい、こら」

頭上から甲高い声が降ってきた。目を上げるまでもない。いつかのチンピラだ。

「予約席って札が立ってるのが目に入らんのか」

陳は目を動かしもせずにいった。

「なら、お前の目に突っこんで試してみるか」

「何、こら」

いうが早いか、チンピラが足を飛ばす。陳は表情一つ変えずに左手で受けた。テーブルの端から手袋を着けた指先がチンピラの足首に深々と食いこむのが見えた。

義手。

チンピラは濁った悲鳴を上げると足首を抱え、床を転げまわった。

第五章　糾《あざな》える縄の如く

1

〝本部から各移動。台東区浅草三丁目……〟

第六方面本部が住所を告げると同時に辰見は無線機のマイクに手を伸ばした。捜査車《しゃ》輛《りょう》は言問通りを浅草方面に向かって走り、間もなく国際通りとの交差点に差しかかろうとしていた。住所からすれば、現場は目と鼻の先だ。

つづいて喫茶店〈シェルブール〉で傷害事件発生が知らされる。辰見は送信ボタンを押した。

「六六〇三《ろくろくまるさん》から本部。六六〇三にあっては言問通りを西進中、間もなく西浅草三丁目交差点。現場《げんじょう》……、〈シェルブール〉に車首《あたま》を向ける」

小沼がセンターコンソールに手を伸ばし、サイレンと赤色灯のスイッチを入れた。スピーカーから声が聞こえたのはそのあとだ。

〝本部から六六〇三、本部了解〟

二分とかからずに小沼は〈シェルブール〉の前に車をつけ、サイレンのスイッチを切った。店の前には中年の女が立っている。

辰見が降りると女が近づいた。

「ケンカよ、ケンカ。ヤクザのケンカ」

ひどく興奮した様子の女の言葉には外国人訛りがある。顔立ちからすると東南アジア系のようだ。女は目を剝《む》いてつづけた。

「二人逃げた。一人、店の中。足持って、転がってる」

「わかった」

辰見は店に入った。左奥からわめき声が聞こえ、店の中にいる七、八人が立ちあがって声のする方を見ている。カウンターの内側に立っている太った初老の女が辰見を見て、顔をしかめる。

「救急車を呼んだのに」

「じき来るよ」

辰見は言い捨て、店の奥へと進んだ。アロハシャツを着て、白いスラックスを穿《は》いた男が床に寝転がり、右の足首を両手で押さえてわめき散らしている。

「痛《いて》えよ、馬鹿野郎……、救急車はどうなってんだよ、馬鹿野郎」

辰見は男のそばにかがみ込んだ。

「怪我《けが》の具合は？」

「足が折れちまったよ」

男は硬く目を閉じたまま吐きすてた。顔中に脂汗が浮き、サングラスがずれている。

「何があったんだ？」

「知るかよ。予約席だってのに爺《じじ》ぃ二人が座ってやがって。四の五のいうから蹴りくれてやったら一人が手で受けやがって……、硬《かて》えの何のって」

「硬いって、何か持ってたのか」

ふいに男はわめくのをやめ、目を開け、辰見を見た。ぎょっとしたところを見るとスーツ姿に相手が刑事だと気づいたようだ。

辰見はかまわず訊《き》いた。

「名前は？」

「関係ねえだろ。そんなことより早く救急車を呼べよ、馬鹿野郎」

「間もなく着く。喧嘩《けんか》だろ。相手は二人組の老人だったんだな？」

「関係ねえっていってるだろが」

「知ってる相手か」

「知らねえよ」

直後、救急隊員が入ってきたので辰見は立ちあがって、場所を空けた。救急隊員は男の顔をのぞきこんで、二、三質問し、左足の様子を見た。先の尖《とが》った白いエナメルの靴を履いた足に触れると、男は悲鳴を上げ、口汚く罵る。

さらに担架を持った二人の隊員が入ってくると、最初の隊員が靴を脱がせた。またしても悲鳴を上げる。次いで足の下にオレンジ色のボードを入れ、同じ色の太いテープで固定しはじめた。

辰見はカウンターに近づいた。憮然《ぶぜん》とした顔をした初老の女が辰見を見返す。

「ここの経営者か」

「一応ね。オーナーは姉さんで、あたしは昼間の担当」

「喧嘩だって？」

「わからない」店主が首を振った。「あたしゃ見てないからね」

「常連客同士か」

店主はまたしても首を振った。

「倒れてるのはよく来るけど、あとの二人は見かけたことがないね」

「店先で外国人の女が二人が逃げたといってたが」

大げさに舌打ちし、店主は店内に戻っていた外国人の女を睨《にら》みつけた。外国人の女はうつむいて目を合わせようとしない。

「倒れてる奴《やつ》の名前は？」

「知らない」店主は外国人の女を睨みつけたまま、素っ気なくいった。「一々客の名前なんか訊かないもの。飲み屋ならまだしもうちは喫茶店だよ。ご飯食べて、コーヒー飲んで帰るだけ。毎日来てる客だって、名前なんか知らないのが多いよ」

「二人が逃げたと」

店主は辰見に視線を戻した。

「あのフィリピン女がいったんだろ。あの子はまだ日本に来て日が浅いからさ、日本語がわかってないんだよ。喧嘩かどうかもわからないし、お客さんが救急車を呼べっていうから電話しただけでね。そこに座ってた二人のお客さんだって、ちゃんとお金を払って出てったんだよ」

「通報したのは、そのあとか」

「ええ。消防署にね。救急車、お願いしますって」

「蕎麦《そば》屋の出前だな」

辰見の言葉に店主はむっとしたように睨んだが、まっすぐ見返すと目を逸《そ》らした。店内には制服姿の警察官が三、四人立っている。客は自分の席に座り、カウンターの端に女が二人立っていた。エプロンをしているところを見ると、従業員らしく、どちらも外国人だ。

わめきつづける男が担架に乗せられ、搬出されるのを客と警察官が見送る。辰見は店の前で声をかけてきた女に近づいた。四十代後半といったところで化粧が濃く、ガラス製のイヤリングをぶらぶらさせていた。太めで黒いセーターに紺色のエプロンを着けている。

「相手の二人組に見覚えは？」

フィリピン人だという女が店主に目を向けようとしたので辰見はカウンターに肘《ひじ》をついて視線をさえぎった。女は大きな黒い瞳で辰見を見た。

「知らない」

「どんな奴だった？　背は高かったか」

またしても店主を見ようとしたので辰見は声を大きくした。

「質問してるのはこっちだ。背は高かったか」

女があわててうなずく。

「でも、一人だけ。もう一人はそんなに大きくない。あなた、くらい」

「服装は？　どんな服を着てた？」

「背高い人は黒のジャージ。もう一人はベージュのジャケット。サングラスしてたから顔わからない」

「黒のジャージ？　荷物は持ってなかった？」

「小さなセカンドバッグだけ。その人がお金払った。一万円札くれて、お釣り要らないって」

ふいに店主が怒鳴った。

「マリア、よけいなことはいいんだよ」

そのとき、入口にのっそりとスーツ姿の二人組が姿を現した。どちらも猪首《いくび》、肩幅が異様に広く、黒のスーツに黒いシャツ、派手なネクタイを締めている。同じような格好だが、先に入ってきた方は背が低く、後ろについている男は百八十センチを楽に超えていそうだ。

どちらも浅草警察署の組織暴力担当である。背の低い方が先に会釈をしてきた。辰見はフィリピン人ウェイトレスから離れた。

「お疲れ様です」

背の低い方がいった。

「どうしたんだ？　二人で出張ってくるなんて」

「この店、連中がよく入り浸ってんすよ」顔を上げ、奥のボックス席を顎《あご》で指した。

「あそこが指定席でしてね」

「怪我をした奴を見たか」

「ええ。岩橋《いわはし》って奴です。小野田って若頭補佐の腰巾着《こしぎんちゃく》ですがね。部屋住みやる根性もなくて、この辺でぷらぷらしてるチンピラですわ」

付け足すように組の名前を口にした。辰見もよく知っている、浅草に事務所を構える暴力団の一つだ。

組織の名と、小野田、岩橋というのを脳裏に刻んだ。

「喧嘩らしい。相手は二人組だが、高齢のようだな。一人は背が高くて、黒のジャージ上下、セカンドバッグを……」

ふいに永富の顔が浮かんだ。ヤクザが事務所のそばにある喫茶店にたむろしていることはよくある。だが、永富はすでに引退した身だ。

「どうかしたんですか」

訊かれて辰見は首を振った。

「何でもない」

それからもう一人はベージュのジャケットを着ていたと告げた。


浅草分駐所のある日本堤交番を出たところで辰見は足を止めた。顔を仰向《あおむ》かせ、首をゆっくりと左右に倒す。首筋が湿った音をたて、思わず口元が歪《ゆが》んだ。

午前九時に笠置班との引き継ぎを済ませ、溜《た》まっていた書類仕事を片づけたときには正午を過ぎていた。二十四時間の当務中には四時間の休憩が義務づけられ、仮眠をとる決まりになっている。だが、服を着たままだし、いつでも飛びだせるよう心身ともに構えた状態でぐっすり眠れるはずはない。

所轄署の刑事だった頃には、重大事件が発生すれば、一日二時間ほどの睡眠で一ヵ月、二ヵ月と歩きまわることができた。どれほど疲れていても大酒を食らい、一晩眠れば、回復したものだが、今は一当務をこなしただけでぐったりしてしまい、酒を飲む気にならない。

見上げる空は分厚い雲に覆われている。気温はそれほど上昇していなかったが、湿度が高かった。梅雨入りまで、まだ二、三週間はあるだろうとちらりと思った。

ワイシャツの胸ポケットから携帯電話を取りだし、発信履歴の中から番号を選ぶと接続ボタンを押した。耳にあて、呼び出し音を聞く。十回を数えたところで電話を切り、ポケットに戻した。

昨日、〈シェルブール〉での喧嘩騒動には真っ先に臨場した。フィリピン人の女店員から話を聞き、喧嘩騒ぎの直後に姿を消した男のうち、一人が背が高く、黒のジャージ上下を着ていたと聞いてひょっとしたら永富かも知れないと思った。それで昨日から何度か電話を入れているのだが、つながらなかった。

竜泉のマンションはおそらく見張られているだろう。のこのこと出かけていく気にもなれなかった。

左手にある商店街に向かって歩きだした。建物は古く、シャッターが閉ざされたままの店も多い。そこここに二人、三人とかたまり、路上にべったり座って話しこんでいたり、空き缶でいっぱいになったビニール袋のかたわらで膝《ひざ》の間に顔を突っこんだまま動かない者もいる。大半は七十代から八十代の老人だ。

高度経済成長から東京オリンピックの頃、全国から集まってきた労働者たちがねぐらとした街が山谷《さんや》だ。昭和から平成、二十一世紀となり、高度経済成長は今や昔の物語となり、低成長という言葉さえ懐かしい。バブルが弾《はじ》けてからは空白の十年といわれ、さらに二十年に延長された。それでもかつての労働者たちは街に住みつづけている。目の前の老人たちだ。

昔は百円、百五十円で一泊できたベッドハウスも小ぎれいな簡易ホテルに生まれ変わり、一泊が二、三千円となった。いくら連泊しても料金が割引になるわけではないから月に六万から九万円の出費となる。それくらい出せば、アパートを借りた方が安上がりだろうと思うのだが、老人たちは離れようとしない。金があれば、ホテルに泊まり、なくなれば野宿《アオカン》、さらにはホームレスになることも少なくない。

簡易ホテルにしても決して居心地がいいとはいえず、不合理だ、わけがわからないという声もある。

スマートフォンどころか携帯電話もなく、風呂も三日四日に一度、衛生状態は悪く、食べる物にも事欠く。だが、ここには互いに見知った顔がある。互いを通称で呼びあい、毎日同じ話をして、ときに喧嘩をする相手がいる。

決して快適とはいえなくとも、自分の名——たとえ偽名や愛称であれ——を知っている何人かがいる。それが居場所というものだろう。歳がいってから住処《すみか》を変えれば、まわりは知らない顔ばかり、誰とも話をしない日がつづくことがわかっているのだ。家族がないという点では、辰見にも他人ごとではない。

商店街を抜けると同時に思いをふり払い、大股《おおまた》で歩きだした。

昨日、〈シェルブール〉で怪我をした岩橋が搬送された病院に向かった。喧嘩沙汰《ざた》で傷害ともなれば、警察も相手を探しそうなものだが、奇妙なことに岩橋が搬送されたあとは無線にも事件のことは乗らなかった。いや、事件にすらなっていない。

『予約席だってのに爺ぃ二人が座ってやがって。四の五のいうから蹴りくれてやったら一人が手で受けやがって……、硬えの何のって』

辰見を救急隊員だと思いこんでいた岩橋が口走った。手に何か持っていたのかと訊いたとき、岩橋は目を開け、辰見を見た。たとえチンピラでも喧嘩の始末《ケツ》を警察に持ちこむのは沽券《こけん》に関わるとでも思っているのか。

警邏《けいら》に戻った直後、捜査車輛の無線機から流れたので搬送先はわかっていた。永富の住処の近く、吉原弁財天で待ち合わせたあと、マンションに向かう途中で女房が死んだといった総合病院だ。救急病棟も併設されているため、傷害事件や事故で怪我をした被害者、加害者が担ぎこまれることが多く、辰見も何度か足を運んでいた。おかげで事務職員にも顔見知りが何人かいる。

　警察手帳は分駐所に置いてきたが、怪我の具合がひどそうだったので様子を見に来たといえば、病室くらい教えてくれるだろう。

　辰見はさらに足を速めた。


　病院の玄関を入り、一階にある事務本部に向かおうとしたところ、廊下で年配の男性事務職員に出くわした。今までに何度か会っている。とっくに定年しているのだが、嘱託として働きつづけている男だ。辰見が昨日浅草で怪我をしたヤクザ者というと、躰を寄せ、秘密めかした口調で病室の番号を教えてくれた。

　川原に会った夜、居酒屋で出会った左官職人を思いだした。誰もが刑事ドラマに出演してみたいらしい。

　訪ねてみると六人部屋で岩橋は窓際のベッドに寝かされていた。痛み止めの注射が効いてうつらうつらしているようだ。

「おい」

　そっと声をかけただけだが、岩橋はぱっと目を開いた。辰見の顔は憶《おぼ》えていたようで、口を開く前にいった。

「自分の勘違いでした」

岩橋はシングルベッドにグリーンの入院着姿で寝かされ、左足を高く上げている。昨日の威勢の良さはまるでない。

「勘違いってのは？」

ベッドのわきにあった丸椅子《まるいす》を引きよせ、腰を下ろした辰見は岩橋をのぞきこんだ。

岩橋は自分の腹を見つめ、辰見と目を合わせようとしない。

「お前は年寄りに蹴りを入れたら相手が片手で受けたといった。だが、その手が硬くて足首を骨折したんだろ？」

「いえ」

岩橋の声がさらに低くなる。唇が渇き、ひび割れていた。

「相手が爺ぃなんでなめてたんです。でも、思ったより動きが速くて、それで……」

「それで？」

「自分が蹴ったのは椅子なんすよ。格好悪いから爺ぃを蹴ったといったんすけど、うまいことよけられて」

「椅子を蹴って、足首を折ったというのか」

岩橋は相変わらず自分の腹に目をやったまま、うなずいた。岩橋は怯《おび》えているように見えた。

辰見は質問の矛先を変えた。

「お前が蹴った椅子だが、お前たちが指定席にしているあのボックスの手前か、奥か」

ほんの一瞬、岩橋は辰見を見て、すぐに腹に視線を戻した。わけがわからないといった顔つきになる。やがてぼそりといった。

「奥です」

「そうか」辰見は立ちあがった。「痛むか」

「いえ。今はまだ痛み止めが効いてますから。それに痛くなったら看護師さんが座薬を入れてくれるって」

「大事にな」

病室を出た辰見はまっすぐエレベーターに向かった。エレベーターとは反対側、廊下の奥の窓辺に銀色のスーツを着た男が立っていた。外を見ているようで背中を向けていたが、ひょっとしたら小野田という男かと思った。

だが、引き返さずエレベーターに乗ると一階まで降り、病院をあとにした。

歩きながら携帯電話を取りだし、犬塚の番号にかける。

「はい、犬塚」

「この間は世話になった。実はな……」

辰見は歩きながら昨日の〈シェルブール〉での一件からたった今岩橋に会ってきたことまで順序立てて話した。

「今まで岩橋が入院している病院にいたんだが、昨日とまるで様子が違う。昨日、おれが臨場したときにはたしかに年寄りの手を蹴ったんだが、それがやたら硬かったといってたんだ。それが今日になると一転して椅子を蹴ったって」

「椅子だぁ？　間抜けな奴だな」

「たしかに間抜けそうではある。だが、何だか怯えてるみたいでな。病室の前……、といってもちょっと離れた場所だったが、粋がったスーツを着た男がいた。ひょっとしたら兄貴分の小野田って奴かも知れない」

「怯えてる……、か」

電話の向こうで考えこんでいる様子が伝わってくる。次いでちょっと調べてみるといって電話を切った。

携帯電話を折りたたんでワイシャツのポケットに入れた辰見は歩きだした。五分ほどしてふたたび犬塚から電話がかかってきた。

「心当たりに訊いてみたんだが、どうも上部団体が箝口令《かんこうれい》を敷いたようだ。下手にウタえば、チンピラなんぞはすぐにさらわれそうな雰囲気らしい」

「ぴりぴりしてるってことか」

「かなりな」

辰見は礼をいい、電話を切った。

次に行ってみるべき場所を思いつき、通りかかったタクシーに向かって手を上げた。

2

下谷警察署仮庁舎の前でタクシーを降りた辰見は二階の会議室に向かった。ドアのわきには根岸新宿連続射殺事件合同捜査本部と大書された紙が貼《は》られている。最初は自殺も疑われたのでスーパー社長死体遺棄事件特別捜査本部だった。

ドアをノックするとすぐに若い男が顔を出した。

「はい」

「機捜の辰見だが、石黒課長はいるかい？」

「ちょっと待ってください」

いったんドアが閉められたが、ほどなく先ほどの男が戻ってきて大きく開いた。

「どうぞ」

「すまんな」

第一回の捜査会議のときとは配置が変わっていた。会議用テーブルは五つの島に分けられている。ひな壇の正面にある島で石黒が立っていた。近づくと、石黒が小さく頭を下げた。

「すみません。今、皆出払ってまして、私が席を離れるわけにいかないんですよ」

「わかってます。こちらこそ忙しいところを邪魔して」

「どうぞ」

石黒が指した椅子を引きよせ、腰を下ろした。石黒も自分用の椅子に座る。辰見は周囲を見まわした。

「大きく二つに分けてあります。出入口に近い方の半分が香月の事案を担当するグループ、窓側の方が高梨のグループです。あとはいつもの班編制ですよ。身内や交友関係を洗う班、事件当日の足取りを追う班、地取り班」

辰見はうなずいた。捜査本部に駆りだされた経験は十指にあまる。だが、どことなく違和感を覚えた。

ひな壇の左右には三台ずつホワイトボードが置かれ、写真や資料がマグネットで留められている。石黒がいるひな壇前の島は統括班だろう。各班が出してくる捜査情報をまとめ、捜査方針を打ちだす、いわば捜査本部の中枢だ。統括班には石黒と先ほどドアを開けた若い男がいるだけだ。ほかの島には誰もいない。

「皆、出払ってるんです」

「第一期だからね」

捜査本部が設けられ、最初の一週間から十日を第一期と称し、できるかぎり多数の捜査員を投入し、集中的に捜査を行う。事件発生から時間が経つほど挙がってくる情報、証拠が少なくなり、解決が遠のく。いわば事件が熱い時期だが、それは人も同じで昼夜兼行で捜査にあたるうちに疲労は蓄積し、熱も冷めてくる。つまり捜査員たちも熱いのだ。

高梨は六日前、香月は三日前に殺されている。第一期のはずだが、どことなく冷めた感じで、空気が弛緩《しかん》しているようにさえ思えた。石黒がいうように捜査員は各所に散っているのはわかるが、それでも頻繁に出入りがあり、しょっちゅう電話が鳴りひびいているのが辰見の知っている捜査本部だった。

だが、今は閑散としていた。携帯電話が主流になったとはいえ、捜査員たちは電話口で怒鳴りあっていることが多い。

「それで、どういったことで？」

石黒が声をかけてきた。

「ああ、すまん」辰見は石黒に向きなおった。「昨日、〈シェルブール〉という喫茶店で喧嘩沙汰があって……」

真っ先に臨場したことからはじめ、フィリピン人のウェイトレスが現場から逃げた喧嘩相手の二人組について話したことや岩橋の話が昨日と今日で大きく食い違っていることまでかいつまんで話した。

話しおえると石黒は何度もうなずいた。

「そうですか。現場から逃げた二人のうち、一人の風体が永富に似ているんですね」

「それと、こいつは知り合いから聞いた話なんだが、岩橋が口をつぐんだのは上部団体から圧力がかかったためだという。これも気になってね」

石黒は目を伏せ、二度うなずいた。だが、何もいわない。

「永富には誰か張りつけてるんだろ？」

「いえ」石黒は首を振った。「参考人として話を聞きましたが、話の内容からして本件とは関わりないと判断しましたから以降はとくに誰もつけていません」

「そうだったのか。もし、誰か張ってれば、昨日の喧嘩騒ぎに奴が関わっていたのかがわかると思ったんだが」

「合同になりましたからね。参加している所轄署も増えたし、調整も煩雑になって。挙がってくる情報を整理するだけでも手間が倍増してます」

辰見は二ヵ所に並べられているホワイトボードを見比べた。窓側——高梨事案の方には防犯カメラの映像をキャプチャした写真がきちんと並べて貼られていたが、香月事案の方にはなかった。

「新宿の方は防犯カメラ映像が手に入らなかったのか」

「量が多すぎるんですよ。新宿ＰＳで解析を進めていますが、今のところ香月の姿は認められていません。あっちは規模も大きいですが、事件も多いんで」

「そうか……、そうだろうな」辰見はうなずいて立ちあがった。「邪魔した」

「いえ」石黒も立ちあがる。「わざわざご足労いただいて」

「今日は当務明けでね。それで寄らしてもらったんだ。えっと、この間いっしょに虎ノ門に行った、捜査一課《ソウイチ》の……」

「涌田警部補ですね。今、出てます。もうじき戻ってくるはずなんですが」

「よろしく伝えてくれ」

辰見と石黒が話している間、若い男はノートパソコンを睨み、キーボードを叩いていた。辰見が立ちあがっても顔を上げようともしない。石黒に向かって片手を上げ、会議室を出た。

階段を下り、玄関まで来たところでとうの涌田に出くわした。

「先日はご苦労様でした」

「いや、こちらこそ」

涌田はいっしょに戻ってきた相勤者をふり返った。

「先に本部に戻ってて」

「はい」

相勤者が辰見に会釈をして遠ざかると、涌田が低声《こごえ》でいった。

「猫がいないんです」

辰見はまじまじと涌田を見つめた。涌田はまじろぎもしないで見返している。

猫は永富が飼っているチャミィを指すことは間違いない。そしていないといえるのは、永富の自宅を調べたからに他ならない。だが、現在の状況から考えて、永富に対して家宅捜索令状が出るとは考えにくい。

もっとも辰見にしても令状なしに被害者、被疑者、関係者の自宅に入ったことはあった。もちろん違法であり、何か発見したとしても証拠としては認められないどころか、露見すれば、不法侵入で懲戒免職、逮捕される可能性すらある。だが、事件の真相に迫る重要な手がかりが得られる場合もある。

世良の丸顔が脳裏を過《よ》ぎった。公安ならば、目的のために手段を正当化するくらいはやりそうだ。

石黒は参考人として話を聞いた結果、永富が二件の殺人事件とは関わりないと判断したといっていた。だが、公安は永富を張りつづけている。家宅捜索に踏みきったのは、永富の不在を知っているからだ。

「任意同行《にんどう》のときでさえ、ケージに入れて持ってきたのに」

涌田はつぶやくようにいった。

辰見に猫がいないと伝えたのは、公安のやり口に抵抗を感じているのか、猫と飼い主の行方を案じているか、だ。

両方かも知れない。どこか切羽詰まったように見える涌田の表情を見て思った。

辰見がうなずくと、涌田もうなずき返した。

「失礼します」

辰見の傍らを通りすぎ、階段の方へ向かった。辰見はふり返らず玄関に向かう。二重になった自動扉を通りぬけながら胸のうちでつぶやいていた。

公安は永富の部屋で何を捜したのか、そして永富の何をつかんでいるのか……。

地下鉄入谷駅に向かってぶらぶら歩きだした。帰宅するのであれば、日比谷線で北千住まで行き、スカイツリーラインに乗り換え、東向島まで行けばいい。歩けない距離でもないが、当務明けに歩きまわり、さすがにくたびれていた。

昭和通りに出ようとしたとき、携帯電話が振動した。取りだして、背面の窓を見る。稲田と出ていた。通話ボタンを押して、耳にあてる。

「はい、辰見」

「今、どこ？」

「入谷。間もなく昭和通り」

「それじゃ、下谷ＰＳの仮庁舎を出たばかりね」

足を止め、辰見は後ろをふり返った。尾行者らしき人影は見当たらない。

「たった今、機動捜査隊《きどうそうさたい》の本部から連絡があってね、根岸と新宿の事案に機捜はお呼びじゃないって」

前に向きなおり、息を吐いた。

おそらく石黒が捜査本部長か、世良に辰見が訪ねてきたと報告したのだろう。涌田の様子からすると、世良のセンが強いか、とちらりと思った。

歩きだす。

「実は昨日の喫茶店での喧嘩騒動でちょっと気になることがあってね」

「まずは私に話すのが筋ってものでしょう。とりあえず聞きます。十九時に刺身のうまい、い、喫茶店で、どう？」

「おれはかまわないが、班長は迷わずに来られるかな」

電話が切れた。以前に一度、稲田は観音裏で道に迷ったことがあった。

「公安《ハム》ぅ」

稲田が大声でいった。すかさずカウンターの内側に立ち、ハマチをさばいていた店主が答える。

「はいよ。かつ？　サラダ？」

あやうく辰見は飲みかけのビールを吹きだしそうになる。稲田は眉《まゆ》を上げ、カウンターをふり返った。

「サラダ、お願いします」

「持ってるデカは違うねぇ」

にやにやしていう辰見をひと睨みして、稲田は生ビールをぐいと飲んだ。ジョッキを置いて独りごちた。

「高梨は善意で留学生を受けいれてると思ってたんだけどなぁ」

「善意の方が本筋かも知れない。松五が手がけた新しいビジネス……、といっても二十七年も前だが、とにかく奴の稼業を引き継いだようだ」

「ハムはそう見ているということですよね」

稲田がわずかながら修正する。たしかに世良から話を聞いたに過ぎない。

階級では稲田の方が一つ上だし、上司でもある。周囲に部下やほかの警察官がいれば、それなりの口調になるが、辰見と二人で相対しているときには、刑事の先輩として立てているのかていねいな言葉遣いをした。

女将《おかみ》がハムサラダを運んできた。稲田は女将を見上げたが、笑みが少しばかり引き攣《つ》っている。

辰見はタバコをくわえて、火を点けた。

「中国の工作員うんぬんというのも世良がいうだけで本当のところはわからない」

塗り箸を手にした稲田が皿の上にあったハムを突きさし、持ちあげた。しげしげと眺めて話しかける。

「君たちはいつでも秘密主義に徹してるね」

辰見に目を向けた。

「でも、松岡はすでに死んでるんですよね」

「永富の弁録書は読んだ。矛盾はない」

稲田はハムをひと口で頬張《ほおば》り、嚙《か》みながらうなずく。次いで生ビールで流しこんだ。

辰見は言葉を継いだ。

「だが、気になることが一つある」

「何ですか」

「昨日の喧嘩騒ぎの一件だが……」

辰見は〈シェルブール〉の店内の様子を説明し、年配の男二人が座っていたボックス席の位置について話した。マオカラーのジャケットを着た男が奥、黒いジャージ上下の男が手前で入口を背にしていた。

「岩橋が蹴ったのは奥の爺ぃで、相手は手で受けたといっていた。少なくともおれが臨場したときにはね。手に何か持っていたかと訊いたんだが、あいにく目を開けちまって、話してる相手がデカだと気づいたようだ。それからは痛いとわめくばかりだった。だが、位置関係からすると岩橋が蹴りつけたのはマオカラーの男で、そいつは左手で受けたことになる」

　辰見ははっと気づいた。

「そういえば、手を蹴ったのにやたら硬かったともいってたな」

「義手ってことですか」

「可能性はあるだろう。だが、義手がチンピラの足首をへし折るほど頑丈なのか、おれにはわからん」

「山梨の山中で見つかった車の中の死体は松岡と断定されたんですよね」

「ほとんど白骨化するほど焼かれていたがね。床に落ちていたおかげで燃え残った左手の指紋で松岡だとわかった」

「リンチかぁ」稲田は顔をしかめ、首を振った。「ガソリンぶっかけて、焼くなんてねえ。いくら見せしめといっても……」

「松岡ってのは背中一面に不動明王の彫り物をしてた。それを見て、永富は鍾馗《しょうき》を背負ったらしい」

「不動明王と鍾馗じゃ、系統としては別物じゃないですか。あまり詳しくはないですけど」

「どっちも敵を睨んで目を剝いてるところが似てるんじゃないか」辰見はタバコを消し、

最後の煙を吐いた。「どれほど見事な彫り物だろうと、焼いてしまえば、跡形もない」

「そうですね。それで左手が決め手ってわけか。偽装工作じゃないかと疑ってるんですね」

「その可能性もある。だが、運転席に死体を置いて、手首を放りこんだら床に落ちたというのもあり得る」

辰見はビールをひと口飲んだ。まだ二杯目だが、酔いがほどよく回っているのを感じた。テーブルには刺身の盛り合わせ——いつもながら見事なまでに新鮮だった——とニラの卵とじ、そしてハムサラダが載っていたが、箸を出す気になれず、またしてもタバコに手を伸ばした。

吸いつけ、煙とともに吐きだした。

「実は猫のことも気になる。〈シェルブール〉のウェイトレスによれば、黒いジャージの男が持っていたのはセカンドバッグだけでほかの荷物はない。猫を入れたケージなんか持ってれば、いやでも目につくだろう。歳をとってて、片時も離れないといってたんだがな」

「ペットクリニックか、ホテル……、いや、永富がジャージだとするとどこか遠くへ行くつもりはなかったでしょう。ペットクリニックに預けたんじゃないですか。急に具合が悪くなったとかで」

「ペットクリニックか」

「たぶん近所に行きつけのペットクリニックがあると思うんですよ」そういうと稲田はバッグからスマートフォンを取りだし、画面に指をあてた。「永富の住処《ヤサ》ってどこでしたっけ」

「竜泉だが」

　ほどなく稲田はスマートフォンを辰見に見せた。

「竜泉界隈だと七件ヒットしました」

　辰見は目をすぼめ、ディスプレイを見た。台東区だけでなく、荒川区、墨田区、葛飾《かつしか》区、文京区にまで及んでいる。永富が住んでいるマンションからもっとも近いといえば、大関横丁の交差点に面した一軒だが、辰見は女将にメモ帳とボールペンを借りて、七軒すべての住所と名前、電話番号を書きとった。


　翌日、辰見は午前中からペットクリニックまわりをはじめた。まずは永富のマンションからもっとも近くにある大関横丁の一軒をあたったのだが、初手でヒットした。永富は何度も来ているようで、一昨日の昼、急に具合が悪くなったといって駆けこんできたらしい。

　一時間ほどで戻ると言い残していったが、それ以降、姿を見せないし、登録してある携帯電話の番号にかけてもつながらないという。

猫は永富が預けていった日の夕方に息を引き取っていた。

3

鋼線入りの窓ガラスに打ちつけられた雨が水滴となって流れ落ちていく。いったん、止まり、また落ちて見えなくなった。

グレーの革張りソファに座って、永富はぼんやりと窓を見ていた。

「きっちり閉まってるよな」

かすれた声が漏れた。

次々に流れ落ちる水滴を眺めているうちに眠りこんでしまった。ほんの一瞬のような気もしたし、小一時間かも知れない。だが、手首を返して、腕時計に目をやろうとはしなかった。

「夢……、だよな」

夢の中でも永富は、今ぼんやり視線を向けている窓を見ていた。大きな窓で外はコンクリート造りのベランダになっている。

夢の中で窓は十センチほど開いていた。ソファからひらりと下りたチャミィが窓に向かって歩いていき、開いている窓から出ようとする寸前、永富をふり返った。

どこへ行くんだと声をかけようとしたが、咽《のど》が痺《しび》れてうまくいかなかった。ここは十四階だぞといおうとして夢を見ているのだと気がついた。そしてチャミィがどこへ行こうとしているのかを悟った。

チャミィは目を細め、口を開けた。まるで頰笑《ほほえ》んでいるように……。

馬鹿な、猫が笑うかよ、と胸のうちでつぶやく。

『笑うよ』

千弥子がいった。

『シロミィもクロミィもアカミィもチャミィも全部笑う。猫やないけん。家族やもん』

千弥子の言葉には、時おり、思いだしたように熊本弁が混じった。中学二年生のときに家出をして、それきり戻っていないというのに訛りは骨にまとわりついて離れることがないようだ。

チャミィは千弥子のところへ行った。それだけはわかった。

「すまん」

永富は千弥子に詫《わ》びた。

またしても見送ってやることができなかった。永富はシロミィ、クロミィ、アカミィの死に立ち会っていない。千弥子のときも……。

ベッドに横たわる千弥子は痩《や》せこけ、肌は土気色になっていた。それでも右の頬骨《ほおぼね》の上に浮かぶそばかすは見てとれた。面会時間が終了する午後八時ぎりぎりまで永富はベッドのかたわらに座っていた。千弥子はほとんど喋《しゃべ》ることができなかった。だが、時おり目を開け、永富がいることを確かめると安心したように目をつぶった。その瞬間だけ、自分の役割を果たしているような気持ちになれた。

眠ってはいなかったのだろう。間もなく面会終了と告げるアナウンスが流れると必ず目を開き、にっと頬笑んで見せた。

『明日、また来る。何か持ってくるか』

芸もなく毎夜同じことを訊いた。

『ティッシュ……、無くなりそう』

『わかった』

その日の夜半、病院から電話が来て、永富は駆けつけた。文字通り一気に走った。間に合わなかった。

シロミィは千弥子が一人でペットクリニックへ連れていき、安楽死させた。無理に延命するのは苦しめるだけだとさばさばとした表情でいったが、その日の夜、千弥子はベッドの中で背中を丸め、ずっと嗚咽《おえつ》を漏らしていた。

クロミイをペットクリニックに連れていったのは永富だ。すでに千弥子は入院して死を待つばかりになっていた。獣医はこれ以上治療する術《すべ》はないといい、暗に安楽死を進めたが、永富は決断できなかった。二日後、クロミィはペットクリニックで息絶えた。水も飲めなくなっていたからいつ死んでもおかしくなかった。

翌日、千弥子は天井を見上げたままいった。

『クロミィ、逝っちゃったね』

死んではいないといった。千弥子を落胆させたくなかったからだ。だが、千弥子はおだやかな笑みを浮かべていった。

『私にはわかる。あんたは嘘《うそ》が下手だね』

アカミィの具合が悪くなったのは、千弥子の臨終がいよいよ迫った頃だ。ペットクリニックに預けっぱなしにせざるを得なかった。千弥子が死に、葬儀一切を終えたあと、ペットクリニックから電話でアカミィの死を告げられた。

「意気地なしだな、おれは」

窓ガラスを伝い落ちる雨を頰に感じた。あり得ない。頰を落ちていく水滴は生ぬるかった。クロミィが死んだとき、私にはわかると千弥子はいった。病室の窓から出ていくクロミィを見たのかも知れない。

躰《からだ》を起こした永富はテーブルに置いた携帯電話に目を留めた。背面のランプが点滅し、メールが届いたことを報《しら》せていた。手に取り、メールボックスを開いてみたが、空だ。

メールが届いたのは間違いないが、どういうわけか見ることができない。ボタンをいくつか押してみたが、よくわからなかった。

首を振り、テーブルに携帯を戻すと窓に目をやった。雨粒は相変わらず窓に張りついては、流れ落ちている。

「夢だろ、夢」

目を細めた。

出会った頃の千弥子を思いだそうとしたが、うまくいかない。汗まみれになって飛びこんだ病室で目をつぶり、眠っているようにしか見えなかった顔か、毎朝線香と水をあげている写真しか浮かばない。

まる二日だ――永富は顔を両手でこすり、胸のうちでつぶやいた――無理もないか。

一昨日、リエからの電話で〈シェルブール〉に行った。だが、待ちかまえていたのは陳志芳《チェン・ジーファン》だった。チンピラにからまれたが、向こうが勝手に陳の義手を蹴り、足首を痛めた。出るぞと陳がいい、永富はあわてて立ちあがった。レジのそばにいたフィリピン人のウェイトレスに一万円札を渡し、釣りは要らないといって店を出た。

店の前には黒塗りの大型セダンが停まっていて、後部座席に乗りこもうとしている陳の尻が見えた。奥に座った陳が手招きして、急げといった。陳の隣に座り、ドアハンドルに手をかけた。タイヤが短く鳴り、動きだす。ドアを閉めたのはそのあとだ。

左ハンドル車で運転している男は背中しか見えなかった。助手席に座っていたのは女だ。右肩越しに陳に話しかけた。中国語のようだが、よくわからない。女が永富に目を向けたとき、思わず息を嚥《の》んだ。

リエ……、王梨恵《ワン・リィフイ》。

いや、若すぎる。永富は目を見開いた。警察で見せられた写真に写っていた女に違いなかった。

『娘だ。陳瑞蘭《チェン・ルイラン》』

まっすぐ永富を見つめたまま、小さく頭を下げる。永富は二度うなずき、陳を見た。

脳裏には警察で見せられた写真がくっきり浮かんでいる。スリーピースを着た男と腕をからめて歩いている。そのあとに撃ったとしたら、まるで……。

『何もいうな。今、警察とゴタつくわけにいかねえんだ』

『さっきのチンピラだが、会うのは二度目なんだ。名は知らんし、向こうもおれを知らないだろう。だが、兄貴分はおれの名前を知っていた』

陳はわずかに考えこんだあと、そっちは何とかするといい、シートに背を預けて目をつぶった。永富は助手席に目をやったが、陳の娘は前を向いていた。横顔を見つめながらリエに初めて会ったときのことを思いだした。

こいつ、孕《はら》みやがって――。

そういったのはとなりで目をつぶっている陳、いや、あの頃はまだ日本人だった。毒づきながらも満更でもなさそうな顔をしていたのを思いだす。きりりとした小顔はたしかにリエに似ている。年格好からするとあのときリエの腹にいた子供でもおかしくない。親分を殺すにいたったきっかけでもある。

ドアの錠を外す音で永富の思いは中断された。

7、8、9……。

エレベーターの扉の上に並んだ数字が順に光っていくのを瑞蘭は壁にもたれて見上げていた。左手にコンビニエンスストアのポリ袋を提げ、右手はショルダーバッグに入れたポーチを探っている。ポーチに手を入れ、鍵を取ろうとした。指先に丸く、硬い感触を感じた。ポーチの内ポケットに入れてある拳銃の尻だ。

拳銃は東京に来て、二ヵ月経った頃、青峨の男に渡された。

東京、とくに錦糸町界隈には青峨の人々がたくさん住んでいるという。何人になるのか瑞蘭は知らない。

母の父の弟、瑞蘭にしてみれば、大叔父も日本に渡っていた。近所でも評判の秀才で、戦争が始まる前の年、陸軍の士官学校に入るために、である。うんざりするほど何度も聞かされていた。

戦争が終わったとき、大叔父はまだ二十代前半と若かったが、持ち前の頭の良さと度胸によって台湾から渡ってきた青峨の人々のリーダー的存在となった。協同組合の組合長みたいなものと母はいった。

『甲山会《こうさん》といってね、メンバーは青峨《うちら》ばかりじゃなく、日本にやって来たあの辺り一帯の出身が集まった』

甲山は集落を囲む山々の中の最高峰で、青峨はそのふもとにあった。

大叔父は瑞蘭が日本に来る数年前に亡くなっていたが、甲山会はまだ残っていたし、機能していた。瑞蘭に部屋を世話してくれたのもメンバーの一人である。そうでもなければ、稼ぎのまったくない瑞蘭が多少狭いとはいえ、高層マンションの２ＬＤＫに住めるはずがない。

11、12、13……。

日本に来て、瑞蘭は名実ともに青峨の女となった。二人目までは教え通りにうまくことが運んだ。だが、事情が変わったので三人目は殺さなくてもいいと父にいわれた。

一昨日、母の知り合いの車で父を浅草まで送りとどけ、迎えに行った。トラブルがあったらしく、予定より早く父が古ぼけた喫茶店から出てきた。父が乗りこみ、つづいて乗ってきたのが三人目の標的だ。

十四階で扉が開き、瑞蘭はエレベーターを降りた。事情が変わって、殺さないというのはまだいい。しかし、標的だった男が瑞蘭のマンションに泊まりこみ、食事の世話までさせられるとは予想もしていなかった。

未練がましく拳銃の尻を撫《な》でていたが、ポーチから取りだしたのは鍵束だ。１４０８号室のドアに鍵を差しこみ、錠を外す。ドアを開け、ぎょっとした。三人目の標的――永富が玄関まで出てきていたのだ。

「何？」

「メールみたいだが」永富が携帯電話をかざした。「操作がわからなくて」

「わかった。まず台所にお弁当、置く」

永富がうなずいてリビングに戻った。ダイニングキッチンのテーブルにポリ袋を置くとリビングで立ち尽くしている永富に近づいて手を出した。

「見せて」

「すまん」

永富は瑞蘭に携帯電話を渡した。番号宛《あて》にショートメールが来ているだけだ。この程度の操作もわからないのかと呆《あき》れながらもさっさと開いて、届いた文面に目をやった。ディスプレイにはたった一行あるだけだ。

猫死す。連絡請う。篠宮《しのみや》

携帯電話を開いたまま、永富に渡した。文面を見た永富はソファに置いてあったセカンドバッグをつかむと瑞蘭を突き飛ばしかねない勢いでわきを抜け、玄関に向かった。

「どこ、行く」

瑞蘭は怒鳴ったが、永富は何もいわずにサンダルを突っかけ、部屋を飛びだしていった。瑞蘭は舌打ちし、父に連絡するため、肩から提げたままのバッグからスマートフォンを取りだした。

青峨の言葉で呪詛《じゅそ》を並べながら……。


ショートメールという方法がありますよと辰見にいったのは獣医だ。携帯電話の番号がわかっているので七十文字までなら送信できるという。獣医から打ってもらうことにした。

永富の猫が死んだのは、一昨日だ。昼頃に預けに来て、夕方に死んだ。獣医は何度か電話をかけたが、つながらなかったという。猫は昨日のうちに火葬され、今は骨箱に入って事務室の棚に置かれている。

たまたま昨日は別のお客様の火葬もありまして、と獣医は申し訳なさそうにいった。今はペット専門の葬儀社が軽トラックを改造して、火葬用の炉を荷台に積んでいる。飼い主の自宅を訪問し、葬儀を執り行うサービスが普及しているのだそうだ。ペットクリニックでは裏にある駐車場で火葬を行った。

『煤煙《ばいえん》は一切出ませんのでご安心ください』

辰見は名刺を渡している。警察官相手だけに煤煙うんぬんに触れたのだろう。辰見にすれば、いろんな商売があるもんだと感心しただけだ。

腕時計を見た。ショートメールを送信して、かれこれ二時間になるが、永富からの連絡はない。辰見は待合室のベンチに座って待っていた。

「麻酔が覚めるのをお待ちなんですか」

声をかけられ、辰見は顔を上げた。髪を紫に染めた老婆が辰見を見ていた。

「いや……、まあ、そんなところです」

「坊ちゃん？　嬢ちゃん？」

「ええっと、メスです」

「嬢ちゃんなの」

犬か猫か訊かれたら犬にしようと決めたが、老婆は質問をつづけようとはせず、足元に置いた黄色いプラスチック製のケースに目をやった。

「うちのルルちゃんも歳《とし》でねぇ。すっかり食が細くなっちゃって」

「はあ」

老婆はそういうとハンドバッグからハンカチを取りだし、目元を拭《ぬぐ》った。ハンカチをしまい、代わりに小さな箱を取って、辰見の前に差しだした。

「酢コンブ、食べる？」

「いや、結構」

手を振って断った。

ルルという名前に何となく聞き覚えがあったが、どこで耳にしたのか思いだせなかった。ケースに目をやる。一部が透明になっていて、丸くなっている猫の背中が見えた。なるほど猫背だ。

ペットクリニックの待合室はしっかり換気、消臭がされているのだろう。まるで臭《にお》いはなかった。

診察室のドアが開いて、プラスチックケースを持った中年の女が出てきた。見るからに消沈した様子でケースは空だ。

「あらら、入院しちゃったみたいね」

老婆がつぶやき、同時に酸っぱい匂《にお》いが鼻を突く。つづいて老婆が呼ばれて、診察室に入り、待合室には辰見だけが残った。

きれいに掃除が行き届き、まるで臭いのない待合室にいるせいかタバコを喫いたいとも思わなかった。壁に貼られた案内表示には診察時間は午前九時から午後六時三十分までとなっていた。正午から午後二時までは診察はしていないが、受付は可能とある。

ふたたび腕時計に目をやる。午後一時をとっくに回っている。獣医は午前中に来た患者の診察をつづけていた。

診察終了まであと五時間ちょっとある。とりあえず労休日なので診察時間が終了するまでは粘ろうと考えていた。

十分もしないうちに玄関の扉が開き、永富が飛びこんできた。

辰見はゆっくりと立ちあがった。

たたらを踏んで足を止めた永富は目を見開いた。辰見はうなずき、目で受付を示した。うなずき返した永富が受付に座っている白衣の女性に声をかける。

「永富ですが。チャミィのことで篠宮先生から連絡をもらいました」

「このたびはご愁傷様でございました。少々お待ちください」

辰見は永富に近づいた。

「お悔やみ申しあげる」

「ありがとう」永富はクリニックの奥に目をやったままいった。「今は不思議と悲しいと感じない。むしろほっとしてるんだ。チャミィは患うことなく天寿を全うしたと思ってる」

「昨日、火葬したそうだ」

辰見の言葉にほんの一瞬目を見開いたが、すぐに元の表情に戻った。

「無理もない。先生から何度も電話をもらってたんだが、出られなかった。むしろよけいな手間をかけさせたと思っている」

やがて先ほどの女性が白い布に包まれた箱を持ってきた。永富は無表情のまま、受けとり、料金を訊《たず》ねた。女性が答えた金額を支払い、釣りを受けとった。

「先生は今手術中なんですが、少し待っていただけたらお話しできると申しております」

「いや」永富は胸に抱いた箱に目をやって首を振った。「先生には本当によくしていただいた。こいつだけでなく、前の猫たちも皆」

顔を上げた。

「あらためてご挨拶にうかがいます。先生にはくれぐれもよろしくお伝えください」

ペットクリニックを出たところで永富は辰見をふり返った。辰見が先に口を開いた。

「〈シェルブール〉にいたのは松岡五郎だな？」

「いや……」永富はうなずいた。「そう。松五の兄貴だ」

わずかの間睨みあったあと、永富は口元に笑みを浮かべて訊いた。

「あんた、正義の味方か」

二十七年前、おでんの屋台で同じことを訊かれた。

4

「こうなると案外狭いもんだな」となりに立っている係長の熊谷がつぶやく。「間口が二間、奥行き四間といったところか」

「はい」辰見はうなずいた。「報告書には約八坪とありましたから。それくらいでしょう」

東銀座にあったクリーニング店の跡地を前にして二人は並んでいた。残骸《ざんがい》は撤去され、きれいな更地になっている。目の前には立入禁止と大書された看板が立っていた。

熊谷は左に目をやった。

「ダンプはあっちから入ってきたんだな?」

「そうです」

「道幅はダンプ一台でいっぱいだな」

「一方通行《いっつう》ですから何とか通れるんでしょうね」

「いったんクリーニング屋の前を通りすぎて……」熊谷はまるでダンプを追うように上体をひねり、両腕を更地に向かって伸ばす。「ケツからどーんだろ。結構な勢いをつけなきゃならないな」

「はい」

「うまいもんだ」

感心するところかと思ったが、口にはしない。

「そうですね」

たしかに熊谷のいう通りある程度スピードを上げて突っこませたのだろう。通りは狭く、切り返すのは難しかったかも知れない。だが、どうせ両どなりの店舗も空いていて、取り壊されるのを待つばかりなのだ。おまけにダンプは盗品で、傷つこうが潰《つぶ》れようが犯人には痛くも痒《かゆ》くもない。

熊谷は腕時計に目をやった。

「おや、もう九時か。戻るには中途半端な時間だな」

クリーニング店の跡地からだと築地署に帰るより銀座のクラブ街の方がはるかに近い。次に熊谷が何といってくるか、想像はついた。

「飯でも食っていくか」

晩飯だけでは済まないだろう。刑事課四係長ならクラブをいくつかパトロールし、地元暴力団について情報を集めなくてはならない。

「いえ、自分は署に戻ります。書類仕事が残っておりまして。申し訳ありません」

「そうか。ご苦労だな」

明らかにほっとした様子を見せる熊谷に苦笑が浮かびそうになったが、奥歯を嚙みしめ、神妙な顔つきを崩さなかった。

「それでは自分はここで」

一礼すると熊谷が顎《あご》を引くようにうなずいた。

「ご苦労さん」

辰見と熊谷は右と左に別れた。

両手をズボンのポケットに突っこんで歩きながら辰見はふと思った。

ふり返ったら係長がスキップしているかも知れないな。

書類仕事があるといったのは嘘ではない。だが、今夜どうしても片づけなくてはならないわけでもなかった。ぶらぶら歩きながら三原橋《みはらばし》の交差点を渡り、首都高速の高架をくぐり抜けたあと、左に折れた。あとはまっすぐ行けば、築地署にたどり着くが、辰見は世界一の広告代理店本社の手前で右に折れた。二つ目の交差点を左、狭い通りに入る。しばらく行くと、馴染みのおでん屋台が見えてきた。

客は一人しかいない。だが、それが永富だとわかったとたん、歩く速度が落ちた。永富は今日も生成りの麻のジャケットを羽織っている。店主を相手にさかんに喋り、店主が大きく口を開けて笑っているのが見えた。

邪魔するのも無粋かと思った。

だが、小さなクリーニング店が建っていた土地を見てきた帰りなのだ。酒を酌み交わす相手としては永富がもっとも似合いなのかも知れない。

そう思いなおして屋台に近づき、声をかけた。

「邪魔するよ」

「はい、いらっしゃい」

店主が威勢よく答え、永富が顔を向けてくる。口の両端を持ちあげ、にっと笑った。

「こんばんは」

「どうも」

辰見は永富のとなりの丸椅子に腰を下ろした。背広のポケットからタバコを取りだし、一本くわえる。鼻先にライターが出てきた。すでに点火してある。辰見はタバコに火を移した。

「どうも」

「いえ」

永富も唇の端に細巻きの葉巻をくわえ、ライターを消さずに吸いつける。二、三度煙を吐いたところでライターの蓋《ふた》を閉じる。鋭く、小気味いい金属音がした。

「何にします？」

店主に訊かれ、辰見は目を上げた。

「まず酒だ。冷やで」

「はい。おでんは？」

「大根とちくわぶ」

「かしこまりぃ」

すぐにコップが前に置かれ、店主が片手で一升瓶の首をつかんで注ぐ。カウンターのように張りだした板に肘をつき、辰見はコップをながめてタバコを喫った。煙とともに声を圧しだす。

「案外狭いもんだな」

そういっただけで永富は察した。

「ちんけなクリーニング屋ですからね。店の残骸を運びだして、整地するのに一日とかかりませんでしたよ。馬鹿な奴だ」

「え？」

辰見は永富を見た。永富は指に挟んだ葉巻を眺めていた。

「あの店主夫婦ですよ。強突《ごうつ》く張りやがって。すんなりこっちのいう通りにしてりゃ坪あたり一千万が入《へえ》ったてのに」

坪あたり一千万円の立ち退き料なら八坪で八千万円になったということだ。

「それじゃ店主は立ち退き料を受け取れなかったのか」

警察は民事不介入である。

永富はうなずいた。相変わらず目は葉巻に向けられているが、すでに火は消えていた。躰の奥底に宿る痛みを堪《こら》えているような顔つきだ。

「店がなくなっちまいましたからね。もともと借りてた店だし、あの夫婦には新たに建て替えるだけの金もない」

「どうなったんだ？」

「借家権は消滅しましたが、あと一年借地権は残るんです。あと一年、店なし、収入なしで頑張れますが、一年後には一円ももらえず放りだされる。でも、地主がいい人でしてね。事故見舞いとして五百万渡しましたよ。すぐに引っ越すって条件付きで」

八千万円が五百万円……、だが、一年後にはゼロになる。選択の余地はなかっただろう。

「へい、お待ち」

店主が目の前におでんの皿を置いた。湯気が立ちのぼっている。箸立てから割り箸を抜いたが、割らずに皿の縁に載せた。

「いやなもんだ」

吐きすてた永富に目をやった。葉巻を灰皿に置き、両手で顔をこすっている。

「でも、商売だろ」

「私らは近所の不動産屋に頼まれて、二、三度顔を出しただけです。少しばかりの謝礼はもらいますがね。こっちだって食っていかなきゃならない」

手を下ろした永富が辰見に目を向けた。脂の浮いた顔は赤く、白目も赤く濁っている。

「警察ってのは正義の味方ですかね」

「いきなりだな」

はぐらかそうとしたが、永富は視線を据えたまま、重ねていった。

「どうですか」

辰見はコップを取りあげ、半分ほどを飲んだ。蒸し暑い夜で咽も渇いていた。ひんやりした日本酒が心地よい。だが、胃袋に落ちたとたん、かっと熱を持った。

「新米だった頃は正義の味方だと思ったが、今はどうかな」

どれほど理不尽だと感じてもそれだけでは動けない。罪刑法定主義。目にしている行為を取り締まる法律がなければ、手を出しようがない。また、管轄もある。たとえ管轄外であったとしても目の前で人が刺されたりすれば緊急逮捕するが、警察官だからといって犯行現場にぶち当たることなどまずない。

それと立証しなければ検挙には結びつかない。十トンダンプを盗みだし、クリーニング店に突っこませた犯人を特定し、証拠をそろえなくてはならないということだ。クリーニング店との交渉に永富が関与していたことまではわかっている。充分に怪しいが、それだけで逮捕まではたどり着けない。別件逮捕をやるほどの事案でもなく、そもそもクリーニング店の店主が何ら届けを出さずに引っ越している。

永富は葉巻に火を点け直し、煙を吐いた。きつい香りが漂ってくる。

「もう三年ちょっと前になりますか」

そう切りだして、あるテキ屋の名を挙げた。

神戸を拠点とする日本最大の暴力団を作りあげ、まとめてきたカリスマといわれる親分が病死し、跡目をめぐって争いが起こった。それが原因で組織は真っ二つに分かれたのだが、三年前の一月、跡目を継いだ親分が対抗勢力に暗殺されるという事件が勃発《ぼっぱつ》、一大抗争へと発展した。

獲《と》られたら獲りかえせとばかり報復が相次ぎ、事件は関西から全国各地へ飛び火した。マスコミが〝血のバランスシート〟などと騒ぎたてたものだ。

一応、親分暗殺からまる二年で抗争は終結したといわれたが、今もなおくすぶりつづけており、いつ何時発火するかわからない状態にある。永富のいう襲撃事件は、抗争の真っ最中に起こってはいた。

「たしかにあの人の親父さん……、本当に血のつながった親父ってことですがね、その人が一方の組織で役職に就いてました」

役職というのは、新しい親分の暗殺を実行した対抗勢力の理事だという。

「でも、あの人はどっちにも肩入れしてなかった。跳ねっ返りのとばっちりです。でも、まあ親父が偉いさんだから勘違いされるのも仕方ないかも知れない。だけどダンナ方はひでえ」

永富はつづけた。

「たまたまその人がテキ屋だったというだけで、全国の高市《タカマチ》からテキ屋を排除したんです。理由は何とでもつけられるでしょう。人が集まる縁日で発砲事件なんか起こされた日にゃ目もあてられないとか何とか。でも、そのおかげでこっちは締めだされ、おまんまの食い上げでさ」

暴力団取り締まりの重要項目に資金源を絶つということがある。元々賭博《とばく》は違法だから賭場を開張していれば、主催者の暴力団も参加していた客も一網打尽にできる。だが、縁日の出店は一定のルールに従うかぎり決して違法とはいえない。それでもテキ屋系暴力団の資金源であるには違いなく、抗争事件をきっかけに取り締まりに乗りだせば、暴力団取り締まりの目的を達成できる。

目的をノルマと置き換えてもいい。一定の成果を挙げることが警察上層部にいる者にとっては昇進の条件でもある。

関西で起こった一大抗争事件を契機として警察は全国一斉に暴力団取り締まりに動いた。まずは大きな組織の組長をはじめ幹部の逮捕を行った。逮捕理由はさまざまだが、狙いは幹部の掃討にある。さらに小さな抗争でも起これば、殺人、傷害で当事者を検挙し、組事務所の家宅捜索で武器を押収、活動拠点である事務所は閉鎖に追いこむ。そして資金源を絶っていくのだ。

資金源が瘦《や》せてもすぐには効果が出なかったが、確実に暴力団を弱体化させた。いわば兵糧攻めである。人、物、事務所にくわえて金の流れを絶つことで警察は暴力団絶滅の一歩手前まで行った。

だが、皮肉なことに一大抗争事件がいったん終息の気配を見せた頃から空前の好景気となった。暴力団は不動産取引に関わることで潤沢な資金、それも好景気前とは比較にならない額を手にするようになった。銀行や大手不動産業者が都市再開発を標榜《ひょうぼう》して土地転がしを行い、手を汚したくない彼らに代わって暴力団は住民の追い出し、商店街潰しを請け負った。中には自ら不動産会社を設立して、直接土地の売買に乗りだす組織もあった。

金がまわれば、人も集まる。全国規模で警察は取り締まりを強化したが、暴力団に流入する金を止めることは難しかった。またしても民事不介入の壁が立ちふさがるのだ。

辰見はタバコに火を点けた。

「目腐れ金っても少なくない額だろう」

「まあね。私らはまだいい。東京にいる連中はね。でも、田舎はどうです？　景気なんてちっともよくないですよ。昔通りに高市をまわって、細々稼いでるだけです。それにね、私は自分の稼業が好きだし、鼻くそほどだが矜持《きょうじ》もある。十八のときに足を踏みいれて、かれこれ四半世紀ですよ。額《たか》の多寡じゃないんです。目腐れ金は目腐れ金ですよ。私がいうのもおかしな話ですが、やっぱりひたいに汗して稼がなきゃねぇ。歩いてるのは裏道でも毎日お天道《てんと》さんを拝んで、胸張ってたいんですよ」

世の中、きれいごとだけでは生きてはいけない。

矜持という言葉が辰見の胸のうちでくり返し響いた。

お巡りさんは正義の味方か……。

「ときにダンナはデスコって行ったことがありますか。ミニスカートの女が台の上で腰を振りまくってるような」

「ないね」

「ピンドンコンって、飲んだことあります？」

「何だ、それ？」

「ピンクのドンペリ……、ドンペリニヨンってシャンパンがあるんですがね、それのピンク色のが一番高い。そいつにコニャックを混ぜるってカクテルです。その店で一番高い酒を混ぜて、ストローで飲む」

「聞いてるだけで悪酔いしそうだ」

「ええ、悪酔いします。それにとんでもなく不味《まず》い。明治か大正かはわかりませんが、成金が料亭を出るとき、玄関で草履を探すのに一円札に火を点けて照らしたって話があります。馬鹿だなぁと思いましたが、高い酒を混ぜてわざわざ不味くして飲むってのも変わりゃしませんよ」

またしても永富の葉巻は火が消えていた。三分の一も喫っていない。だが、もう一度火をつけようとせず灰皿で押しつぶした。

永富は辰見に顔を向けていった。

「タバコを一本、めぐんじゃもらえませんか」

使い捨てライターを載せたタバコを押しやった。

頭の天辺《てっぺん》にぽつんと水滴があたるのを感じた。スキンヘッド並みに髪を短くしていると人より雨に敏感になるが、何の取り柄にもならない。

しばらくの間、骨箱を抱いた永富を見返していた辰見は言葉を圧しだすように答えた。

「前にも同じことを訊かれたような気がするが、おれの答えは変わらんよ」

永富の口元に笑みが浮かびかかる。だが、答える前に眉をぴくりと動かし、目だけ動かして空を見上げた。禿《は》げあがっている永富は辰見より雨に敏感かも知れない。わずかの間、空を恨めしそうに睨んだあと、視線を下げた。

「たしかに変わってないようだ。あんた、あのときも迷ってるだけで答えなかった」永富は骨箱を持ちあげて見せた。「濡らしたくない」

「わかった」

辰見はうなずき、二人は歩きだした。昭和通りを竜泉に向かい、やがて左に折れた。大関横丁から永富のマンションまでは歩いて十分ほどでしかない。

昭和通りを外れたところで永富がいった。

「〈シェルブール〉で会ってたのが松五の兄貴だとしよう。だが、どうやって証明する？松五の兄貴は二十七年前に死んでる。おれが殺した。そのおかげで十年食らった」

永富が辰見の横顔に目を向ける。辰見は前を向いたまま、見返さなかった。

「同じ罪で二度はぶちこめないんだろ。何ていったっけ？」

「一事不再理。だが、松岡が生きてるとなると話は違ってくる。まずはあのとき殺されたのは、誰かってことだな」

「今さらほじくり返せるのか」

せせら笑うような響きはなかった。単純に訊いているだけだ。

「墓を掘り返すか。今の科学なら一つの骨箱から二種類のＤＮＡがあることを証明できるかも知れない」

「二種類？」

「左手首は松岡のものだった。指紋が一致している」

「それじゃ、もう一つは誰だ？」

「そうだな……」辰見は前方に視線を据えたまま答えた。「松岡にでも訊いてみるさ」

「馬鹿いうな。どうやって訊くってんだ」

問いには答えず、顎で前方を指した。

永富が住んでいるマンションの前にセダンと大型のワゴン車が停められていた。たった今、セダンの後部ドアが開いて白いスーツを着た男が出てきたところだ。サングラスをかけていて人相はわからない。もっとも辰見は今まで一度も松岡に会ったことはなかった。

二人は歩調を変えずに男の近くまで行った。足を止め、辰見は訊いた。

「松岡五郎だな」

「チェン・ジーファン」

香港製のヤクザ映画を観《み》ているような気分になった。男は永富に目を向けた。

「動くなといっておいたはずだ。さっさと車に乗れ」

まるで合図でもあったようにワゴン車のスライディングドアが開かれる。運転席と助手席に、それと最後列にドアを開けた男が乗っていた。セダンにも二人乗っているようだが、窓ガラスにスモークが入っていて、シルエットがぼんやり見えるだけだ。

永富は骨箱を持ちあげて見せた。

「こいつを部屋に置いてきてからでいいかな。濡らしたくない」

「車に乗れば濡れないよ。それにいっしょにいた方がお前も猫も寂しくないだろう」男は辰見に目を向けた。「あんたにも付き合ってもらうぜ」

「この人は関係ない」

永富が声を張ったが、男は眉一つ動かさず辰見を見ていた。なおも永富が言いつのる。

「厄介になるぞ。この人は……」

「わかってる。警視庁のダンナだろ」

男はきれいに並んだ前歯を剝きだしにした。禍々《まがまが》しい笑みだった。ヤクネタ松五――歳はとっても厄介さはちっとも損なわれていないように見えた。

第六章　夢果つるところ

1

ワゴン車は左ハンドルでグレーの革張りシートが三列あった。辰見と永富は二列目に座った。

外からではわからなかったが、窓はすべて内側にプラスチックの遮光板が取りつけられ、しかも閉じられている。永富が座ると後列の男が手を伸ばしてスライディングドアを閉じ、助手席に座った男が運転席との間にカーテンを引くと同時に車は動きだした。

後ろの男が命じた。

「携帯と腕時計をよこせ」

拉致するのであれば、当然だろう。辰見は素直に従い、携帯電話をワイシャツの胸ポケットから抜き、腕時計を外すとふり返った。男が手を出している。黒のスーツを着ているが、ヤクザ者特有の崩れた雰囲気はなく、ごく当たり前のサラリーマンにしか見えなかった。

これが世良のいっていた中国の工作員なのかと思ったが、今まで出くわしたことはないので何とも判断ができなかった。

男が突きだした手を小さく振る。手のひらに携帯電話と腕時計を置き、前に向きなおった。永富は骨箱を膝《ひざ》に抱いたまま、のろのろと腕時計を外し、セカンドバッグに放りこんで男に渡した。

次いで男は後ろから手を伸ばしてきて、辰見の服の上から触れてきた。ズボンのポケットに入れてある鍵束に気づき、出せといわれた。鍵束を取りだして、男に渡す。アパートの鍵のほか、分駐所のロッカー、手錠の鍵がついている。同じように永富の躰を探ったが、ポケットには何も入れていないようだ。

右折、左折をくり返して車は走りつづけた。永富が住んでいるマンション周辺を脳裏に思い描き、どこを走っているのか考えようとしたが、すぐに諦めた。目隠しを施した車に乗せ、腕時計を取りあげた上、小刻みに方向を変えている。防音も行き届いていて、車内にこもる低いエンジン音のほかには何も聞こえなかった。

辰見は永富に目を向け、腕を組んだ。車は左右にスライディングドアがあった。右腕の下にした左手でドアハンドルを探る。握ってみたが、ロックされていてびくともしない。

永富は自分がどこにいるのか、車がどこへ向かっているか、まるで気にならない様子で骨箱を撫《な》でている。

「それほど具合が悪いようには見えなかったが」

辰見はそっと声をかける。永富が目を動かし、辰見を見たので骨箱を指した。後ろの男は何もいわなかった。

「老衰だ……、たぶん」

「いくつになるんだ」

「知らん」永富は骨箱に目を向けたまま、うっすらと笑みを浮かべた。「女房がどこぞで拾ってきたんだ。うちにいた猫はみんなそうだよ。すぐペットクリニックに連れていって、不妊手術をしたんだが、そのときに五、六歳じゃないかといわれたようだ」

永富はまるで生きた猫に話しかけるように言葉を継いだ。

「お前が来てから十一年になるんだな。早《はえ》えもんだ」

顔を上げた永富が辰見を見た。

「ガキの頃から犬、猫のたぐいはダメでね。今でも変わりゃしねえ」

「なら、どうして？」

「もう二十年も前か。刑務所から出てきて、また千弥子……、女房と暮らすことになった。ほかに行くところもなかったし。あいつとは何だかんだと長かったんだ。初めて会った頃、あいつはまだ三十手前でね。籍なんか入れなかったが、あいつは気にしなかった。だけど、ガキは欲しかったみたいだ。おれには何もいわなかったけどな。おれは要らなかった。こんな男の子供に生まれついたんじゃ、不幸は目に見えてる」

永富は首をかしげた。

「どんな巡り合わせかね。あいつが孕《はら》んだんだ。それまでずっと子供なんてできなかったのに。そういえば、あいつは神様ってのは意地が悪いっていってたな」

「そのとき、奥さんは？」

「四十を超えてたよ。だからおれは無理だといったんだ。そうしたらおっかない顔しておれを睨《にら》みつけてさ、あんたに捨てられてもこの子だけは絶対に産むっていいやがった」

そのときを思いだしているのか、永富はしばらく黙りこんだ。その間もずっと骨箱を撫でつづけていた。

「でも、結局ダメだった。三ヵ月目だったかな、体調を崩して病院に行った。医者にいわれたんだよ。赤ん坊の心音が弱くて採れねえって。こっとん……、こっとん……、って間延びしてたそうだ。赤ん坊といってもまだそら豆くらいの大きさだぜ。だけど、心臓は動いてるんだな。ちっちゃい奴《やつ》が必死で千弥子にしがみついてたんだ。そう思ったらおれもやり切れなくなった。二人していくつも病院を回ったが」

永富は首を振った。

「流れちまった。おれも女房も覚悟はできてた。涙も出なかった。それからひと月くらいして、千弥子が猫を拾ってきたんだ。毛の色が白かったからシロミィって名前をつけた。馬鹿みたいに単純だろ。千弥子がいったんだ。あの子が帰ってきたんだって。不思議といえば、不思議だが、おれも同じことを思った。流れちまった子が猫になって戻ってきたって。まさか四匹にもなるとは思わなかったけどな」

また、永富が黙りこんだ。辰見は何もいわず永富を見つめていた。

「いくらおれがヤクザだからってガキは殺せねえよ。犬、猫は嫌《きれ》えだが、こいつは別だ。毎日同《おんな》じ布団にくるまって寝てたんだ。こいつだけじゃない。シロミィ、クロミィ、アカミィ……、あいつらも同じだ。猫じゃなくて家族だったよ。おれと女房の間にできたガキどもだった」

永富は思いの中へ沈んでいった。辰見は前を向き、腕を組んだ。

松岡は辰見が刑事であることを知っていた。暴力団担当だったのは、築地警察署にいた五年だけだが、機動捜査隊浅草分駐所に来てからも地元のヤクザとは関わりがあったし、住処のある東向島の商店街は暴力団の組事務所がいくつかあり、陰ではヤクザ通りと呼ばれている。辰見の顔を知っているヤクザは何人もいるだろう。病院に岩橋を訪ね、話を聞いてもいる。

松岡が辰見の正体を知っていたとしても不思議ではない。

そのとき、世良の顔が浮かんだ。公安の動きはまったくわからない。最初に殺された高梨は松岡が開拓した外国人の密入国を手助けするビジネスを引き継いだといっていた。情報が漏れるのは、下部組織からとはかぎらない。高度に政治性をはらんだ問題であれば、警察とヤクザがそれぞれの上層部で結びついている可能性もある。そして公安が扱う事案は高度な政治性をはらんでいるのが普通だ。

妄想だ——辰見は胸のうちでつぶやいた——馬鹿馬鹿しい。

根岸二丁目のラブホテル街に臨場し、高梨の遺体を検分したあと、第一発見者である向かいのホテルのマネージャーに事情を聞いた。その後、分駐所に引きあげ、高梨が小口径の拳銃で口中を撃たれていたことを知った。

その日の午後、永富に電話をした。携帯電話に永富豊成の名前で登録されていたのだが、いつ登録したのか記憶がなかった。

辰見は永富に顔を向けた。

「ちょっといいか」

「何だ?」

返事をしたものの永富は撫でつづけている骨箱から目を上げようとはしなかった。

「おれの携帯に電話をくれたことがあったっけ?　電話帳に登録した憶えがないんだ」

「薄情だな」永富は口元にうっすら笑みを浮かべた。「八年前、おれの方から電話した。おでんの屋台を引いてた親父を憶えてるか」

「八年前に死んだんだ。知ったのは親父が死んで三月《みつき》もしてからだ。薄情という点ではおれもどっこいだがな」

「何で死んだ?」

「わからんよ。でも、おれたちが飲んでた頃でも結構な歳だった。あれから二十年近く経《た》ってたから八十は超えてたろう」

永富が辰見を見る。

「あんたの携帯の番号は馴染《なじ》みの暴力団担当《マルボウ》に訊《き》いたら即調べて教えてくれたよ。個人情報保護の法律とか何とかあったんじゃねえのか」

「ああ」辰見はうなずいた。「だが、お巡りの携帯番号は対象じゃないんだろう。善良な市民からの情報提供は貴重な手がかりになる」

後ろで男が咳払《せきばら》いをしたので会話はそれきりになった。

どれほど走ったのか、見当もつかなかった。一時間とも二時間とも思えた。感覚はまるであてにならない。エンジン音が周囲に反響したのでトンネルかと思ったらほどなく停《と》まった。

エンジンが止まり、永富の側のスライディングドアが開けられた。背が高く、がっちりとした体格の男がドアのわきに立っていた。後ろにいた男と同様黒いスーツを着ている。その男が運転していたのかはわからない。

「降りろ」

男は短くいい、永富、辰見の順で降りた。最後に最後列にいた男が降りてワゴン車のドアを閉めた。

コンクリート造りの車庫のようでワゴン車一台しか入れない。電動シャッターが音をたてて下がっていった。

「こっちだ」

体格のいい男が顎《あご》をしゃくる。骨箱を抱えた永富につづいて辰見も歩いた。男が鉄扉を開ける。外の景色が見られれば、どこにいるのかわかるかも知れない。だが、鉄扉の向こうも似たようなものだった。コンクリートの壁に囲まれ、窓はなく、たった今入ってきた出入口のほか、反対側に同じ造りの鉄扉があるだけだ。

最後列にいた男が入ってきた鉄扉にしっかり南京錠《なんきんじょう》をかけた。

「ここで待て」

体格のいい男がふたたび顎をしゃくる。指した先にはぼろぼろのソファが一つあった。辰見と永富がいわれた通りに座ると二人の男たちはもう一つの鉄扉を開けて出ていった。

金属の軋《きし》むような音がした。おそらくかんぬきを差したのだろう。

辰見は天井を見上げた。照明器具は天井に直接取りつけられ、細長い蛍光管が二本、白けた光を放っていた。

「どこだろうな」

辰見がつぶやく。

「さあね」

永富は相変わらず骨箱を撫でている。弛緩しきった表情だが、涙を流してはいなかった。

「二十七年前、あんたは松岡を殺さなかった。何があったんだ？」

「今さら聞いて、どうするよ」

「たしかに今さらだな。だが、気にはなる。どうせ……」

「死ぬなら、か」永富が先回りしていい、にやりとする。「あの日、兄貴から電話がかかってきて……」

「今、鰍沢《かじかざわ》の近くにいる」

親分を殺されて以来、約二ヵ月ぶりに聞く松岡の声だったが、思ったより張りがあった。受話器を耳にあてたまま、永富は唇を嘗《な》めた。

「もしもし、聞いてるのか、豊成《ほうせい》」

「ええ、聞こえてますよ」

腕時計に目をやった。ベッドわきのスタンドに照らされた指針は午前二時二十分を指していた。電話のベルが鳴りひびいた瞬間、松岡の顔が浮かんでいた。同じベッドに寝ている千弥子も目覚めているに違いない。身じろぎもせず、息を殺している。

「皆、おれを探してるんだろうな」

「ええ」

「親分を弾いちまったんだ。当たり前か」

つづいて低い笑い声が受話器から漏れ、耳朶《じだ》を打った。永富はこめかみがふくれあがるのを感じた。

「兄貴……」

「わかってる。わかってるよ」松岡がさえぎるようにいう。「簀巻《すま》きにされても仕方ねえ」

簀巻きには凄惨《せいさん》なリンチの果てに殺すという意味がある。殴り、蹴られ、体中の骨を折られた上、鼻、耳、男性器を順に削《そ》がれる。次に手足の指、腕、足と斬《き》り落とされるのだが、たっぷりと時間をかけるのが常だ。泣き、わめき、絶叫させ、声がやめば、ふたたび刃物をあてることがくり返される。失神すれば、意識を取りもどさせてからつづける。

ついには殺してくれと嘆願する。聞き入れるはずはない。男であることのプライドを捨て、人の尊厳を捨てて一匹のイモムシになってもとどめは刺さない。まるで反応を示さず、意識が戻らなくなってからも血が噴き出る間は切り刻みつづける。ときに二日、三日がかりになることさえあった。

永富は声を圧《お》しだした。

「今まで何を？」

「福井の兄弟に世話になった。台湾の基隆《キールン》という港の近くにいて、昨日、戻ってきたところだ」

消え入りそうな声で付けくわえた。

「ずっとリエがいっしょだ」

半年ほど前に紹介された女を思いだした。台湾から来たといっていた。福井の兄弟——関西に本拠を置く組の二次団体《え だ》で若頭補佐をしている——といっていたが、手引きしたのはリエかも知れない。来日して間もないというのに、強い訛《なま》りはあるもののたくみに日本語を操る不思議な女だ。小柄で、顔も小作りだが、アイラインだけがくっきりしていた。藍《あい》の刺青《いれずみ》だと教えられた。

錦糸町で同じ台湾やフィリピンやタイから来た女たちを使ってスナックを経営しているという。

女房《バシタ》と松岡はいった。

「お前に頼みがある」

松岡の声が切迫した。だが、永富は首を振った。

「今さら……」

「殺してくれ」

松岡は永富の言葉にかぶせていった。

「もう逃げまわるのには飽き飽きした。せめてお前に殺されたい。一人じゃ、死体を始末するにも往生するだろ。誰か連れてきてもいい」

香月の顔が浮かんだ。舎弟の中ではもっとも永富に心酔している。やれというまでもなく、永富の胸のうちを察して動く男だ。

翌日の真夜中、松岡が身を潜めている近辺で落ちあうことを打ち合わせ、電話を切った。夜が明け、午後になってから永富は香月をともなって東京から山梨に向かった。途中のドライブインで夕食をとったが、ビールすら口にしなかった。

約束の場所には黒塗りのセダンが停まっていて、香月が運転する車ですぐ後ろにつけると松岡が降りたった。

ドアを閉めた松岡は白鞘《しろさや》の日本刀を無造作にぶら下げていた。運転席の香月が息を嚥《の》む。

「行くぞ」

「え、エンジンは切りますか」

松岡の車はエンジンを回しっぱなしでライトまで点《つ》けたままにしている。香月はライトこそ消したもののエンジンは切らなかった。

二人は車を降り、ゆっくりと松岡に近づいた。松岡は二ヵ月前より血色がよく、少し太ったようにさえ見えた。唇がねじくれ、金歯がのぞく。

「よう、兄弟。お前ならおれの望みを聞いてくれると思ってたぜ」

永富は松岡が手にしている日本刀に目をやった。

「往生際が悪いな」

だが、松岡は取りあわずふたたび運転席のドアを開けた。車内灯が点き、助手席に誰か座っているのがわかった。おそらくリエだろう。座席のわきに手を伸ばした。トランクが開いた。松岡はドアを閉めた。

トランクを顎で指す。

「松五のなれの果てはその中だ」

松岡はトランクのわきまで行き、永富と香月にそばへ来るようにいった。トランクの中には鈍い銀色の光沢を放つスーツを着た男が背中を丸め、両足を抱きかかえるようにして寝かされていた。顔はゴミ袋に包まれているが、半透明なので血が充満しているのがわかった。

となりで香月が咽《のど》を鳴らした。

松岡がぼそりといった。

「おれは陳 志 芳《チェン・ジーファン》だ」


つい先ほど二人の男が出ていった鉄扉が耳障りな軋みを発し、永富は話すのをやめた。低く、ぼそぼそと喋《しゃべ》りつづけていただけなのに咽がひりひりしている。鉄扉が向こう側に引かれ、松岡が一人で入ってきた。扉は閉じられ、ふたたび軋みが聞こえた。

松岡は白いマオカラーのジャケットを羽織っていたが、前を閉じてはいなかった。ベルトには斜めに黒鞘の匕首《あいくち》がたばさんである。まず永富を見て、次いで辰見に目を向けた。サングラスをしたままだが、レンズ越しに目の動きはわかった。

顔を見ただけで何もいわず部屋の隅に行くと右手で椅子《いす》の背をつかみ、ソファの前まで運んできた。革の手袋を着けた左手はぶら下がっているだけだ。ソファに向かいあわせる格好で椅子を置き、腰を下ろすと足を組んだ。右手を短刀に持っていき、位置を直した。

松岡は辰見に目を向けた。

「社内で警告されたはずだ。首を突っこむな、と」

「別会社みたいなもんだ。それに話を聞かれただけだ」

社内、別会社という意味がわからず永富は松岡と辰見を交互に見た。松岡がリラックスした様子なのに比べ、さすがに辰見の表情には緊張が表れていた。松岡が小さな舌打ちをくり返しながら首を振った。

「わが国の国益に関わる問題だといわれなかったか」

「わが国？　あんた、中国人になったんじゃないのか」

辰見がいうと松岡はちらりと永富に目を向け、ふたたび辰見に戻した。

「台湾人だ。正式なパスポートも持ってる」

「チェン・ジーファンだったな」辰見は松岡から一瞬たりとも視線を逸《そ》らさなかった。

「自分の親を殺して、命惜しさにすり替わった」

「まあ、いろいろあってね」

組んでいた足を下ろした松岡は左手を目の前にかざした。右手で黒い革の手袋を外した。肌の色を模した義手が現れる。しばらくの間、しげしげと眺めたあと、手のひらを辰見に向けた。

人差し指から小指までを立て、親指は手のひらに寄りそい、第一関節が内側に曲がっている。立てた四本の指もわずかに曲げられていた。

「こうしてあんたに向けると施無畏《せむい》の印になる。仏像の手の形だ。意味、わかるか」

「さてね」

「私が来たからにはもう安心しなさい、お前の不安、恐怖はすべて私が取りのけてやるという意味だ。どうだ？　心が落ちついたか」

「ありがたみはわかないな」

辰見の返事にも松岡は表情を変えなかった。

「そうだろうな。木製でも青銅でもない。チタン合金の上に樹脂をかぶせてある。最新式なら紙コップもつかめるらしいが、こいつは動かない。取り柄は頑丈で軽いことだ」

「下手に蹴りあげれば、足首を折るのがオチか」

「正当防衛だ。だろ？　相手が蹴ってきた。びびったおれは思わず手を出した」

「なるほど」

辰見はうなずいた。松岡は左手を下ろし、上体を前傾させた。

「親殺しか。だがな、あの外道《げどう》は殺されて当然のことをしたんだ。それは憶えておいてもらいたい」

「兄貴」

思わず永富は声を発した。

松岡は右手で永富を制し、静かに話しはじめた。

2

「あの腐れ外道が……」

松岡はトランクに横たわる死体を見つめてつぶやいた。腐れ外道が死体ではなく、自分たちの親分を指すのは永富にもわかっていた。

実子分だった松岡をさしおいて、わが子を実子分としただけでなく、松岡をはじめ、子分たちには一切の断りもないまま回状を出した。永富にも親分がわが子可愛《かわい》さに血迷ったとしか思えなかった。

国民がいつの間にか市民と呼ばれるようになり、生活水準が上がってくるにつれ高市を回って露店を開く商売は先細りになっていった。せいぜい金魚すくいか、駄菓子におもちゃを売る程度でしかない。そうした中、競馬、競輪、競艇といった公営ギャンブル場での露店は確実に稼げる場所で、とくに地方で大きなレースがあるときは稼ぎ時となり、永富たちもこぞって出かけていったものだ。

公営とはいえ、博打《ばくち》の場である以上、博徒系の組も出入りしている。それでも人が押しよせ、馬券、車券などの売り上げもよかった頃は、飲食店や土産物売店を仕切るテキ屋、予想屋やコーチ屋をしのぎとする博徒ともに棲《す》み分けがきちんとできていた。だが、客足が遠のくと、互いの領分の狭間《はざま》にあるささやかな商売をめぐって小競り合いが起こるようになった。背に腹は代えられない道理である。

昭和五十二年の秋、ある地方競馬場でのことだ。地元の食品卸会社が巨大な飲食スペースを新設した。くだんの食品卸会社は、地元の博徒系の組に売掛金の回収を依頼したことから関係が始まり、どんどん深間にはまって、しまいには組の幹部が役員に名を連ねるまでになっていた。競馬場に飲食スペースを設ける計画は、組が刺さりこむ前から進んでいたというが本当のところはわからない。一方、競馬場の飲食店を一手に引きうけていたのは地元でも有数のテキ屋である。

競馬場から追いだされる格好になったテキ屋が黙っていない。ささいな喧嘩《けんか》が発端で町中いたるところで衝突するようになり、警察も動きだした。

揉《も》め事が頂点に達し、二進《にっち》も三進《さっち》もいかなくなったとき、松岡は拳銃二挺《ちょう》を持って、相手の組長宅に単身殴り込みをかけた。

部屋住みの若い者二人に重傷を負わせ、寝ていた組長を叩《たた》き起こして拳銃を口に突っこんで引き金をひいた。たまたま不発だったために組長は命拾いをしたが、無様《ぶざま》に命乞《ご》いしたことが知れわたった。松岡はその場で指を詰め、駆けつけた永富に託したことがその後の手打ちへとつながっていく。

松岡は住居不法侵入、傷害、拳銃の所持で七年の懲役刑を受け、服役した。命がけで庭場を守ったのだが、あまりに一直線の行動はさらに大きなヤクネタの烙印《らくいん》ともなり、よりによって自分の親分《オヤ》が松岡を遠ざけるようになった。理不尽な仕打ちに永富は激怒したが、親子である以上、口を閉ざしているしかなかった。

ところが、事件をきっかけとして松岡の名は一躍広まり、盃《さかずき》を欲しがる者が急速に増えた。また、組内だけでなく、稼業人の間で松岡が実子分として認められるようになっていった。同時に親分に対しては引退を迫る圧力が各方面からかかりはじめたのである。親を超えた子は憎悪の対象でしかない。男の嫉妬《しっと》はみっともないだけでなく、厄介でもあった。それが実の息子を実子分として回状を出すにいたる伏線となった。

回状が出たあと、松岡は北陸に旅に出た。福井で博徒系の組で若頭補佐を務める男と兄弟盃を交わしたのは、そのときのことだ。福井にいる間に松岡は兄弟分と組んで密入国者を受けいれる新たな稼業を開拓した。ルートの根源は台湾だといわれたが、永富は詳細を知らされなかった。また、知りたいとも思わなかった。長年馴染んだテキ屋の稼業が性に合っていたし、何より好きだったからだ。

賭博《とばく》に関わらないまったく新規の商売だったが、博徒系の組員と勝手に兄弟盃を交わしたことで親分は激怒した。落とし前という意味をふくめ、親分は松岡が手にする収入の七割を要求した。そうしなければ、破門すると脅したのである。

松岡は受けた。十代の頃からの兄弟分とはいえ、松岡は永富に対しても腹の内をさらしたわけではない。だが、憔悴《しょうすい》していく松岡を見ていれば、心労が生半可なものではないことは容易に察せられた。

リエが錦糸町で営むスナックは、松岡が始めた新商売の副産物のようなものだった。その店にも親分は出入りするようになり、まるでホステス全員が自分のものであるかのように好き勝手に振る舞ったのである。

さらに親分の毒牙《どくが》は経営者であるリエにまで向けられた。リエが松岡の女房であることを知っての上だ。いや、知っていたからこそ手を出したのかも知れない。松岡の忍耐も限界に達した。

だが、子が親を殺《あや》めるのは絶対に許されない。

「おれは兄貴を殺してくれと頼まれて、ここまで来た」

「だからこいつが松五だよ」

松岡はトランクの死体に目をやったままいった。悪びれた様子はまるでない。

「ふざけちゃいけねえよ、兄貴」

「わかってる」

松岡は背広のポケットからタバコのパッケージを取りだした。一本を振りだして、唇の端にくわえる。永富はライターに火を点け、差しだした。

吸いつけた松岡は大きく煙を吐きだした。

「親分がカラスってのは白いといえば、黒いカラスは皆殺しだ。それが子の務めだ」

永富はライターの蓋を閉じ、背広のポケットに落とした。目は松岡の横顔に据えたまま、動かさずにいった。

「どうしたって筋が通らねえ」

「親分の家の前だった」

松岡はそれだけいうと、またタバコを喫った。火口《ほくち》が明るくなる。煙とともに吐きだした。

「あの日、リエから電話があった。親分が店に来てて、今夜はどうしても付き合えといって聞かないというんだ。自宅に珍しい酒が入ったんで、お前に飲ませたいって」

親分のいつもの手ではあった。自宅は組の事務所を兼ねており、部屋住みが常時二、三人は詰めている。離れがあり、そこに女を連れこめば、あとはいかようにもできた。

「おれはすぐに店に行った。だが、リエは出たあとだった。親分もいっしょだ。だからおれは親分の自宅前に急いだ。入られちまえば、さすがに手も足も出ない」

松岡はタバコを地面に捨て、踏みにじった。

「おれは親分の家の前で待った。先回りできたか自信はなかった。だが、離れをのぞいて確かめる度胸もなかった。待つしかなかった。二時間くらい待ったかな。くたくたにされたリエをどう迎えるか、そればかり考えてたよ。だが、親分はまっすぐ帰ってこなかっただけだった。リエを連れて、鮨屋《すしや》に寄ってきた。帰ってきたのはタクシーだ」

「親分を殺《と》るつもりだったのか」

永富の問いに答える前に松岡は目を向けてきた。

「土下座するつもりだったといったら、お前、信じるか。こいつはおれの女房で、こいつの腹ん中にはおれのガキがいる。勘弁してくれといって」

しばらくの間、永富は松岡の目を見返していた。ぎらぎらした光はない。やがて声を圧しだした。

「どうかな」

「正直なところ、おれにもわからん」松岡は背広のポケットから小型の拳銃を取りだすと地面に捨てた。「おれがリエに持たせてあった。何かあったときには使えといって」

タクシーが走り去るとリエは親分に抱きつき、キスをねだるような仕草をしたという。親分が目をつぶった刹那《せつな》、口中に弾丸を撃ちこんだ。

「ちっぽけなチャカだが、口ん中にぶちこまれたんじゃ、ひとたまりもない」

松岡は地面に転がった拳銃を見て独り言のようにいった。

鉄製の扉と壁の隙間《すきま》に耳をあて、父の声に耳を澄ましていた瑞蘭の躰は知らず知らずのうちに震えていた。膝に力が入らず、そのまま崩れ落ちそうになって扉に溶接してあるかんぬきに手をかけた。

父がつづけた。

「それからてめえでてめえの左手をぶった切った。松岡五郎が陳志芳になるためには、それしかないと思った。怖かったよ。だから覚醒剤《シャブ》の助けを借りた。シャブを嚙《か》んだのは、あのときが最初で最後だった。本当に口の中に放りこんで嚙みつぶしたんだ。注射器もなかったからな。シャブは刀といっしょに若狭《わかさ》の兄弟が用意してくれた。恐怖を消してくれるといわれた。本当だな。リエがすぐに止血してくれなかったらおれもくたばってたかも知れない」

父が左手を失った理由を初めて知った。それだけではない。何もかも初めて聞くことばかりだ。父と母が日本を離れた理由、母が人を、それもヤクザの親分を殺していたこと、父が日本人だったこと……。

父がほとんど日本語しか話さず、北京語があまりうまくなかったので、ひょっとしたら日本人かも知れないと疑ったことはあった。だが、そのたびに否定してきた。

山間の村々ではそれぞれ違った方言を使っていたし、互いの方言が通じないことも多かった。別の村の人、とくに年寄りと話すときは日本語を使った。父もそうした集落の生まれ、育ちなのだろうと思いさだめてきた。

家の中では日本を悪くいうことはなかったし、そもそも話題になることが少なかった。父が日本語ばかり使っているのに日本の話をほとんどしないというのも今から考えると不思議だったが、物心ついたときからの習慣で不自然に感じたことはなかった。

だが、学校では歴史の授業だけでなく、ことあるごとに日本人が中国でしてきた非道の数々がくり返し強調された。虐殺、強姦《ごうかん》、略奪……、とくに小学校の校長はまるで目の前でくり広げられたように細かく、具体的な話をした。

『小日本鬼子《シャオリーペングイズ》どもは、泣き叫ぶ母親の手から生まれて間もない赤ん坊を取りあげ、宙に放り投げると落ちてきたところを銃剣で受けとめたのさ』

校長が戦争のあと、大陸から渡ってきた人、いわゆる外省人《がいしょうじん》であることを知ったのは、小学校を卒業したあとだ。もっとも祖母によれば、戦争中の日本人はひどいことをしたが、戦後渡ってきた外省人ほどではなかったという。

そういう話をするとき、祖母は青峨の言葉を使った。とくに瑞蘭によく話して聞かせたのは、孫のうちでもっとも上手に青峨の言葉を使いこなせるのが瑞蘭だったからだ。外省人の悪口をさんざんいったあと、誰にもいってはならないといって少なくない額の小遣いをくれた。瑞蘭にしてみれば、祖母の話を聞くより小遣いの方がありがたかった。

自分はもともと台湾に住んでいた一族の出身ゆえに内省人で、日本人でも外省人でもない以上、どちらが悪《あ》し様《ざま》にいわれようと関係ないと思ってきた。

だが、父は日本人、瑞蘭にも半分小日本鬼子の血が流れている。躰の震えが止まらない理由はそこにあった。

「小瑞《シャオルイ》」

父が呼んでいる。瑞蘭は何とか躰を起こし、返事をした。

「はい」

「水を持ってきてくれ。ミネラルウォーターを三本だ。よく冷えたのをな」

「はい」

かろうじて返事をすると瑞蘭は足を踏みしめ、鉄扉の前を離れた。父は瑞蘭が耳をそばだてているのを知った上ですべてを話したような気がしていた。

永富は松岡を殺していないし、松岡もまた自分の親分を殺してはいなかった。辰見を刑事だと知っていて何もかもあけすけに喋るのはまるでよい兆候とはいえない。自分が今どこにいるのかわからず、外部との連絡手段もない。

冥土《めいど》の土産って奴か――辰見は松岡を見ながら胸のうちでつぶやいた――時代劇のドラマでもあるまいし。

誰もが刑事ドラマに出演したがるんだと苦笑いしたのは川原だが、放送時間内に終わらせるために犯人が種明かしをしているドラマに出ているような気分になった。ドラマなら別の刑事が助けに来るが、辰見が拉致され、軟禁状態にあることは誰も知らない。

ともすれば、悪い方向に暴走しそうな想像を押しとどめ、別のことを考えようとした。たとえば、松岡が親分殺しの真相を語ったのには何か理由があるはずだ、とか。

松岡がミネラルウォーターを三本持ってこいといった。たしかに辰見は咽の渇きを覚えている。シャオルイと声をかけ、鉄扉の向こうから女の声で返事があった。リエという中国人の愛称だろうか。松岡は鉄扉の外にいる女に聞かせるために話したのだろうか。

いくら考えても答えは得られそうになかったし、思いは千々に乱れ、まるで集中できなかった。

永富を見やった。相変わらず膝に抱いた骨箱を撫でている。表情はおだやかで口元にはうっすら笑みまで浮かべていた。自分がどこにいるのかわかっていないのか、まるで気にしていないのかも知れない。

視線を逸らせたとたん、永富が声を発した。

「なあ、兄貴。松島の健ちゃんを憶えてるか」

「松島の？」

「忘れちまったのかよ。宮城の松島だよ。あの頃は最初にどーんと下北半島の突端まで行って、それから南へ下ってきたじゃねえか。青森、岩手、宮城、福島、茨城……、二人でつるんで高市を追いかけてさ」

「ずいぶん昔の話だろうが」

「昔……、そうだな。昭和の四十二、三年くらいか。兄貴が仙台の組に殴り込みかけるまでつづけてたから十年もやってたんだぜ。それで毎年、松島に行くと健ちゃんが世話を焼いてくれた」

「ああ、あの健か。思いだした」

「薄情だなぁ」うつむいたまま、永富が笑った。「おれは兄貴が別荘に入ってる間も律儀に回ってた。まあ、兄貴が出てきた頃にゃ、すっかり人《じん》が枯れて、商売にならなくなったから行かなくなったけどよ。兄貴を薄情だっていえた義理じゃねえか」

「どうしたんだよ、急に」

「チャミィを抱いてたら昔のことを思いだしてよ。こいつが来た頃、千弥子と出会った頃……、どんどんさかのぼって兄貴とつるんで歩いてたのはいつ頃かななんて考えてさ。かれこれ五十年も前になるんだぜ」

「そんなにか」松岡が宙を見やった。「ついこの間みたいだ」

「おれもだよ。兄貴も酒癖はよくない方だったが、健ちゃんは輪を掛けた酒乱だったよな。商売が終わって、夜中に松島の親分の家に行って酒盛りだ。姐さんが包丁なんか隠してたっけ」

「思いだした。座卓じゃなくて、畳の上に板を敷いて、その上に酒と肴《さかな》を並べてた」

「元は座卓だったんだよ。酒が入って喧嘩が始まると皆が乗っかって、そのたびに脚を折っちまうから上の板だけになった」

「そうだった。そして健の奴がめちゃくちゃに酔っぱらって、誰彼かまわずからんで、殴り合いになった。だけど、あいつは躰《がたい》がねえからあっという間に押さえつけられて、袋だたきにされた。血まみれになって、さあ、殺せと始まると、よし来たって誰かが台所にふっ飛んでいく」

「だから姐さんが包丁を隠しておく」

津軽のヤスが、南部のトモジが、宮古が、気仙沼《けせんぬま》がと人の名や地名を出しては二人で大笑いをし、二人とも目尻に溜《た》まった涙を一度ならず拭った。

ひとしきり笑ったあと、松岡が大きく息を吐いた。

「松島の親分も姐さんもとっくに死んじまったんだろうな」

「親分の方は兄貴が入ってる間だ。姐さんもその一年か、二年後にあとを追った」

「健の奴はどうしてる？　まさかまだ稼業はつづけちゃいまい」

「死んだよ」永富がぼそりといった。「今、生きてりゃちょうど八十くらいか。でも、死んだ。三年くらい前かな。とっくに足を洗ってたけどね。矢本《やもと》って町の町営住宅でひとり暮らししてた」

「矢本といえば、海に近いだろ。まさか……」

「いや、津波じゃ死ななかった。住宅はもろに津波を食らってね。仮設住宅に入れてもらってたんだ。七十いくつかになってたが、元気だったよ。酒が飲めないってぼやいてたけど、そのときにはもう白目が真っ黄色だった。肝臓をやられて、酒なんか何年も飲んでないくせにおれが行くと見栄を張った。津波にやられてすぐの頃は体育館で雑魚寝《ざこね》したといってた。それから仮設住宅に移った。やっぱりひとり暮らしだ。役所の奴が回ったときには布団の中で冷たくなってたって話だ。津波から一年経ってた」

二人はしばらくの間黙りこみ、それぞれの思いに沈んでいた。辰見はただ聞いているよりほかになかった。

やがて永富が口を開いた。

「おれは何度か行ったんだ。健ちゃんのところだけじゃなく、石巻《いしのまき》や宮古、そのほかもね。何か手伝えることはないかって。それで健ちゃんの住宅を訪ねたら死んだっていわれて」

永富は首をかしげた。

「一度、健ちゃんが住んでた町営住宅に行ってみたんだよ。一番海に近い列だったからもろだったろう。壁に波の跡がまだ残っててね。おれの頭の上まであったよ。家の中はめちゃくちゃだった。ほかの家ものぞいたが、どこも同じようなもんだ。一年も経ってたんだぜ。片づける余裕なんてなかったんだろうな。枯れススキが床一面に広がってて、流し台なんかも斜めになってた。畳も全部剝《は》がれて、ひっくり返ってるのもあったよ。そこに座って、健ちゃんと酒を飲んだなんて信じられなかった」

「健と二人で飲んだのか」

驚いたように口を挟んだ松岡に向かって、永富は頬笑んでみせた。

「昔に比べりゃ可愛いもんだ。二合も飲めなくなってた。もうたくさんだって。そういうとき、必ずいってたよ。長生きしすぎたって」

ひやりとした空気が流れた。松岡は口を開きかけたが、何もいわず目を伏せた。

そのとき、鉄扉の向こうで金属の軋む音がした。つづいて開かれ、若い女が入ってきた。背格好を見て、辰見ははっとした。

高梨が殺される直前、腕をからめて歩いている女の姿を防犯カメラがとらえている。映像はひどくぼやけていて、人相はまったくわからなかったが、体つきは似ているような気がした。

女は無言で松岡に近づくとペットボトルを差しだした。

「ディエー」

「すまんな」松岡は一本を取った。「そっちの二人にも渡してやってくれ」

女が永富に渡し、そして辰見の前に来て、ペットボトルを差しだした。辰見は女の顔をまっすぐに見たまま、受けとった。女も辰見から視線を外そうとしない。

キャップを取り、直接ペットボトルに口をつけてひと口飲んだ松岡がいった。

「これが本当のマツゴの水だ」

松五の水……、末期の水……、笑う気にはなれなかった。

3

永富はペットボトルの白いキャップをねじって外すと口をつけた。顔を仰向かせ、咽を開いて流しこむ。水はほどよく冷たく、うまかった。夢中になって喋り、大声で笑ったせいで咽が渇いていた。五百ミリリットルを一気に飲みほし、大きく息を吐いた。

キャップを元通りにして、空になったペットボトルを足元に置く。

「兄貴と初めて会ったとき、おれはまだ十七だった。いきなり腕時計を何本も押しつけられて、どれもおれの月給の何倍もする高級品だといわれた」

「そうだっけ」

「翌日の昼に西郷さんの下に来いっていわれたんだ。だけど兄貴はなかなか来なくてな。

あのときはまいったぜ」

「そんなことがあったかなぁ」

「ああ、あったよ。兄貴が来たのは日が暮れそうになってからだ。おれは待ってた。何しろ高級品だっていわれて、びびってもいたし、渡した兄貴も困ってるだろうと思って」

　話を聞いているのかいないのか松岡は右手の小指を耳の穴に突っこんでいた。抜いた指先をしげしげと眺めたあと、親指とこすり合わせてふっと吹いた。

　松岡が目を上げ、永富を見る。

「お前、看板ぶら下げてたもんな」

「看板？」

　永富は訊きかえした。それこそまるで記憶がない。サンドイッチマンのアルバイトなどしたことがない。

「昨日、秋田から出てきましたって書いてあった」

　にやにやする松岡を睨みつけ、永富は首を振った。

「あの時は上京してから二年以上経ってたよ」

「へえ、そうだったのか。顔なんか強ばっちゃって、目ばっかりきょろきょろさせてたぜ。頭に馬鹿がつきそうなくらい正直者って顔してやがった。だから商売のタネを預けても、こいつならふけることはねえだろうと踏んだ」

「馬鹿にしやがって」

永富が毒づいても松岡はにやにやしたままだ。

「そういえば、おれが行ったとき、お前は怒ったなぁ」

「当たり前だろ。半日も立ちん坊を食らわされたんだ」

松岡はまた耳をほじりだした。

「顔見てれば、こいつ怒ってんなというのはわかる。それからすげえ勢いでまくしたてやがった。だが、そいつがわからねえ。何いっちゃってるの、こいつって感じで。外国語かと思ったぜ」

秋田訛りだ。

自分が訛っていると気づいたのは、工場で先輩たちに笑われてからだ。何かいうたびにきょとんとされ、次いで笑われ、馬鹿にされた。それでだんだん口数が減っていったのだが、西郷隆盛の銅像の前にようやく松岡が姿を見せたときには頭に血が昇り、怒鳴りまくるのを止められなかった。

ふいにそのときの松岡のぽかんとした顔が浮かんだ。前日、時計を押しつけてきたときにはずいぶん大人に見えたものだが、間抜けな面になると子供に戻った。何だよ、こいつ、ガキじゃないかと思ったらおかしくなった。

「気味の悪い奴だな。思い出し笑いなんかしやがって」

松岡はまた指をこすり合わせ、唇をすぼめて息を吹きかけた。

「あのときの兄貴はガキみてえな面《つら》してた」

「ガキか」松岡は目を伏せ、ふっと笑った。「違《ちげ》えねえ。上野《ノガミ》で商売《バイ》してたのはもう五十年以上も前だ」

「でも、とっくに不動明王を背負《しょ》ってたよな。見せられたときには度肝を抜かれた」

松岡が顔をしかめる。

「彫りあがったばっかりだった。ようやく色も入《へえ》って……、相手が誰だってかまやしねえ、見せびらかしたくてしようがなかったんだよ」

本当にガキだったと松岡は付けくわえた。

「時計を返したら、飯をおごってやるっていわれて〈聚楽《じゅらく》〉に連れてってくれた。ビフテキを食わしてくれたんだ。あれもびっくりしたな。ビフテキって名前は聞いたことがあったが、見たのはあのときが初めてだった。厚さが五センチもあって……」

「五センチは大げさだ。せいぜい二、三センチがいいところだろ」

「おれには五センチに見えた。それに肉には赤ブドウ酒だっていわれて、グラスでもらったんだ。ブドウのジュースだと思ったからがぶ飲みしたら酸っぱいやら渋いやら、ちっともうまいと思わなかった」

「おれも同じだ。実をいうとお前を連れていったときに初めて赤ワインを頼んだんだ。こっちは赤玉ポートワインだと思ってた。飲んだら全然甘くない」

「ずいぶん澄ましこんだ顔してたぜ」

「そりゃ、見栄ってもんよ」

「そうだったのか」永富は小さくうなずいた。「そのときに訊かれたんだよな、何してるって。工員って答えたら、一生油まみれになって働いたって浮かばれねえぞといわれた。男なら夢を見ろ、せっかく東京に出てきたんだ、天下獲《と》るくらいの夢見ねえかって」

「天下か。吹くねえ。世間知らずのガキは怖いもんなしだな。てめえはニセモノの時計売りなんてしょぼい稼業であくせくしてたってのに」

でも、おれには見えたんだぜ——永富は胸のうちでつぶやいた——白いスーツをばっちり決めて、ぞろりと長いコートを肩にかけ、ぴかぴかの靴を履いて上野だろうと銀座だろうとあんたと並んで歩くんだって、肩で風切って……。

松岡が顔を上げ、しみじみといった。

「金はなかったなぁ。旅してるときによ、ついに金がなくなって、かっぱらったコッペパンを二人で分けて食ったこともあったな」

「しょっちゅうだった。仁義に悖《もと》るっても背に腹は代えられねえ。兄貴が二つに割ってよ、必ずでかい方を取った」

「けち臭いことというなよ」

「食い物の恨みは恐ろしい」

「金はなかったが、夢はあったな」

「そうだ。楽しかった」

永富はうなずき、チャミィの骨箱に目をやるとゆっくりと撫でた。金はなかったが、いつか兄貴と二人で天下を獲るんだと夢を抱いていた。腹の足しにはならないにしても空《す》きっ腹を堪《こら》える杖《つえ》にはなった。

だが、たどり着いたのは千弥子と四匹の猫だ。幸せというのはつくづく厄介だ。絶頂にいるときには気づきもしない。失って、ようやくそれが幸せだったと気づく。千弥子が逝き、シロミィ、クロミィ、アカミィと死んで、チャミィもいなくなった。もうベッドの中でチャミィの温もりを感じることもない。

しかし、永富の胸は安堵《あんど》で満たされ、静かに落ちついていた。

終わった、すべて終わった。

松岡は足を組み、天井を見上げた。

「お前に殺されてから、おれは台湾に行った。基隆、花蓮、台南、高雄、台中、台北と転々としてた。外にいたからだろう。日本がどんどん凋落《ちょうらく》していくのがよく見えたよ。

経済大国なんぞとおだてられ、とどのつまりはアメリカや、アメリカにぶら下がってる子分どものお財布君に成り下がってた。でも、中にいる連中は平和でいい国だ、豊かだって思いこまされてた。どこまでお人好《よ》しなんだよ」

松岡が足を下ろし、身を乗りだしてきた。

「豊成、時代は変わってるんだよ。いつまでもお人好しやっててもしようがねえ。これからは南だ。台湾、シンガポール、インドネシア、タイ、フィリピン……、億、いや、十億単位の金を回す。若さは失ったが、ようやくあの頃の夢が叶《かな》うんだ」

「億だって……」永富は首を振った。「このご時世、そんなうまい話があるもんか」

「金は金を産むんだよ。資金洗浄《マネーロンダリング》って奴だ。世界中から危ない金《ホットマネー》が集まってきて、クールダウンしていくんだ。右から左へ動かすだけで、手数料はいくらでもとれる。お人好しなんぞにかまってることぁねえ。密入国の稼業は、おれが日本に戻ってきて仕切る。お前はマネーロンダリングの方を助《す》けてくれればいい。まずはシンガポールに住め。稼業の基本をしっかり叩きこんでやる」

「日本に戻ってくるんだなぁ、兄貴」

「そうだ。あの頃の夢を叶えるためにな」

「わかった」

永富はゆっくりと立ちあがった。膝に載せていた骨箱が滑り落ち、乾いた音をたてた。

松岡も立ちあがる。永富は右手を差しだした。松岡も右手を差しだしてくる。二人は互いの手をしっかりと握りあった。松岡が破顔した。

「そう来なくちゃな。昔と同じだよ。おれとお前と」

「兄貴」

永富は松岡の目を見つめたまま、左手を伸ばした。松岡がベルトに挟んでいる匕首を握る。抜き、そのまま鳩尾《みぞおち》に深々と突きさした。生温かい血が手を濡らす。

松岡は声すら出さなかった。たちまち瞳に霞《かすみ》がかかり、焦点が合わなくなった。前のめりに倒れこんだ松岡は頭を下げ、永富の胸に顔を埋めるような格好になった。

永富は低い声でいった。

「おれはお人好しばっかりの……、情けねえこの国が好きなんだ」

ペットボトルを運んできた若い女が金切り声を上げた。

永富はおれの弟だと父にいわれたのは、つい先ほど、ガレージわきの小部屋に入る直前のことだった。父はそれだけを言い残し、小部屋に入っていった。瑞蘭は鉄の扉にかんぬきをかませ、扉と壁の隙間に耳をあてて中の様子をうかがった。

弟だから殺さないことにしたのか……。

瑞蘭にはわけがわからなかった。そのうちミネラルウォーターを持ってくるように父にいわれ、冷蔵庫のあるところまで行った。戻ってきて小部屋に入り、ペットボトルを父、永富、もう一人の男に渡すと瑞蘭は父の真後ろに控えた。

永富がゆっくり立ちあがり、膝の上に置いた骨箱——おそらくショートメールにあった死んだ猫のもの——が床に落ちた。だが、目もくれず父に近寄る。父も立ちあがった。永富の方が父より十センチほど背が高い。

瑞蘭は上着の右側のポケットに手を入れ、小型拳銃の銃把を握りこんだ。車から降りる寸前、父の目を盗んでポーチから出し、上着のポケットに移しておいたのだ。

「兄貴」

永富が右手を差しだし、父も右手を差しだした。二人は握手をしたようだが、父の背中が邪魔になって見えない。

父の背中が震えた。だが、父は声を発しなかった。上体がぐらりと揺れ、永富の胸にひたいをつける格好になる。おかしい。はっとした瑞蘭は父の足元を見た。磨きあげた靴のまわりに血溜まりができ、見る見るうちに大きくなる。

「お父さん《ディエー》」

瑞蘭は叫んだ。父が永富の躰に顔をこすりつけるようにして崩れ落ちる。血溜まりに両膝をついた。

目を上げた。

永富の左手は血まみれで、短刀が握られている。刃に付着した脂が血をはじき、蛍光灯の光を受けて白く光っていた。

村の言葉で呪詛《じゅそ》を吐きながらポケットから拳銃を抜く。銃口を向けようとしたとき、手首を強い力で握られた。いつの間にか永富といっしょに来た男がすぐそばまで来ていて、両手で瑞蘭の右手首を握っている。

男は瑞蘭の右足の後ろに足を入れ、両手で握った腕をひねった。激痛が走り、瑞蘭は悲鳴を上げた。

ほんの一瞬、銃口がぼんやり突っ立っている永富に向けられた。

夢中で引き金を絞った。

威力の小さな小型拳銃だが、コンクリートの壁に囲まれた小部屋では銃声は凄《すさ》まじく、空気を震わせた。耳がつんとなる。

永富に命中したかはわからなかった。バランスを崩した瑞蘭は床に押したおされた。背中を床に叩きつけられ、肺の中の空気が吐きだされた。一瞬、意識が遠のく。しまったと思ったときには、拳銃は手から離れ、床を転がっていた。

松岡の右手を握った直後、永富の左手が動くのが見えた。松岡が目を見開く。辰見は尻を浮かせたが、止める間はなかった。

松岡がベルトに差していた黒鞘の短刀を抜いた永富は間髪を入れず鳩尾に突きさし、手首を返して、さらに深く押しこんだ。ちらりと見えただけだが、刃渡りは二十センチほどあった。今は永富の左拳《こぶし》が松岡の鳩尾に触れている。どっと血が噴きだし、白いジャケットとシャツを染め、足元にしたたり落ちた。

左手で握った短刀で鳩尾を刺し、さらにひねれば、切っ先は心臓を切り裂く。内臓を傷つけられれば、ショック状態に襲われ、即死する。

松岡の後ろにいる若い女が悲鳴を上げ、さらに叫びつづけた。何語なのかもわからない。叫びながらも女が上着の右サイドポケットに手を入れるのを見た辰見は躰を低くしたまま、女の左側から近づいた。

女は永富を睨んだまま、ポケットから奇妙な形をした小型拳銃を取りだした。銃口を永富に向けようとした直後、両手で女の右手首をつかんだ。右手首をひねり、手前に引きよせながら右足を女の右足の後ろに入れ、払い腰をかけた。

女が拳銃を撃った。かまわず腰に乗せ、そのままコンクリートの床に叩きつけた。背中を強打した女の口から何かが破裂するような音がして、力が抜ける。振りまわしたはずみで拳銃が女の手から離れ、床を転がった。

辰見は女の右腕を取ったまま、仰向けになった女に体重をかけて押さえつけた。

「動くな」

女がぐったりしていたのは一瞬に過ぎない。すぐにもがき、辰見の腕から逃れようとする。

「じたばたするな」

右腕の付け根に鋭い痛みが走った。女が顔を上げ、嚙みついていた。床がコンクリートの打ちっぱなしなので頭を打たないよう加減したのだが、かえって災いしたようだ。肉を食いちぎられそうな激痛に辰見は顔をのけぞらせた。

「こらっ、放せ」

ますますぎりぎりと歯が食いこんでくる。床についた足を踏んばり、右肩に体重をかけて女の後頭部を床に叩きつける。容赦している余裕はない。二度、三度と叩きつけるとようやく咀嚼筋《そしゃくきん》が緩み、ぐったりとなった。

手錠はない。とりあえず松岡の様子を見ようと顔を上げたとき、左のこめかみに固い物を押しつけられた。

目を動かし、永富を見た。右手に小型拳銃、血まみれの左手には抜き身の短刀を持っている。

「その子には一宿一飯の恩義があってね。放してやってくれないか」

辰見と永富は睨みあった。だが、わずかの間でしかなかった。辰見は女の手首をつかんでいた手を放した。銃が遠ざけられる。だが、まだ銃口は向けられたままだ。躰を起こし、床にあぐらをかいた。

永富は一歩下がり、女に訊いた。

「動けるか」

女は返事をする代わりにもぞもぞと動き、床に両手をついて立ちあがった。目をやると血溜まりの中に突っ伏している松岡を見ていた。サングラスがずれ、見開かれた目がのぞいている。

女は血の気の引いた顔をして何の表情も浮かべていない。口のまわりが血で汚れている。辰見は右のわきの下を探った。傷に触れ、脳天にまで激痛が走る。

永富が怒鳴った。

「さっさと行かねえか」

女がきっと永富を睨みつける。次の瞬間、辰見のあばらを蹴りつけると部屋を出ていった。鉄扉が閉じられ、かんぬきを差しこむ軋みが響きわたった。

「痛《っ》う」

辰見は蹴られた辺りに左手をあて背を丸めた。

金属音がする。目をやると、永富の手を離れた匕首が床に転がっていた。だが、拳銃は持ったままだ。右手に握ったまま、じっと見ている。

「ずいぶん変わった形をしたチャカだ」

そういうと永富は半月形をした銃把を指でつまんで辰見に見せた。

「見たことあるか」

銃身が縦に二本あるだけで弾倉らしいものはない。銃把の形からして箱形弾倉を差しこむタイプでもなさそうだ。

首を振った。蹴られたあばらが痛み、呻《うめ》きが漏れた。

「クソッ、思い切り蹴っていきやがった」

「容赦ないのは血筋だ」永富がおかしそうにいう。「松五の娘だからな」

ふうと息を吐いたあと、つぶやいた。

「やっぱりガキは殺《や》れねえな」

4

小さな拳銃をもてあそびながら、つくづくおかしな格好をしてやがると永富は思った。

拳銃といえば、それこそ辰見と出会った東銀座の土地をまとめたあと、特別ボーナスだといって不動産屋の親父がグアム島に招待してくれたときに撃ちまくった。永富のほかに二人いたが、互いに姓を名乗っただけで自己紹介はなかった。話しぶりからすると銀行員のようだったが、詮索《せんさく》はしなかった。三泊四日の日程で観光地らしい場所には一度も行かず、射撃場に通った。

同行した二人がガンマニアだったのと、永富にとってはいつか仕事に役立つと思われたらしい。幸いにも拳銃が必要になるほどの厄介に巻きこまれることはなかった。

射撃場といっても原っぱを木の柵で囲んだだけで、標的の代わりに弾痕だらけで窓ガラスのないステーションワゴンが置いてあった。ボンネットもなく、剝きだしになったエンジンは赤茶色に錆《さ》びていた。その車の上にビールの空き缶やポリタンク、コンクリートブロックを置いて撃つだけなのだ。

インストラクターは永富と同年代の体格のいい男で、現役の警察官と聞いて驚いた。銃は趣味で、観光客相手のインストラクターは割のいいアルバイトだと笑った。不動産屋の親父が教えたのか永富がヤクザであることを知っていて、あれこれ質問してきた。Tシャツの袖からのぞく彫り物に興味を持ち、しつこかったので一度だけ背中の鍾馗を見せた。ブラボー、ワンダフル、ビューティフルと絶賛したが、警官に彫り物を褒められたのは後にも先にもそのときだけだ。

銃と弾丸はインストラクターがすべて用意した。拳銃は回転式、半自動式、そのほかショットガン、ライフル、短機関銃、自動小銃まであった。到着した日の午後、間の二日、出国する日の午前中と撃ちまくったものの、射撃はそれほど上達しなかった。

それでも銃にはずいぶんと慣れることができたし、中でも短機関銃は気に入った。弾倉に詰めた二十五発だか三十発だかをいっぺんに撃つと爽快《そうかい》な気分になれた。ステーションワゴンから十メートルほど離れて撃ちまくるのである。弾の破片が跳ね返ってくるからと頑丈なゴーグルを渡されてかけた。引き金をしぼると糸に引かれるように空薬莢《からやっきょう》が飛び、車のあちこちに火花が散った。

何となく昔観たギャング映画を思いだした。

グアムでは二十挺ほどの拳銃を撃ったが、今手の中にあるようなタイプはなかった。短い銃身が上下に二本、弾をこめる薬室も上下に二つある。薬室の後部は角張ってはいるものの撃鉄などはなく、半月状の銃把は後ろがつるんとしていた。

引き金が剝きだしになっていて、用心金《ようじんがね》は引き金の下部から銃把に向かっているだけだ。銃把には指を一本ひっかけるだけの余地しかなかった。

まったくおかしなチャカだ、と思った。

いじくっているうちに留め具が外れて銃が折れ、薬室にこめた二つの薬莢尻がぽんと飛びだした。弾丸をつまんで抜く。一つは空――辰見に投げ飛ばされたとき、松岡の娘が一発撃った――、もう一発には弾丸がついていた。細く、小さな弾だが、充分に人を殺せるのだろう。

弾を抜いたまま、銃を元通りにした。引き金に指をかけてみる。重くて、びくともしない。もう一度よく観察したが、安全装置のようなものは見当たらない。もう一度握り直した。引き金は銃把のほぼ前面にあり、銃を握ろうとすると中指がかろうじてかかるだけでしかなかった。

握り方を変えてみる。人差し指を伸ばして銃身のわきにあて、中指を引き金にかけ、薬指を銃把にかけ、小指は曲げた。銃全体を握りこむようにすると少し安定したような気がした。

銃を目の高さに持ちあげ、今度は中指で引き金をひいた。重かったが、何とか絞れる。ふいに引き金が沈み、甲高い金属音が響いた。

「下手にいじっていると怪我するぞ」

辰見が声をかけてきた。少し離れたところであぐらをかいている。永富も床に直接座り、あぐらをかいていた。二人の間には松岡が横たわっている。

「弾は抜いてるよ。これでも、昔、グアムでいろいろ撃ったことがあるんだ。あんたが警官《サツ》だから言い訳するんじゃないが、日本じゃチャヤカなんて持ったことも撃ったこともない。平和で、しがないテキ屋だったからな」

「平和で、しがないね」

皮肉っぽい口調で辰見がくり返した。

「それならなぜ松岡を殺した？」

永富は松岡の死体に目をやった。白いマオカラーのジャケットは血を吸い、半分ほどが赤黒く染まっていた。松岡は辰見の方に顔を向けて倒れているので白髪頭しか見えなかった。

「おれもさっきから考えているんだが……」

永富は松岡の死体を見つめていた。松岡を刺した理由を問うと、さっきから考えているといって黙りこんだ。

辰見は永富から松岡に視線を移した。見開いた左右の目には黒目が小さく浮かんでいる。サングラスが斜めになっているのがいかにも間抜けだ。開きかけた口は何かいいたそうだが、声を発することは二度とない。

やがて永富がいった。

「よくわからん」

永富は手にした拳銃を二つ折りにすると弾丸をこめ、銃を元に戻した。立ちあがり、銃を上衣のポケットに入れた。ソファに近づき、床に落ちて横倒しになっている骨箱を拾いあげる。

「ごめんな、チャミィ」

そういって埃《ほこり》でも払うようにていねいに撫で、ソファに腰を下ろした。骨箱を元のように膝の上に置く。

「押し出しは立派な親父だったよ」

永富は骨箱に目を向けたままいった。永富が親父と呼ぶのは、松岡の女が射殺した先代の親分だろうとは察しがつく。テキ屋は代替わりしても盃直しをしないと聞いていた。

「身長《たっぱ》はそれほどでもなかったけど、躰は分厚くてね。太ってるんじゃなくて、分厚いという感じだ。腕なんかもぶっとくて、実際力もあったんだ。だが、何といっても弁が立った。昔は事務所なんて気取った言い方はなくて、要は親父の自宅なんだが、難しそうな本がたくさんあったな。もともとは易者《ロクマ》を稼業としてたからそっちの方も勉強してたし、神農《しんのう》皇帝から始まるテキ屋の由来を語らせれば、何回聞かされても惚《ほ》れ惚《ぼ》れとしたもんさ。声がしゃがれてて、しかも肝心なところは小さな声で話す。だからこっちは身を乗りだして、耳をそばだてるって寸法さ。へえ、ほおってな具合に感心して聞き惚れて、最後に必ずいわれるんだ。仁義に悖るようなことさえしなければ、お天道様と米の飯は必ずついてまわるってな。心酔っていうのかな、話だけ聞いてりゃ納得させられる」

永富は唇をねじ曲げ、笑みを浮かべた。

「だけどやってることがいけねえ。実際、ひでえ親父だった。誰が見ても跡目は松五の兄貴だった。たった一人で対抗組織《ハンメ》に殴り込みをかけて庭場を守ったこともある。人の子の親ってのは、そんなもんかね、実の子に組を引き継がせたいと考えた。松五の兄貴はヤクネタといわれたほどの暴れ者《もん》だし、早い話、親父も怖がってたんだと思う。だから勝手に回状を出した。それで兄貴は北陸に旅に出た。浅草にいりゃ、自分がどこで跳ねっ返るか、自分でもわからなかったんだろう。それで福井の組の若頭補佐と兄弟盃を交わした。ふだんの兄貴は気のいい男でね。さっぱりしていて、いやみがない。何より裏表のない人だった。だけど親父は違った。何ごとであれ、うまくいけば親父のおかげ、しくじりゃ頭の悪い子分のせいだ。そして金と女には汚かった。ケチで、助平で、気が小さかった」

永富は大きく息を吐いて天井を見上げた。

「やっぱり二十八年前にやっとくべきだった。兄貴じゃなく、やったのは女房でも親に手をかけたんだ。おれは筋を通すべきだった。だけど情に流されて、兄貴が死んで、陳志芳という台湾人は生き残るって絵図に乗っかった。二度と戻らないといったからな。それなら殺すのと同じだと思った」

「だから黙って服役したってわけか」

「それが一番だろう。警察《サツ》のダンナ方も面子《メンツ》が立つわけだし」

納得するではなく、面子が立つという言い方が的を射ているような気がした。たしかに面子は立った。だが、川原は納得しなかった。

「なあ、辰ちゃんよ」

「何だ?」

「高梨、香月、そして陳志芳を殺した犯人はおれってことにならないかな」永富はそういうとポケットから拳銃を取りだし、振ってみせた。「たぶんこいつが道具だろう。あんたらが調べればわかるはずだ」

「馬鹿をいうな。警察の目は節穴じゃない。実際、おれはすべてを聞いて、見ている」

「だからあんたに頼むんだよ」

永富が辰見を見る。ひどく年老い、やつれきった顔に見えた。だが、おだやかな笑みを浮かべている。

「あんたはどこか、おれや松五の兄貴に似てるような気がする」

「よせよ。おれはデカだ。それ以上でもそれ以下でもない」

「おれは十五の春に東京へ出てきて、松五の兄貴に出会った。笑っちまうが、本気で天下を獲れると思ってたんだ。実際には貧乏つづきだったけど、そのうちいい目が見られると思った。だけど、全国の高市《タカマチ》から閉めだされ、稼業が細くなっていった。そこへバブルだ。いや、あの頃はバブルだなんて思ってなかったな。バブルだってわかったのは弾けたからだ。その真ん中で、おれは懲役食らった。出てきたときには、どこもかしこも見知らぬ街になってたよ。そして最近じゃ歩きながらタバコも喫えないご清潔な街だ。臭いものには蓋をして、目を背《そむ》けてるだけじゃねえか。空気が澄むほどに息苦しいってのは、どういうわけかね」

おれも同じことを感じている、とはいえなかった。

永富が言葉を継いだ。

「金は手に入ったが、街を歩きながら思ってた。これがおれの欲していた天下なのかって。だが、兄貴は変わっちゃいなかった。どうして今頃になってのこのこ出てきて、またぞろ金、金なんていいだしたのかな。億だって？　十億だって？　聞いてるうちに思ったんだ。兄貴にもけじめをつけさせなきゃと」

「それが刺した理由か」

永富が顔をしかめる。

「だからそこがいくら考えてもわからないところなんだよ。兄貴の左手は動かない。右手はおれが握ってる。だが、おれの左手は動く。あ、やれるなと思った。それだけだ」

永富は拳銃を持ちあげると口を開け、銃身を挿し入れた。

「待て」

辰見は立ちあがった。

だが、くぐもった銃声がした。高梨や香月が殺された現場の周辺で銃声を聞いたという証言が得られなかった理由がわかった。

口中で発射すると銃声は外に広がらない。

辰見は中腰のまま、凍りついていた。永富の右手、つづいて顔ががっくりと落ちる。閉じた唇の間から血が流れだしたが、目元は笑ったままだった。

そのとき女が出ていった鉄扉の向こうから軋みが聞こえた。ふり返った辰見は駆けより、扉を押しあけた。似たようなコンクリートの部屋になっていて、突き当たりにあるドアが閉まるのが見えた。

駆けよってドアノブに手をかけ、飛びだす。

「そんな……」

辰見は呻いた。

左手の一角に木々が生い茂り、周囲に赤い幟《のぼり》が林立していた。吉原弁財天であることは一目でわかった。ワゴン車に乗せられた場所から数百メートルしか離れていない。

目の前に黒塗りのセダンが二台停まり、前方の助手席から石黒が降りてきた。

「辰見さん」

「どうして……」

「急いでください」

石黒は辰見の手を引くようにして後方の一台に近づくと後部ドアを開けた。中には世良が座っていて軽く頭を下げた。

重なり合うサイレンが近づいてくる。辰見は石黒に背を押されるように車に乗りこんだ。

「出せ」

石黒が運転席の刑事に命じた。


一通り目を通した捜査状況報告書をテーブルに放りだすと辰見は目を上げ、向かいに座っている世良を見た。以前、下谷署刑事課長の石黒と捜査一課の涌田に連れてこられた虎ノ門のビルにある会議室で向かいあっていた。

「でたらめだな」

辰見の言葉に世良は首をかしげた。

「それほど荒唐無稽《こうとうむけい》ではないと思いますが」

報告書は警視庁の書式にのっとり、A4判の用紙にきちんと印字されている。作成者氏名欄は空白になっているが、内容からすれば、辰見が書いたことになる。

「あの部屋に隠しマイクでもつけていたのか」

「録画もしてあります」

報告書の筋書きは、永富が辰見に偽証してくれと頼んだ通りになっている。つまり高梨と香月を殺したのは永富で、凶器は永富の手の中にあった拳銃――二二口径ハイスタンダードデリンジャーという名称が付されていた――だとしている。

辰見は五月二十二日の午前中にペットクリニックを訪ね、獣医に頼んで永富にショートメールを打ってもらった。その後、猫の遺骨を引き取りに来た永富とペットクリニックで会い、そろって出た二人は永富のマンションまで行く。ここまでは事実通りだ。

だが、そのあとがまるで違っていた。黒の大型ワゴン車に乗ったのは永富だけで、辰見はマンションの前で張り込みをした。二時間ほどしてマンションの前を同じワゴン車が通りすぎるのを見た辰見は走ってあとを追い、吉原弁財天の向かいにある町工場に入るのを目撃した。町工場は数年前に廃業し、現在は空き家となっていた。

永富が乗っていると確信できなかった辰見は引きつづき廃工場を見張った。やがてワゴン車が出ていくのを目撃、とりあえず中に踏みこんだ辰見はそこで腹を短刀で刺されて倒れている男と拳銃を手にした永富を発見した。

倒れていた男は台湾の実業家陳志芳で、心肺停止状態、辰見の連絡を受けて駆けつけた警察によって病院に搬送されたが死亡が確認された。

永富は旧知の間柄である辰見に高梨、香月を殺害したこと、いずれも陳の依頼によるものだと告白したあと、拳銃で自殺した。陳とともに永富も病院に搬送されたが、すでに死亡していた。

現時点で陳志芳およびワゴン車を運転していた男については正体がわかっていない。

世良はテーブルの上で両手を組み、指をからませた。

「カメラとマイクはありましたが、永富にいわれるまでもなく辻褄《つじつま》の合う筋書きは誰が考えてもそこにあるようになると思います」

辰見は何もいわず世良を見ていた。

そっとため息をついた世良は報告書のわきにボールペン、朱肉、それに辰見の腕時計と携帯電話を並べた。

辰見は身じろぎもせず、世良を見返している。

「署名して、拇印《ぼいん》を押していただけませんか。わが国の安全保障に関わる重大事案なのです」

それでも辰見は動かなかった。

しばらくの間、睨みあっていたが、世良はわかりましたとでもいうように何度もうなずき、上着の内ポケットから一枚の写真を抜いて辰見の前に置いた。

二人の女が写っていた。デパートか、洋服の専門店かはわからないが、買い物をしている最中を盗み撮りしたカットのようだ。二人の胸から下は色とりどりの商品をかけたラックに隠れているが、顔ははっきり写っていた。

若い方は松岡にいわれてペットボトルを運んできた女だ。もう一人は中年だが、二人はよく似ていた。

「親子です」世良がいった。「母親は王梨惠《ワン・リイフィ》、娘は陳瑞蘭《チェン・ルイラン》」

「チェン？」

「陳志芳《チェン・ジーファン》……」世良は小さくうなずいていい直した。「松岡五郎の娘です。高梨、香月を殺したのは瑞蘭でしょう。香月の事案では確たる証拠はありませんが、高梨と根岸を歩いているときの映像には瑞蘭の顔がはっきりと見分けられるものもあります。しかし、いっしょにいたというだけで肝心の殺害現場が映っているわけではない。永富が若い女を使って高梨を誘いこみ、殺したという筋書きも成り立ちます。高梨が殺害されたときのアリバイが永富にはありません」

猫は知ってるさ――辰見は胸のうちでつぶやいた。

わずかの間、世良は辰見を見ていたが、何の反応も示さないのを見てとると二度うなずいた。

「わかりました。すべてをお話ししましょう。しかし、機密事項であることはご承知おき下さい」

「ああ」

「我々にとって大事なのは陳志芳こと松岡五郎ではありません。その妻である王梨惠です」

王梨恵は日本にある台湾人コミュニティでリーダーをしていた男の姪《めい》だ。太平洋戦争が始まる前から梨恵の父親が台湾から人を送りだし、実弟が日本で受けいれていた。戦後は一時日本への入国が難しくなったが、復興とともに来日する者は増えた。

「甲山会という団体があります。在日台湾人の親睦団体とされていますが、構成メンバーは青峨といわれる山岳地帯の村々から来た人たちです」

「セイガ?」

「青という字に山偏に我と書いて峨《が》。山々が険しいさまを表します。彼らは台湾から日本に来る連中の手助けをして、日本に来てからもいろいろと面倒を見ていました。合法の場合もありましたが、密入国もありました。我々が問題視したのはもちろん密入国者の方です。弟が歳をとり、将来を案じた梨恵の父は後継者として娘を送りこんだ。息子がいれば問題なかったのですが、梨恵しかいなかったのです。だが、その梨恵は日本に来てヤクザの女になってしまった。しかもそのヤクザが親分を殺して、日本にいられなくなった」

殺したのはリエだ。だが、おそらく世良はすべて承知した上で話しているのだろう。警察に残された記録では親分を殺したのは松岡で、松岡は弟分である永富によって凄惨なリンチを受けたあと、殺されている。警察は記録を破棄しないが、既決事案であれば、報告書は棚の隅で埃に埋もれていく方が都合がいい。

「ところで高梨ですが、松岡と兄弟分になった福井のヤクザとは遠縁にあたることはご存じでしたか」

「いや」

「高梨は台湾や東南アジアの留学生を受けいれる事業をしていました。ボランティアでもありますが、真面目で骨身を惜しまず、しかも薄給に耐えられる従業員として期待していたんですよ。実際、高梨のスーパーで働いている元留学生はかなりの数に上ります。人を隠すなら人の中とはよくいいますね。福井のヤクザは松岡の代わりに高梨をあてることにした。記録によれば、松岡を殺害したあと、永富は三日間姿をくらましています。姿をくらます必要があったのは永富ではなく、松岡の方でした。福井のヤクザと連絡をつけ、高梨との引き継ぎをしなくてはならないのに人事不省で動けなかった」

自らやったとはいえ、左手を斬り落としているのだから無理もない。

「代わりに永富が動いた、と？」

「あくまでも代理でしょう。メッセンジャーに徹したようで、永富は何が行われているかは知らなかったはずです。でも、高梨には会っている。だから高梨が殺害されたとき、松岡がからんでいるとぴんと来たはずです」

「わからないな」辰見は首を振った。「どうして高梨や香月を殺すのに二十七年前と同じ手口を使う必要があるんだ？　もっと簡単な方法があるだろう」

「松岡が戻った……、いや、王梨恵が戻ったと顕示するためです」

女が男の口の中に小型拳銃を挿し入れて、射殺する。まさにリエがやった通りの方法だ。

「どうして高梨は殺されることになった？」

「リーマンショックですよ」

「はあ？」辰見は目をしばたたいた。「わけがわからん」

「高梨は投資家でもあったんです。さらにいうと王梨恵が叔父から引き継いだ台湾人コミュニティ……、青峨会は人だけでなく、金も動かしていました。それにも合法、非合法があった」

「マネーロンダリングか」

「ええ。むしろビジネスとしてはそちらの方が大きかったでしょう。表に出せない金が高梨を通じて動いていた。その金で高梨は投資をしていたんですが、リーマンショックで大損をしてしまった。自分の金ではありませんから誰にもいえない。そのとき、高梨に近づいて援助を申し出た投資家がいた」

辰見は目をすぼめ、世良を見つめた。

「共産中国です。大陸の連中が高梨に接近したわけです。高梨を通じて、日本に人を送りこめる台湾人コミュニティを利用しようとしたんです。しかし、台湾と大陸の間には長年にわたる確執がある。最初は大陸の人間であることを明かさなかったでしょう。気づいたときには後戻りできないところまで来ていた。だが、いつまでも隠し通せるものではない。高梨は台湾から大陸に潜りこんでいる工作員についてもある程度情報をつかんでいました。それを手土産に大陸に進出し、共産中国の庇護《ひご》を受けようと図ったんです」

「大陸に侵入している工作員というのは台湾人だけか。日本や……」

アメリカと口にする前に世良がさえぎった。

「それは本件と関わりありません。しかし、重大な事案に発展する恐れがありました」

「それじゃ、高梨を殺したのは……」

「直接手を下したのは陳瑞蘭。間違いありません。でも、我々の任務は監視です。共産中国の工作員が浸透してくるのを防ぐことは難しい。だから監視下におき、誰がどこにいるかを把握することが安全保障の第一歩なのです。でも、入口をふさいでしまうと、彼らは別の手を編みだしてくるでしょう。それなら今まで通りの方法でやってもらった方が安全に監視できる」

「二人殺されている」

「国家の安全保障のためです」

ふっと息を吐き、辰見は腕時計を取って手首に巻いた。携帯電話はワイシャツの胸ポケットに入れる。次いでボールペンを取りあげ、報告者の欄に署名すると朱肉に右の親指を押しつけて拇印を押した。

世良がすかさずティッシュペーパーの箱を出す。

抜き取って指を拭い、立ちあがった。

「ご理解いただいて感謝します。それでは実際何があったのか、詳しくお話しいただけますか」

「自分の部下に聞けばいいだろう。松岡のまわりにいた連中の中に協力者《エス》がいたんだろう」

そうでなければ、鉄扉のかんぬきを外すことはできないし、松岡、王梨恵、陳瑞蘭の動きを知ることはできないはずだ。

辰見は立ちあがった。

「これで失礼する。明日は当務でね。街の安全保障がおれの仕事だ」

呆気《あっけ》にとられる世良を残して、辰見は会議室を出た。

5

二日にわたって母は青峨の言葉で呪詛を吐きつづけ、瑞蘭は耐えた。

母の呪詛はホテルのツインルームに監禁されていることに始まり、不味い食事、テレビが地上波デジタル放送しか映らないこと、バスルームに備えつけられている石鹸《せっけん》のきつい香料にまで及んだ。

浅草の廃工場で瑞蘭はワゴン車に乗せられた。窓はふさがれていて、一切外を見ることができなかった。途中、母が乗りこんできて、そのまま二時間ほど走った。どこに向かっているのか、自分たちがこれからどうなるのか一切わからなかった。

母は父が死んだことを知っていて、ひどく怯《おび》えていたが、瑞蘭以外には平然としているようにしか見えなかっただろう。青峨の女の意地が体面をつくろっていたのだ。

ワゴン車が止まったのは、地下駐車場だ。エレベーターでツインルームに案内された。窓の外には見知らぬ街並みが広がっていて、東京を離れたのかも知れないと瑞蘭は思った。

部屋に二人きりになると、瑞蘭は廃工場で目にしたこと、聞いたことを母に話した。母は親分を射殺したことを認めたが、死んで当然のクズだといった。

部屋には母が台湾から持ってきたスーツケースとバッグが運びこまれていた。中には母が日本に来てから買った物まできちんと収められていたが、父の衣類、洗面道具のたぐいはすべて抜かれていた。まるで父が日本には来なかったように……。

その夜、瑞蘭に高梨を紹介した青峨の男がもう一人、スーツ姿の男をともなって部屋にやってきた。いいというまで部屋から一歩も出ないこと、連れてきた男の指示に従うことを告げた。いつまでこんなところにいなきゃならないのかと母が訊くと、青峨の男は二、三日だと答えた。

いっしょに来た男が何者なのか瑞蘭には見当もつかなかった。少なくとも青峨の人間でないことはわかった。試しに言葉をかけてみたのだが、きょとんとするばかりで何の反応もしなかった。北京語を使ったが、堅苦しい言葉遣いでおそらく学校で習ったのだろうと思われた。日本人のようだったが、自己紹介はなかった。

まる二日後、付き添いの男に出発するといわれた。三十分で荷物をまとめ、地下駐車場に降りるように指示された。指示通りに地下駐車場に降り、ふたたび目隠しをしたワゴン車に乗せられ、降ろされたのは羽田空港国際線ターミナルの前だった。

付き添いの男は同じワゴン車に乗っていたらしいが、運転席との間はカーテンで仕切られていたのではっきりしたことはわからない。

「ついてきてください」

男は堅苦しい北京語でいった。

二つのスーツケースをそれぞれ一つずつ曳《ひ》きながら瑞蘭と母は男に従った。エスカレーターで三階に上がり、航空会社の看板が並んだカウンターの前を通りすぎ、出国口まで来た。男はふり返り、パスポートと航空券を差しだした。

「午前十時四十五分発の五八二三便です」男は腕時計に目をやった。「出発まであと三十分しかありませんのでお急ぎください」

渡された航空券には航空会社、便名が印字されている。行き先はもちろん台北だ。

「トイレ、行きたい」

母が足踏みする。だが、男はまるで表情を変えず出国口を手で示していった。

「スーツケースはそのまま置いていって結構です。手続きは私がやっておきます」

いわれた通りにスーツケースを置き、瑞蘭は母の腕を引いて出国口に入った。出国手続きを済ませ、機内持ち込み手荷物の検査を受けると免税売店の前を歩いた。

「買い物もできやしない」

母は青峨の言葉で罵ったが、瑞蘭は取りあわなかった。

目の前に一人の男が立ったからだ。瑞蘭は足を止め、男を見返した。スキンヘッドのように髪を短く刈った初老の男には見覚えがあった。コンクリートの床に叩きつけられたときの腰の痛みはうずく程度だが、残っている。

母が男と瑞蘭とを交互に見てから訊いてきた。

「誰？」

瑞蘭は首を振った。父が刺殺されたとき、永富といっしょにいた男だ。父は男について何もいわなかった。

男は目を細め、瑞蘭をまっすぐに見て口を開いた。

「永富がいったんだ。ガキは殺せないと」

母が瑞蘭の腕をつかみ、ぎゅっと握りしめた。男は日本語でいったが、母にもわかる。

男がつづけた。

「今回だけは永富の気持ちを酌む」

瑞蘭は何も答えず、母に腕をつかませたまま、歩きだした。傍らを通りすぎようとしたとき、肩をつかまれた。

二人の目が合った。

「二度とおれの街に戻ってくるな」

「戻れば？」瑞蘭は顎をあげて訊きかえした。「殺す？」

「パクる。二件の殺人容疑でな」

瑞蘭は肩を揺すった。その前に男は手を離していた。ふたたび歩きだした。相変わらず瑞蘭の腕をつかんでいる母が身じろぎした。

「見ないで」

男は同じところに立ち尽くしたまま、見つめているのがわかっていた。背中に視線を感じる。

「証拠なんかどこにもないじゃないか」

母が吐きすてる。

日本の警察をなめるなという父の言葉が瑞蘭の脳裏を過ぎっていく。

「黙って」

瑞蘭はぴしりといい、歩きつづけた。


遠ざかっていく陳瑞蘭、王梨恵の背を辰見はじっと見ていた。

「これで一矢《いっし》報えましたかね」

となりに立った稲田が訊いた。

「どうかな」辰見は首をかしげた。「だが、いいたいことはいえた。班長のおかげだ。ありがとう」

羽田空港を管轄する東京空港警察署に談判し、出国手続きカウンターより先に入れたのは稲田のおかげだ。

「警備課に同期がいましたからね。ラッキーでした」

稲田のとなりに捜査一課の涌田が立っていた。辰見は目を向け、小さく頭を下げた。

「わざわざ知らせてくれて、ありがとう」

廃工場から姿を消した瑞蘭がどこにいるのか、辰見にはつかみようがなかった。虎ノ門で世良に会ったあと、辰見は下谷署の仮庁舎に向かった。涌田がどこまで知っているかはわからなかったが、せめて永富の猫について教えてくれた礼をいいたかった。

永富が高梨、香月の二人を殺した犯人とされたため、捜査本部はほどなく解散になるはずで涌田がいるか確証はなかったが、うまくつかまえることができた。涌田は小会議室に辰見を案内し、二人きりで話せるようにした。

辰見は、永富とともに黒いワゴン車に乗せられたところから廃工場を脱出するまでの顚末《てんまつ》、その後、世良と話した内容、捜査状況報告書にサインしたことも包みかくさずに告げた。話しながらつい数時間前の出来事なのに昔話をしているような錯覚にとらわれたものだ。すべてを聞き終えたあと、涌田は礼をいっただけで何も訊こうとしなかった。それから互いの携帯電話の番号を交換した。

涌田から連絡があったのは、今朝のことだ。母娘《おやこ》が午前中の便で羽田を発《た》つと知らせてきたのだ。どのような手を使ったのか想像もできなかったが、涌田は母娘の乗る便名までつかんでいた。

そのとき辰見は当務明けで分駐所に戻っており、稲田が目の前にいた。電話を受けている辰見の様子を見ていた稲田が何があったのかと訊いてきた。

国際線ターミナルに乗りこもうといいだしたのは稲田である。しかし、陳瑞蘭を逮捕する方法はない。

『黙って引き下がってるんですか』

稲田はまなじりを決していった。

折り返し涌田に電話を入れ、稲田とともに羽田空港国際線ターミナルに行くというと自分も駆けつけるといったのである。

便名がわかっている以上、待ちかまえてつかまえてるのは造作もない。稲田が空港警察内の同期に頼みこんで中へ入れるよう手配してくれたのである。

近づいてくる瑞蘭と梨恵を見たときにも何をするつもりか自分でもわからなかった。躰が自然と動き、瑞蘭の前に立ちふさがった。

止める手立てはない。

通りすぎようとした瑞蘭の肩をつかんだのも反射的な動きで、何をするつもりもなかった。

戻れば？　殺す？　と訊きかえした瑞蘭の目を見たとき、廃工場の床に無様に倒れていた松岡の顔が浮かんだ。サングラスがずれ、間の抜けた格好だったが、初めて松岡の目元を見た。

瑞蘭の目は父親似だ。

『やっぱりガキは殺《や》れねえな』

苦笑いしている永富の顔が浮かぶ。

挑むように辰見を見ていた瑞蘭の唇が、言葉に反して小刻みに震えていたのを見逃さなかった。

下りのエスカレーターに二人並んで乗り、ゆっくりと姿を消すまで辰見は目を逸らさなかった。

終章　真夜中の雷鳴

「即死でした」

辰見の言葉に川原はうなずいた。

「口の中ではじいたんだからね、そうだろう」

立会川に面した居酒屋で以前と同じ席だが、今夜は川原が先に来ていたので奥に座り、辰見は入口に背を向けている。

事件から二週間が経った。

記者発表では辰見は合同捜査本部の一員、永富は二件の殺人事件で捜査線上に浮かんでいた被疑者の一人とされた。竜泉にある廃工場で発見された二つの死体のうち、一体は台湾人実業家陳志芳、もう一体が永富だったと発表された。

高梨、香月を殺したのは元ヤクザの永富で、凶器は本人が手に握っていた二二口径拳銃である。筋書きは公安部が作成した通り——永富の希望でもあった——となり、高梨、香月の事案は一応の解決をみたので合同捜査本部は解散された。ただし、陳志芳と永富との関係、高梨事案で防犯カメラに映っていた若い女、拳銃の入手ルート等々については継続して捜査が行われていると発表された。

川原が猪口《ちょこ》を口に運び、ぬる燗《かん》の酒を飲みくだす。辰見は徳利《とっくり》を差しだし、注ぎながらいった。

「それでも奴の左手は骨箱にかかったまま、落ちなかったんですよ。あれが不思議で」

永富の最期がまざまざと浮かんでくる。ソファに座り、膝に骨箱を乗せて左手を添えていた。それから右手に持った拳銃をくわえ、引き金をひいた。銃声はくぐもっていたが、永富の頭は強い衝撃を受けたようにのけぞり、右手は落ちた。いったんのけぞった頭は反動で前に倒れ、わずかに開いた口から血が流れだしたのである。

だが、左手はそのましっかり骨箱を押さえていた。

徳利を置いた辰見は上着の内ポケットからメモ帳を抜き、川原に向かって差しだす。松岡五郎リンチ殺人を追っていたときの備忘録だ。

「ありがとうございました」

川原がメモ帳を受けとる。

「礼をいうならこっちの方だ」

川原はメモ帳をひたいに押しあててからズボンの尻ポケットにねじこんだ。目を上げ、辰見を見る。

「これでおれのレベッカは成仏できた。あんたのおかげだよ」

刑事であれば、誰しも一つや二つはレベッカ事件を抱えているといったのは川原だ。自宅に舞い戻った永富を拘束し、松岡殺しについて自供させながら山梨の山中で発見された死体が松岡ではないと疑っていた。だが、確証は得られず、一方、永富の供述通り日本刀が見つかったこともあって事件は解決となった。

疑いを抱きつづけたからこそ備忘録を残したのだし、辰見に渡したのだ。

辰見は猪口を手にすると中味を飲みほした。川原が徳利を差しだす。辰見は猪口に両手を添えて受けた。

「それにしても親を殺《や》ったのは松五じゃなく、女房だったとはなぁ。そっちの方は疑ってもみなかった」

辰見はほんのひと口すすり、猪口を置いた。

「ヤクネタとまでいわれた松岡ですからね。どんな無茶をしても不思議ではない。昔、似たような事件を起こしたと聞きましたが」

「かれこれ四十年近く前だ。田舎の競馬場の利権がらみで博徒とテキ屋の喧嘩《けんか》になってね。松五は一人で相手のところへ乗りこんでいった。二挺拳銃なんて映画みたいな真似《まね》をしやがった。部屋住みを二人撃ったんだが、幸い急所を外れて死にはしなかった。寝ている親父を叩き起こして、口に銃を突っこんで撃ったんだが、今度は不発だ。どこか間が抜けてる奴《やつ》だったな」

サングラスがずれ、ぽかんと目を見開いていた松岡の顔が浮かんだ。心臓を抉《えぐ》られていたから瞬時にショック状態に陥っただろう。永富に刺されたとわかったろうか。死に顔を見たかぎりでは何が起こったのかわからないまま、逝ったように思えた。

辰見はタバコをくわえ、火を点けた。

「わからないのは永富なんです。どうして松岡の娘をかばって罪をひっかぶったのか」

ふむとつぶやいた川原が壁に目を向け、考えこんだ。そのまま猪口を空ける。辰見が徳利を差しだしても気づかなかった。

「猫の代わりじゃないかな」

「猫ですか」

「たしか永富には子供はなかったよな」

そこで辰見が差しだしている徳利に気がつき、猪口を差しだした。酒を注《つ》ぎながら答えた。

「ええ。女房と猫が四匹といってました。女房が二年前に亡くなって、猫も前後に三匹死んだといってました。最後の一匹でした」

辰見は徳利を置いた。

「子供って、そんなに大事なものですかね」

「大事というか」川原が苦笑する。「おれには娘と息子が一人ずついる。今はどっちも結婚して、それぞれ所帯を持ってるがね。何といえばいいのか……」

川原は目の前で猪口を揺らした。

「結局はやってる本人の気持ちがいいんだろう」

辰見は探るように川原を見た。

「子供のためと思えばね。金を遣うのも、時間を使うのも、結局は気持ちがいいんだ。場合によっては命すら投げだしてもいいと思う。だけど、本当のところは子供のためなんかじゃない。独りよがりじゃ言いすぎだがね。松岡が自分が死んだように見せかけて逃げたとき、女房は孕《はら》んでたんだろ?」

「そうです」

「左手を斬り落としたんだ。下手すりゃ、死んでた」

「そんなもんですか」

午後八時を回ったばかりだったが、川原が眠そうな顔をしていたのでお開きにすることにした。レベッカ事件解決のお礼だといって川原が会計を済ませた。

店を出て、辰見は川原に一礼した。

「ご馳走《ちそう》になりました」

「わざわざ知らせに来てくれてありがとう。おれもようやくすっきりしたよ。それじゃ、また」

川原は片手を上げ、頬笑むと背中を見せた。

しばらくの間、辰見はその場に立ち尽くし、遠ざかっていく川原の背を見ていた。それじゃ、またと川原はいったが、次はいつ会えるだろう。

品川でJR線に乗り換えたもののまっすぐ帰宅する気になれなかった。辰見は上野を通りすぎて鶯谷で降り、北口を出た。改札を抜けて、すぐ右にある二十四時間営業の食堂に目をやったが、胃袋にはまだ酒が渦巻いている。

歩きだした。

タバコを喫いたいと思ったが、歩行禁煙である。台東区の条例はあくまでも努力義務であり、とくに罰則はないものの人目を気にしてまで喫う気にはなれなかった。

コーヒーショップの前を通って言問通りを横断し、根岸に入る。高梨の死体発見現場は目と鼻の先だ。

入谷に足を向け、国道四号線を渡った。マンションが建ちならぶ住宅街を東へ歩きつづけた。六月に入ったというのに空気が冷たく感じられる。雨でも降るのか。大道稼業が長かった永富なら雨の匂いを敏感に嗅《か》ぎとるかも知れない。

ズボンのポケットに両手を突っこんだまま、だらだらと歩いた。

いくつか角を曲がり、信号のある交差点を抜け、吉原弁財天の前まで来て足を止めた。

永富に再会してから一ヵ月と経っていないのにずいぶん昔の出来事のように思えた。

暗い参道を進み、本殿の前に立った。

とりあえず手を合わせ、目をつぶったとたん、永富の声が蘇《よみがえ》った。

『ピ、ン、ド、ン、コンって、飲んだことあります?』

ついこの間交わした会話のような気がするが、ひょっとしたら二十七年前だったかも知れない。浮かんでいる永富の姿は猫の骨箱を抱き、頭が禿げあがっていた。記憶はまったくあてにならない。

『ピンクのドンペリ……、ドンペリニヨンってシャンパンがあるんですがね、それのピンク色のが一番高い。そいつにコニャックを混ぜるってカクテルです』

それをストローで飲むと聞いて、話だけで悪酔いしそうだといった。

『とんでもなく不味い』

永富は十五歳のとき、集団就職で秋田から上京してきた。上野駅に到着し、一生懸命西郷隆盛の銅像を探したが、見つからなかった。入、谷、口だったのだ。だが、辰見の脳裏に浮かんだのは頭が禿げ、すっかり爺《じい》さんになった永富がきょろきょろしている図だ。

永富少年は天下を獲りたいという夢を抱いていた。集団就職も末期に近かったが、希望に溢《あふ》れる一人には違いなく、また、ほかの誰もが将来の夢を抱えていただろう。とりあえず合格できそうな高校を見つくろって、受験勉強の真似事《まねごと》をしていた自分よりはるかにましだと辰見は思う。

同じ上野で出会った松岡にいわれたのだ。

一生油まみれになって働いたって浮かばれねえぞ。せっかく東京に出てきたんだ、天下獲るくらいの夢見ねえか、と。

永富も松岡となら天下を獲れると信じたようだ。一つのコッペパンを二人で分け合うような暮らしをしながらでも……。

辰見は手を下ろし、目を開けた。本殿を見上げる。

昭和六十年代に入り、関西を本拠とする日本最大の暴力団が真っ二つに分かれて一大抗争事件を起こした。凄惨《せいさん》な命の奪い合いがくり広げられ、互いに消耗していく過程を警察は冷静に観察し、組織の力を削《そ》ぐことだけを目標にして動いた。効果は大きかった。幹部の検挙、事務所の封鎖、武器の押収、資金源の根絶と次々成果を挙げ、暴力団という存在を抹殺する寸前まで追いつめた。

だが、バブル景気がやって来た。株と不動産が高騰し、それまで見たこともないような額の金が渦巻いた。山中に自動車のレース場が造られ、交通の便がよくない田舎に巨大なリゾート施設が生まれた。溢れかえった金は暴力団に流れ、青息吐息だったところから一気に蘇った。

十五で東京に出てきて、いつかは天下を獲るという夢を抱いた永富だったが、テキ屋稼業はどんどん先細りとなっていった。しかし、都市再開発に一枚嚙《か》むことで状況は一変、おそらく億単位の金を動かすようになっただろう。

好景気はやがて終息し、あまりにふくれあがってはじけたがゆえにバブルと呼ばれるようになった。

バブルの前とあとで何が変わったのだろうと辰見は思った。

永富にしてもバブルがはじけたあと、元のようにテキ屋をしながら旅をつづけることはできなかった。松岡を殺したとして八年間服役し、出所したときにはまるで違う世界に放りこまれたようだったといっていた。

夢を追い、汗水垂らして働いた結果、最後にたどり着いたのがピンドンコンだったのか。

『あんたはどこか、おれや松五の兄貴に似てるような気がする』

永富にいわれた。

どこが似ているのか。

浮かれ騒ぐ輪の中に入れず、意地を張って、かたくなに傍観していたところか。

問うた刹那《せつな》、周囲が一瞬にして白光に包まれ、弁財天の社《やしろ》がコントラストの強いモノクロ画像となって浮かびあがる。雷鳴が落ち、腹の底を震わせた。ぽつんとひたいに雨粒を感じたのもつかの間、強い雨が叩きつけてきた。たちまちスーツが濡れ、ワイシャツに染みわたる。

辰見は身じろぎもしないで立っていた。

あの時代が来るまで夢は手で触れられるものだった。あれから以降、夢はコンピューターのディスプレイ越しに眺めるだけになった。

だが……。

おれに夢などあったろうか。

おれが見た夢とは、何だったろうか。

ワイシャツの胸ポケットで携帯電話が振動する。辰見は参道を戻りながら取りだした。小沼からだ。通話ボタンを押して耳にあてる。

「はい」

「小沼です」

背後が騒がしく、声が聞きとりにくい。おまけに雷鳴はまだつづいていた。辰見は片方の耳に指を突っこんでふさいだ。

「今、どこにいますか」

「どこって……、観音裏だよ」

「よかった。実は、ですね」小沼はひと言ひと言区切って怒鳴るようにいう。「粟野君といっしょなんです。憶えてるでしょ、粟野力弥君」

「ああ、高校生だろう。そこはどこだ？　飲み屋じゃないのか」

「いやぁ、食堂っすよ。ナカジマっていう。それに保護者同伴だから大丈夫です」

何が大丈夫なんだかと思った。粟野の保護者といえば、看護師をしているという美人の母親だろう。

「それで我が社を受けるにあたって……、激励会というか……」

電話が突然切れた。

舌打ちして携帯電話を見る。ディスプレイが消えていた。ボタンをいくつか押したが、まるで反応しない。雨に濡れたせいかも知れない。あるいはついに寿命が尽きたのか。明日は労休だから携帯電話のショップに行くことはできるだろう。スマートフォンだけはいやだと思った。

ワイシャツのポケットに携帯電話を戻し、歩きつづけた。雨はさらに激しさを増している。観音裏はバブルの恩恵もそれほど受けなかった代わり、崩壊後の影響もなかった。昭和のままの街並みが今なお息づいている。

やや広い通りにぶつかり、足を止め、右に目をやった。

紫と白のイルミネーションに彩られたスカイツリーが上部を雨雲に隠されている。咽もとにこみ上げてきた忌ま忌ましさを舌打ちで消し、辰見はゆっくりと歩きだした。

雷鳴は春の終わりを告げていた。間もなく梅雨に入り、やがて夏になる。それなのに雨はひどく冷たかった。

本書は書き下ろしです。

実業之日本社文庫　最新刊

朝比奈あすか
闘う女
望まぬ配属、予期せぬ妊娠、離婚……変転の人生を送ったロスジェネ世代キャリア女性の20年を描く。要注目の新鋭が放つ傑作長編！（解説・柳瀬博一）　あ71

井川香四郎
菖蒲侍　江戸人情街道
もうひと花、咲かせてみせる！　花菖蒲を将軍に献上するため命がけの旅へ出る田舎侍の心意気――名手が贈る人情時代小説集！（解説・細谷正充）　い101

江上剛
銀行支店長、走る
メガバンクを陥れた真犯人は誰だ。窓際寸前の支店長と若手女子行員らが改革に乗り出した。行内闘争の行く末を問う経済小説。（解説・村上貴史）　え11

倉阪鬼一郎
大江戸隠密おもかげ堂　笑う七福神
七福神の判じ物を現場に置く辻斬り。隠密同心を助ける人形師兄妹が、闇の辻斬り一味に迫る。人情味あふれる書き下ろしシリーズ。　く42

坂井希久子
恋するあずさ号
特急列車に運ばれて、信州・高遠へ。仕事も恋も中途半端な女性が、新しい自分に気づいていく姿を瑞々しく描く青春・恋愛小説。（解説・藤田香織）　さ22

橘真児
童貞島
突如目の前に現れた美女・美少女を前に、島の住人たちは童貞の誇りと居住権を守れるのか？　名手が贈る性春サバイバル官能。　た71

実業之日本社文庫　最新刊

鳥羽 亮
白狐を斬る 剣客旗本奮闘記
白狐の面を被り、両替屋を襲撃した盗賊・白狐党。非役の旗本・青井市之介は強靭な武士集団に立ち向かう。人気シリーズ第8弾！

と28

鳴海 章
カタギ 浅草機動捜査隊
スーパー経営者殺人事件の特異な手口に、かつて対決した元ヤクザの貌が浮かんだ刑事・辰見は――大好評警察小説シリーズ第6弾！

な27

西澤保彦
小説家 森奈津子の華麗なる事件簿
〝不思議〟に満ちた数々の事件を、美人作家が優雅に解く！ 読めば誰もが過激でエレガントな彼女に夢中になる、笑撃の傑作ミステリー。

に26

唯川 恵
男の見極め術 21章
21タイプの嫌いな男について書き放った鮮烈エッセイ集。人生を身軽にする、永遠の恋愛バイブル。（解説・大久保佳代子）
ゆ11

柚木麻子
王妃の帰還
クラスのトップから陥落した〝王妃〟を元の地位に戻すため、地味女子4人が大奮闘。女子中学生の波乱の日々を描いた青春群像劇。（解説・大矢博子）
ゆ21

米田 京
ブラインド探偵《アイ》
全盲の元雑誌記者が探偵に！ 研ぎ澄まされた感覚と推理で難事件を解決。北区内田康夫ミステリー文学賞受賞者のデビュー作。

よ41

実業之日本社文庫 な27

カタギ　浅草機動捜査隊《あさくさきどうそうさたい》

2015年4月15日　初版第1刷発行

著　者　鳴海《なるみ》 章《しょう》

発行者　村山秀夫
発行所　株式会社実業之日本社
〒104-8233　東京都中央区京橋 3-7-5 京橋スクエア
電話 [編集]03(3562)2051 [販売]03(3535)4441
ホームページ　http://www.j-n.co.jp/
DTP　株式会社ラッシュ
印刷所　大日本印刷株式会社
製本所　大日本印刷株式会社

フォーマットデザイン　鈴木正道(Suzuki Design)

ISBN978-4-408-55224-8（文芸）